高校事変 X

松岡圭祐

角川文庫
22595

最もすぐれた教師より、
平凡ながら分別ある父親こそ、子を立派に教育しうる
――ジャン＝ジャック・ルソー（1712―1778）

1

館山《たてやま》湾に面した低い山の麓《ふもと》、緑に囲まれた斜面に、大千《おおち》里《さと》医院が建つ。パンフレットの写真で見るかぎり、木立のなかリゾートホテルのような白い外壁が眩《まぶ》しく輝く、そんな環境のはずだった。いまは上空を厚い雨雲が覆い、すべてが灰いろの景色に沈んでいる。

警視庁捜査一課の天野《あまの》浩介《こうすけ》班長は入院病棟の通路にいた。同じ警部補であっても、三十一歳の天野に対し、四十近い神津《かみつ》明人《あきひと》主任がナースステーションに声をかけている。神津は館山署の刑事だった。この事件を機に、すでに何度も顔を合わせていた。きょうは千葉県警の捜査員も来ている。彼らは院長室で事情聴取の最中だった。ほかの刑事たちもリハビリテーション棟をまわるのに忙しい。広い施設だけに十数名で調べあげるには骨が折れる。

女性看護師の遺体が発見された直後には、むろんもっと大勢の頭数が動員された。

いま天野が見下ろす床こそ、三十五歳になる丹《に》羽《わ》朱美《あけみ》が倒れていた現場だ。すっかり磨きあげられ、染みひとつ見あたらない。血塗られた発見当時のようすが、生々しく想起される。

神津警部補がひとり歩み寄ってきた。「看護師長の話では、その後なんの不審な状況もなかったとか」

「ふうん」天野は思いのままをつぶやいた。「暗視カメラの数を三倍に増やしても、疑わしい人影や車両の出入りは確認できず。女性看護師がひとり殺され、後日はなにもなし」

静寂のなか、通路をうろつく所轄捜査員らの靴音だけがこだまする。ここは特殊な医療施設といえる。入院患者のほとんどは、意識のない高齢者だった。

天野は歩きだした。「鑑識は殺害現場がここじゃないといってましたね」

「ええ」神津が歩調を合わせてきた。「鋭利な刃物で気管を切断してすぐ、もう一方の手で傷口をふさぎ、血液の流出をふせいだ。背後にまわり、羽交い締めにして、通路に引きずりだした」

「どうもわからない。移動できる距離はせいぜい十メートル以内でしょう。この通路内で怪しい場所といえば……」

足が自然にとまった。死体発見現場のごく近く、入院患者の個室がある。ネームプレートには市村凛《いちむらりん》とあった。

神津が浮かない表情でいった。「入室には看護師の立ち会いが必要ですよ」

「呼んでいただけますか」

「いまさらここになにか……」

「いや。ただツラを拝んでおきたくて」

同意しかねると神津の顔に書いてあった。だが天野は気づかないふりをした。神津はため息をつき、無線のマイクにささやいた。看護師をひとり連れてきてくれ。市村凛の個室の前だ。

天野は通路を見まわした。「プライバシーに配慮しすぎだ。防犯カメラがなかったのは痛い」

「植物状態の患者専門ですからね。出歩く患者がいない以上、見舞いに来る身内を監視するだけになります。無粋だろうと院長が判断したらしくて」

市村凛がここにいる事実は公表されていない。最初の一年は警察官が警備に立ったが、かえってめだつとの考えから、二年目以降は廃止された。所轄の人員不足も背景にあるのだろう。賢明な処置だったとはいいがたい。

靴音が響いた。所轄の捜査員らが、年配の女性看護師を連れてきた。女性看護師は不満げな面持ちをしている。無理もない。患者の容体に関わるとの、病院側からの抗議を無視し、警察はこの室内をさんざん調べ尽くした。まだ懲りないのかと女性看護師の目がうったえてくる。

かまわず天野は要請した。「入りますよ」

女性看護師が唸《うな》り、なにかをいいかけたが、天野はドアノブをひねった。

狭い室内にベッドがひとつ。前に見たときと同様、市村凜はそこに横たわっていた。人工呼吸器や生命維持装置はない。植物状態の患者は、呼吸中枢に障害がないため、自発呼吸が維持される。よって凜の顔はマスクに覆われていなかった。心電図の奏でる電子音が、かなりの間隔を置いて反復しつづける。

げっそりと痩《や》せこけた凜はミイラそのものだった。最近判明した本当の年齢、三十歳よりはるかに老けて見える。それでも過去の写真や、三年前の緊急搬送直後の画像で確認しうる、素朴そうな美人の面影は残っていた。

うっすら目が開いている。前に天野がここに来たときには、意識が戻ったのではと驚いたが、植物状態ではままあることらしい。涎《よだれ》を垂らしたり、あくびもしたりする。生命維持をつかさどる脳幹の機能が残っているせいだった。意思の疎通は不可能でも、心拍と呼吸は保たれる。

凜の細い身体をシーツが覆っていた。天野は看護師を振りかえった。「意識を回復したとしても、いまのままでは立ちあがれないとききましたが」

「ええ」看護師がぶっきらぼうに応じた。「ずっと動いていませんからね。腕も脚も、筋肉に深刻な収縮がみられます。骨の形状が浮きあがって見えるほどです。前に確認なさったでしょう？」

「それでも筋肉の衰えを防ぐため、ずっと理学療法が用いられているとか」

「生きつづけるために必要な最低限の筋肉を働かせるのみです。管を通して栄養をとるのと同じです。意識回復後も外科手術なしには、立ったり歩いたりは無理だと、先生が仰《おっしゃ》ってました」

横たわる凜のうつろな半目を、天野は見下ろした。眼球は濁ったガラス玉のようだった。

品川《しながわ》の工業地帯、堀江《ほりえ》コンクリート工業株式会社の施設内で、市村凜は危篤の状態で横たわっていた。胸の刺し傷はとっくに塞《ふさ》がっているものの、なにひとつ事情をきけないまま現在に至る。加害者が誰かも判然としない。

室内に視線を移す。天野は神津にきいた。「この部屋からは第三者の指紋も毛髪も見つからなかったんですよね？　汗も皮膚片も」

「あちこち拭《ふ》きとった痕跡《こんせき》だらけだったそうですが……」

女性看護師が口をはさんだ。「当然ですよ。わたしたちが常に綺麗《きれい》にしてますから」

丹羽朱美の死体が発見されて以降、看護師はこの部屋を清掃していない。清掃が証拠隠滅につながったわけではない。ここで丹羽朱美を殺害した何者かが、壁や床を拭いたのではないかぎり。

ふたたび市村凜に目を向けた。自力で起きあがることさえかなわない患者の、哀れな姿がそこにある。それでも同情には値しない。彼女は澤柳菜々《さわやなぎなな》という偽名を用い、大勢の男たちの命を奪った。全国各地の病院に残る医療記録と、この患者の生体情報は完全に一致する。被害者遺族らも植物状態の顔写真を見て、市村凜本人と証言した。

ドアを隔てたすぐ外の通路に、丹羽朱美は倒れていた。死体との位置関係から、真っ先に疑うべきは、この女をおいてほかにない。だが不可能なものは不可能だった。今回の事件捜査において、市村凜のことは忘れるべきなのか。

ここで熟考したところで、なにもわかるはずがない。天野は嫌気がさし、神津をうながした。「院長室へ行きましょう。県警と合流し、不審者侵入の線で一本化を…

……」

女性のかすれ声がした。天野はびくっとして静止した。神津がベッドを振りかえる。たちまち目を剝《む》いた。女性看護師も驚愕《きょうがく》に引きつる反応をしめした。

天野もベッドに向き直った。鳥肌が立つ思いだった。市村凜の顔がわずかに傾き、こちらを見ている。ガラス玉も同然だった眼球に生気が宿る。何度か瞬きをするうち、虹彩《こうさい》の焦点が天野に合ったとわかる。

市村凜は蚊の鳴くようなささやきを漏らした。「여기는《ヨギヌン》 어디예요《オディイエヨ》？」

2

霞《かすみ》が関《せき》二丁目、警視庁庁舎内の大会議室は、雛壇《ひなだん》状の座席が捜査員で埋まっている。天野班長も出席していた。

見知らぬ顔が多い。天野はあくまで丹羽朱美殺人事件の捜査担当だったが、周りのほとんどは市村凜を追いつづけてきた連中になる。

いま壇上には科捜研の伊沢《いざわ》研究員主査が立っていた。伊沢はこわばった顔でマイクに告げた。「結論から申しあげます。館山の大千里医院に入院中の、市村凜とみられていた患者ですが、衰弱しきった顔は似通っているものの、別人だったとあきらかになりました」

　どよめきがあがった。捜査員のひとりが血相を変えていった。「そんな馬鹿な。医療データから証言まで揃っていたじゃないですか。いつ入れ替わったというんですか」

　前方に居並ぶ管理官のなかで、年配者が口をきいた。「マスコミにどう発表する？」

　別の管理官が応じた。「女性看護師殺人事件の現場が、市村凜の入院する病院だとは、世間に明かしていない。市村凜が韓国人女性と入れ替わっていたという事実など、公表できるはずもない」

　列席者により情報を知るレベルがまちまちのようだ。天野も噂はきいていたものの、患者が別人だったとの結論は、いま初めて耳にした。慄然《りつぜん》とせざるをえない。何度か病室で眺めたあの女は、戦後最大の犯罪者のひとりではなかったのか。

　捜査一課の警部、坂東志《ばんどうし》郎《ろう》係長が壇上に向かった。伊沢研究員主査に交替をうながしている。

　坂東を見るのは久しぶりだった。グレーに染まった髪の生えぎわが、さらに後退したようだ。面積の広がった額に無数の横皺《よこじわ》が波打つ。厳《いか》めしい顔つきの坂東がマイクに発言した。「あらゆる事件の捜査関係者が、この場に一堂に会している。まず市村凜について共通の認識を持っておこう。強行犯係の長谷部《はせべ》主任から説明させる」

　ずっと若い警部補、神経質そうな面持ちの長谷部憲保《のりやす》が進みでて、壇上で一礼した。

「市村凜は児童養護施設暮らしだった。十四歳で性的暴行に遭ったが、弁護士や人権団体が甘やかしすぎた。寄付金から学費ばかりか、小遣いもたんまり支払われた。入手の難しいコンサートチケットまで手配され、まだ子供だった市村凜に贈与された」

　凜は可哀想な被害者を演じつづけた。そのうち男性を痴漢と名指しするだけで、社会的に葬り去れることを知った。

　精神科医の姥妙悠児《うばたえゆうじ》と出会ったことがまずかった。姥妙は独特な論文を発表していた。心の病においては、対症療法だけでは意味がないと主張。精神科医は弁護士と調査業者を兼ねるべきだと強弁した。それにより抜本的な問題解決が果たせる。彼自身はこれを三位一体《トリニティ》改革と名付けた。

　医師として患者と向き合うと同時に、調査業者として実際の問題を洗いだし、弁護士として法的に解決する。たとえば勤め先の上司による理不尽な命令に、心を病んだ患者がいたとする。姥妙は患者の心のケアに努めながら、その会社組織の問題点を突きとめ、法的に制裁を加える。精神疾患の原因が根本的に除去されるため、患者は快方に向かう。

弱者救済のための究極の姿、スーパーマンを夢見ていた男だったのだ、姥妙は。

弁護士は資格取得が必要だが、調査業のほうは探偵業法に基づき、ただ公安委員会への届出が義務づけられるのみだった。素行に問題がなければ、調査業者の看板を掲げられる。ただし実際に調査業をおこなうにはノウハウが必要になる。姥妙はそちらの経験も積んでいた。

問題は姥妙が、まだ十代の市村凜を患者に迎えたことにある。将来、社会人になるすべを伝授しようとしたらしい。姥妙は調査業のノウハウを凜に習得させた。姥妙が押しつけたのか、凜が要求したのかはわからない。

市村凜はノウハウを悪用しだした。女から男に性転換した人物が捨てた澤柳菜々という名を、巧妙な手段で戸籍ごと入手、以降はその別名で行動した。FXや仮想通貨で儲《もう》けた引きこもりの男を見つけだしては、接近し誘惑し、結婚した。男が死亡したり、性暴力の加害者として逮捕されたりするたび、多額の遺産をせしめていった。

正規の調査業者は、ストーカーからの依頼を受けてはならない、そんな規則がある。一方で澤柳菜々を名乗る市村凜は、自分の正体を隠したまま、もぐりの調査業者として規則に反する仕事を請負った。結果として女子中高生を狙ったストーカー殺人が相次いだ。市村凜のしわざだったと証明しきれていない事件も多々存在する。

管理官のひとりがたずねた。「市村凜はどうやってストーカーからの依頼を受けていた？　調査業の事務所を開いていたわけじゃないんだろ？」

いまさらの質問に思えるが、事情に疎い管理官もいるようだ。壇上の長谷部主任は表情を変えず応じた。「市村凜はストーカーからの調査依頼を、みずから受けていたわけではありません。半グレ集団が窓口となり仲介していました。野《の》放図《ほうず》です」

「野放図？」管理官が驚きの声をあげた。「優莉《ゆうり》匡太《きょうた》半グレ同盟のひとつか？　九年前に解散になったはずだ」

隣りの管理官がいった。「初代野放図はな。暴走族を前身とする初代とは異なり、二代目野放図は淀野《よどの》瑛斗《えいと》というチーマー上がりが、イベサーを半グレ化したのが発端だ。暴力団との調整役だった淀野は、突然グループ名を野放図に改めた。初代野放図の残党が合流したからとみられる」

「市村凜が関わっていたのは、二代目野放図のほうだけか」

「だといいんだがな。彼女が初代野放図に関与していた記録はない。だがもし関わっていたとすれば厄介だ。平成最悪の女犯罪者が、これまた最大の半グレ同盟のトップ、優莉匡太とつながりを持っていたことになる」

長谷部主任はマイクを通じ、感情を抑制した声を響かせた。「市村凜は三年前、品川のコンクリート製造施設内で、何者かに胸部を刺された。以後は植物状態。遺憾ながら、それが従来の捜査記録でした。医学的見地からの説明は、ふたたび科捜研の伊沢研究員主査から……」

伊沢がまた壇上に歩みでた。「コンクリート製造施設内で発見された女性は、市村凜ではなく、十二年前に行方不明になった韓国人女性とわかりました。名はチャン・ヨンソ、失踪《しっそう》当時は十六歳、日本国内在住。韓国系半グレ集団パグェに身を寄せていました」

プロジェクターが正面のスクリーンに画像を投影する。十代の少女の顔写真が映しだされた。市村凜とはまるで別人だが、顔の骨格だけは似ていなくもない。げっそり痩《や》せ細った面立ちを想像すれば、天野が病室で見たあの女と重なる。極度に衰弱した状態を前提とするなら、第三者が市村凜と錯覚する可能性は充分にあった。

被害者遺族らも、凜と特に親しかったわけではない。引きこもりだった身内の結婚相手、式も挙げず入籍した女にすぎなかった。ミイラのように変わり果てた容姿では、わずかな共通項をもって、同一人物と判断することも避けられない。

伊沢研究員主査がつづけた。「市村凜とチャン・ヨンソの血液型はいずれもＢでした。過去に市村凜は、何度か性的暴行被害による妊娠中絶をおこなっており、生化学検査やＨＩＶ検査、甲状腺《こうじょうせん》機能検査、血糖検査などを通じ、医療記録が各地の病院に残っていました。ところがそれらのデータは、根こそぎヨンソのものとすり替えられていました」

「指紋は？」管理官が不満げに問いただした。「指紋やＤＮＡ型は警察が採取したんだろ？」

坂東警部が伊沢からマイクを奪った。「市村凜の指紋とＤＮＡ型は、本人から提出の要望があったものです。十二年前、彼女が実名で二度目の性的暴行被害をうったえた際のことでした。被疑者でもないので、採取時には特に厳重な監視体制もなく……」

「それ以前の医療記録は？」

「プライバシーの観点から、警察に引き渡されませんでした」

「所轄の怠慢だな」管理官が吐き捨てた。「だがすべてを所轄のせいにはできん。きみら捜査一課は、チャン・ヨンソの失踪を把握していなかったのか？」

「チャン・ヨンソの出生時の名はオ・イェリです。チャンは完全に偽名ですが、ヨンソは彼女の母親の名なんです。パグェでは改名が義務づけられるものの、家族への未練がある場合、苗字《みょうじ》でなく下の名を引き継ぎます。カタギの日本人には理解しがたい特殊な慣わしです。韓国の個人別家族関係登録簿編製の記録もいじってあったため、実態の把握は困難でした」

すると市村凜は、自分の身代わりにするため、わずかに似たチャン・ヨンソを攫《さら》ったのか。以後はヨンソを監禁しつづけ、その生体データを市村凜のものと錯覚させてきた、そういうことになる。

ざわめきがひろがるなか、雛壇《ひなだん》状の座席で、捜査員のひとりが発言した。「市村凜ひとりに可能なわざではありません。十二年前から半グレ集団の手を借りていたのだとすると、二代目ではなく初代野放図からの関わりも充分考えられます」

管理官の怒号が響き渡った。「ほらみろ！　危惧《きぐ》したとおりだ。パグェに野放図、準暴力団に引っかきまわされてるだけじゃないか。暴対法の適用外などという世迷《よま》いごとは通用せんぞ。三年間いったいなにをしていた？」

坂東警部は苦い顔になった。「市村凜は半グレ集団の正規メンバーではなく、あくまでもぐりの調査業者とうそぶき、二代目野放図につかず離れずの立場でした。ほかの半グレ集団との関わりも同様であれば、関係性をたぐるのは容易ではなく……」

周囲が騒然とするなか、天野はひどく落ち着かない気分になった。市村凜が初代野放図にも関わった可能性がある。だとすると……。

マイクのハウリングが甲高く響いた。伊沢研究員主査がいった。「よろしいですか。精密検査の結果、判明した事実があります。チャン・ヨンソは半年にいちど、大脳の機能を抑制する薬物投与を受けていました」

また静寂がひろがった。管理官が伊沢にきいた。「薬物投与だと？」

「はい」伊沢がうなずいた。「本来ならもう意識を回復しうる状態でしたが、何者かが彼女に複数種の薬物を少量ずつ投与し、大脳が覚醒《かくせい》に至らないよう措置しつづけたのです。視床下部と脳幹が機能していれば、植物状態が維持されます」

「誰かがチャン・ヨンソに対し、生かさず殺さずの植物状態を保つべく、医学的措置を施していたというのか。それも半年にいちど……」

「そうです。多種多様の薬物が、ヨンソの体温や呼吸、血圧、心拍を測定しつつ、慎重に投与されたと考えられます。一回につき半日ほどかかるのです」

「定期的に看護師が病室を訪ねているのに、そんなことは不可能だろう」

「ですからチャン・ヨンソはこっそり外に運びだされていたと考えられます。そのあいだ、看護師による巡回に対しては、市村凜本人がベッドに横たわって凌《しの》いだのではと……」

坂東警部が伊沢を目でうながした。今度はマイクの奪い合いにはならず、伊沢があっさりと発言権を譲った。坂東が低い声を響かせた。「二代目野放図が関わった、DVシェルターからの女性集団誘拐事件をご記憶でしょう。施設に横付けされた食料運搬用トラックの荷台に、十一人もの女性を収容し連れ去った。同種のトラックが半年にいちど、大千里医院近くの駐車場に出入りしていました。丹羽朱美が死亡した日も同様です」

天野は驚いた。病院の西側にある駐車場、三好《みよし》食品の冷凍トラックのことか。会社を調べたが、特に不審な点は浮かびあがらなかった。ただし当日のドライバーはその後、会社を辞めたときいている。半グレ集団が車両の入れ替え工作をおこなったと仮定するなら、ただちに否定しきれるものではなかった。

管理官が唸《うな》った。「すると丹羽朱美は、病室にいる患者がすり替わっていると気づいたため、殺害されたのか」

坂東警部が神妙にうなずいた。「可能性はあります。チャン・ヨンソを連れだした直後で、まだ市村凜がベッドに横たわっていなかったのかもしれません。凜はとっさに女性看護師を抹殺、ヨンソをベッドに戻し、ふたたび行方をくらました」

「薬物投与が充分でなく、植物状態が維持されなくなり、ヨンソは目を覚ましたわけか」

「ヨンソはずっと監禁状態だったと証言しています。ただし市村凜以外の存在については、よく知らないようです。推測されるのは二点です。市村凜はヨンソほどでなくとも、ベッド上でなりすませるほど痩せていた。市村凜は単独犯でなく、犯罪集団と行動をともにしている」

　また列席者がざわめきだした。天野は身震いを禁じえなかった。チャン・ヨンソが誘拐されたのは十二年前。初代野放図があったころから現在まで、市村凜は組織犯罪に関わっていた。

　優莉匡太の子供のなかで、めだった存在がいる。高校三年の優莉結衣《ゆい》だ。父の後を継ぎ、半グレ集団を結成する気ではと、何度となく疑われた。いまでは事実無根とされている。疑惑はすべて田代《たしろ》ファミリーによる工作と断定された。とはいえ優莉結衣は、警視庁の庁舎内で捜査一課やＳＡＴに囲まれながら、いっこうに物怖《ものお》じしない態度を貫いた。やはり只者《ただもの》でないことははっきりしている。

　丹羽朱美殺人事件が起きた日、優莉結衣は東京高等地方簡易裁判所合同庁舎にいた。検察審査会への申し立てに関する、特別公開手続きへの出席のためだ。彼女にうりふたつの双子の姉、智沙子《ちさこ》も前日に保護されている。よって替え玉の可能性もなく、結衣にはアリバイがある。

　しかし優莉匡太は大勢の愛人と交際があった。子供のほとんどが母親不明であるが、市村凜とのあいだにできた子もいるのでは……。考えたくもない話だ。優莉匡太の子供とわかった未成年者らに対し、ＤＮＡ鑑定はむろん実施済みだった。とはいえ市村凜の医療記録が、チャン・ヨンソのものだった以上、誰ひとり市村凜の子でないとの証明にはならない。

　壇上で長谷部主任がたずねた。「重要参考人となりうる者に心あたりは？」捜査員らは沈黙を守っている。天野は躊躇《ちゅうちょ》したものの挙手した。長谷部の目がこちらを向いた。

　天野は立ちあがった。列席者の視線がいっせいに注がれる。根拠もない物言いだという自覚はある。それでもいわざるをえない。天野は静寂に声を響かせた。「どうも気になる人物がいます。憶測にすぎないかもしれませんが、優莉匡太の子供のなかに、凜という字を名前に含む者が」

3

優莉凜香《りんか》は以前、公安の刑事をだし抜いたときに、カバンごと捜査資料を奪った。そこに含まれていた凜香に関する報告書の記述を、内心悪くないと感じていた。

十五歳、佐倉《さくら》市立井野西《いのにし》中学校三年。千葉県佐倉市ユーカリが丘《おか》二丁目の児童養護施設に居住。小柄で痩《や》せ型、金髪に近いショートボブ。丸顔、目は大きく美形。腕と脚が長く、動作は機敏。運動神経にすぐれ、知能も優秀。

　学校の通知表もこうあってほしい、凜香は皮肉とともにそう思った。学業の成績が悪いぐらいで馬鹿と決めつけ、貶《おとし》めてくるのは腹が立つ。二年の終わりに担任の愛車に放火してやったが、三年の担任も負けず劣らずの愚か者だった。優莉匡太の四女というだけで、凜香を除《の》け者にするクズのクラスメイトどもを、依然野放しにしている。痛めつけてやりたいが、公安の監視要員が校内にまで目を光らせてくる。手をだせないまま悶々《もんもん》と過ごさざるをえない。

　いまも凜香は放課後、京成《けいせい》ユーカリが丘駅から臼井《うすい》駅へと移動しながら、複数の尾行を察知していた。スーツが四人。きょうになって増員したのはどういう理由だろう。

改札をでると、小雨がぱらついていた。これといって特徴のない地方の市街地がひろがる。バスのロータリー、古びたイオンのビル、十階を少し超えるていどのマンション。付近の歩道にはいろとりどりの傘が動きまわる。

凜香は傘を持っていなかった。陰気な曇り空の下、ブレザーの肩が徐々に湿っていくのを感じる。それでもかまわず歩きだした。

手鏡はとりだせない。後方を確認する意思を悟られる。スマホをいじり、ユーチューブの検索窓に〝臼井駅前〟と入力した。駅舎の屋根に設置されたライブカメラが、バスロータリーを見下ろす、そんなリアルタイム映像が表示される。

状況が把握できた。四人が歩道いっぱいにひろがり、凜香の後を尾《つ》けてくる。いつも佐倉にいるセダンのバックアップが、水道《すいどう》道路を経由し駆けつけるまで、あと三分はかかるだろう。追っ手はいまのところ四人だけだ。

なら躊躇はいらない。凜香はいきなり走りだした。四人が息を呑《の》む気配を背に感じる。ただちに追跡に転じたらしい、あわただしい靴音が耳に届く。

妙な昂揚《こうよう》感がある。線路沿いの狭い道を駆けていった。傍らの二階建て商業施設は、一階がラーメン店、二階はカラオケ店。それを越えると、やたら広い月極《つきぎめ》駐車場。低層のマンションや民家も目につく。

エンジン音がきこえる。角を曲がった先だった。トラックの側アオリに畑村《はたむら》造園と書かれている。併記された電話番号の市外局番が０４７６、つまり印西《いんざい》市、富里《とみさと》市、成田《なりた》市、印旛《いんば》郡。

荷台にカバーはなかった。凜香は全力疾走で後方から接近し、片足をタイヤキャリアにかけるや跳躍した。なにもない荷台に突っ伏す。両側と後部のアオリが姿を隠してくれる。

トラックが走りだした。線路沿いの道に戻った。思惑どおり畑村造園へと引きかえしていくようだ。突きあげる振動と吹きつける強風、排ガスのにおいのなか、凜香はわずかに頭をあげた。

路上を右往左往する四人が見える。ひとりがこちらを一瞥《いちべつ》したものの、凜香が乗っているとは疑いもしなかったらしい。四人揃って駅方面へと駆け戻っていく。クルマで辺りを捜索するつもりだろう。

凜香は仰向《あおむ》けに寝転がった。エンジン音にまぎれるていどに笑い声を発する。さして愉快でもない。愚かな公安を嘲笑《ちょうしょう》したにすぎない。

いつしか雨がやんでいた。雲の切れ間に青空すらのぞきだす。

荷台に溜《た》まった水が背に冷たい。乱暴に感じる揺れのせいか、あの悪夢のような日々が想起される。ラングフォード社兵器試験場の社員ども、米兵くずれのゴロツキ連中にマワされた、吐き気をもよおすような状況がよみがえってくる。

あの数週間は心底恐怖した。腕力で抗《あらが》えない事態に怯《おび》えた。屈辱も下腹部の痛みも、巨漢の鼻息の荒さも体臭も、いっこうに記憶から消えない。反吐《へど》がでるほどの忌まわしさだった。権晟会《ごんじょうかい》東京支部を皆殺しにしても、なお気分は晴れずにいる。

トラックが一旦《いったん》停止したのち、加速とともに線路を踏み越える、振動の変化でそうわかった。凜香は側アオリの向こうをのぞいた。広大な田園地帯に、ぽつんとオランダ風車が見える。微風を受け、十字の羽根がゆっくりと回転していた。

予想どおりの方角へと走っていく。問題はこの付近に信号がないことだ。減速は期待できない。凜香は起きあがり、後アオリをまたぎ、荷台後方に身を乗りだした。ドライバーは容赦ない速度でトラックを走らせる。後続のクルマはなかった。付近にひとけもない。

橋の手前まで来た。左手に売店、右手に農作物の販売所。凜香は路上に飛び下りた。骨折を避けるため、身体を丸めながら、肩から背を路面に叩《たた》きつける。柔道の受け身の要領で頭を浮かせた。衝撃を逃がしながら転がる。じんと来る痛みは、静止してから襲ってきた。立ちあがるのもおっくうに感じる。

売店のほうに向かいかけたが、農作物販売所の前で、中年の婦人が啞然《あぜん》とこちらを見ている。凜香は吐き捨てた。「なにガンつけてんだよ」

印旛《いんば》沼《ぬま》のほとりに面した、佐倉ふるさと広場。オランダ風車は優雅なものの、広場と呼べるほどの自由空間はない。開けた景色のほとんどは田んぼで立ち入れない。水辺に沿って延びるサイクリングロード、その内側に並木道があり、手狭な休憩用の一角が存在する。辺りを見渡したものの誰もいない。さっきまで雨が降っていたからだろう。

いまはもう陽が射してきた。青空がずいぶん広がっている。雨あがりの澄んだ空気を透過し、鮮やかな光の束が広大な水面を照らす。いつしか印旛沼の上に、うっすら虹《にじ》がかかっていた。

絵画のように美しい風景であっても、ひとりで眺めるだけなら興ざめだ。あいつ、待ち合わせ時間に現れなかった。約束をすっぽかすとは、どこまでもむかつく姉だった。

ところがふいに白い手が、凜香の目の前に突きだされた。指先に正方形の絆創膏《ばんそうこう》を挟んでいる。

三つ年上の姉、優莉結衣の声がささやいた。「膝《ひざ》をすりむいたでしょ」

思わずびくついて振りかえる。栃木県立泉《いずみ》が丘《おか》高校のセーラー服、すらりとした身体つきが間近に立っていた。

黒髪ロングのストレート、小顔に大きくつぶらな瞳《ひとみ》、透き通るような色白。腕も脚も凛香よりさらに長い。背丈も勝っていた。ぶっきらぼうな表情ながら、涼しいまなざしが凛香を眺める。

だがそれ以上に、ぞっとする寒気が全身を包みこんだ。誰もいなかったはずなのに、どこから現れたのか。接近にもまるで気づけなかった。

だが悔しさを顔にだすのは癪《しゃく》に障る。凛香は絆創膏をひったくった。「後ろに忍び寄んな」

結衣は気《き》遣《づか》いをのぞかせた。「そのまま貼ったら黴菌《ばいきん》が入る」

「かまわねえって」凛香はしゃがんで片膝を立て、絆創膏の台紙を剥《は》がした。

すると結衣も身を屈《かが》めてきた。ウェットティッシュで傷口をそっと拭《ふ》いた。凛香から受けとった絆創膏を丁寧に貼りつける。痛みはまるで感じなかった。

結衣はなにもいわず、風車近くの狭い一角に向かった。備え付けの木製テーブルとベンチに、レジャーシートがかぶせてある。結衣はそれを取り払った。雨に濡《ぬ》れていないテーブルとベンチが現れた。結衣は背もたれのないベンチに、テーブルを後ろにして腰かけた。隣りにひとりぶんのスペースを空けている。

招くひとこともない。あいかわらず憎らしい姉だった。それでも立ち去る気にはなれない。凛香はすごすごと歩み寄り、結衣と並んで座った。姉妹揃ってテーブルにもたれかかり、空を見あげる。視野の端でオランダ風車の羽根が回る。きしむような音がかすかに響いた。

沈黙は耐えがたい。凛香はささやいた。「公安を撒《ま》くのに手間どった？」

「そうでもない」結衣が応じた。「そっちは？」

「膝をすりむいた。見てたんだろ？」

「まあね」

会話が途絶えた。優莉匡太の子供どうしは連絡をとりあえない。家裁の決定でそんな規則に縛られている。もっとも公安に悟られない通信手段はさまざまにあった。公衆電話もそのひとつだった。きょうここで落ち合うことに、なんの支障もなかった。

凛香は包装された小箱をとりだした。てのひらにおさまるサイズだが、赤いリボンがかけてある。それをテーブルに置き、結衣に押しやった。

「なに？」結衣がきいた。

「わかってるくせに。きょうは結衣姉の誕生日」

ためらうような間があった。結衣が小箱を手にする。包装を剝がし、本革張りの蓋《ふた》を開けた。

シャネルの〇・五カラットのダイヤ。大粒の石が光り輝いている。だが結衣は表情を変えなかった。贈り物を見つめる目には、むしろ哀感が漂って見える。田代ファミリーに身売りしたため、金だけはある。凜香が姉に誇れるのはそこしかない。

結衣がたずねた。「大きすぎない？」

「人差し指に嵌《は》めるんだよ」

「直径、合ってる？」

「手ぐらい何度か握ったじゃねえか。握手したわけじゃねえけどよ。それでだいたいわかる。勘には自信がある」

「ありがとう」結衣は小箱をそっと閉じた。

感謝の言葉を口にした姉を、意外な気分で見つめる。結衣が妙な目つきで見かえす。凜香は視線を逸《そ》らした。

どこか気まずい思いを抱きながらも、心がすっと軽くなった。礼をいわれて不快に感じるはずもない。

「だけど」結衣が物憂げにいった。「こんなことはしないで」

「なんで？　姉妹なんだからプレゼントぐらい」

「わたしからはなにも……」

「期待してねえって。貧乏な結衣姉には」

「お金は大事でしょ」

　凜香は言葉に詰まった。貯金は無尽蔵ではない、その指摘は当たっている。一瞬、指輪をかえせと怒鳴りたくなる。けれども凜香は口をつぐんだ。そんなふうにいえば、結衣は黙って贈り物を差しだすだろう。

「十八か」凜香は風車を見あげた。「死刑になる歳だね」

「これから誰かを殺せばね」

「進路、どうするかきめた？」

「担任の先生にきかれてる。でもまだ答えてない」

「いちおう進学クラスに入ったって……」

「二年のときに返事をためらってたら、学力だけを基準に割り振られた。でも大学なんて……」

　どこも受け容《い》れてくれない。姉をからかう気にはなれない。中三の凜香も同じ境遇だった。カタギの会社に就職がかなうとも思えない。

人殺しの父親のもとに生まれた。なんの酔狂か、人殺しになるように育てられた。おかげで異常者になった。自暴自棄な生き方に、凛香はなんの抵抗もなかった。いつでも死んでやる、そう思いながら生きてきた。ところが結衣と再会してから調子が狂った。

本気で殺しあった。結衣も殺意を剝《む》きだしにしていた。あのまま殺されても悪くはなかった、いまになってそう思う。けれども結衣のほうが先に凛香を赦《ゆる》した。凛香が先に手をだしたにも拘《かか》わらず。

価値観が揺らぎだしたのは結衣のせいだ。誕生日のプレゼントだなんて、よく考えてみれば柄でもない。いまさらまともな人生を歩めるはずもないのに、普通っぽい姉妹ごっこなど無駄なあがきだった。いっそのこと小箱に爆薬でも詰めて渡せばよかった。

結衣がぼそりといった。「においでわかる」

「なにが？」

「指輪の代わりに爆薬をいれたらどうなったか想像したでしょ。印旛沼に放り投げてから、あんたを叩《たた》きのめして帰った」

いらっとする物言いだった。凜香は結衣を睨《にら》んだ。「まるでそうしたかったみたいな口ぶりだな」

「あんたも迷ってたでしょ。わたしと会う約束をしてから、馴《な》れあうべきか殺すべきか、どっちの衝動にも交互に駆られた」

「結衣姉も同じかよ」

「いいえ。わたしはもう、あんたを嫌いじゃなくなった」

それは凜香にとって耳を疑うようなひとことだった。頭に血が上る。自分がどういう感情なのか判然としない。深く考えられるほど脳が働かない。ただ動揺だけが胸のうちにある。

いまの発言の真意をたしかめたい。そう望みながらも、つまらないひとことが凜香の口をついてでた。「泉が丘で公安の尾行を撒いて、騒ぎになってないのかよ」

「さあ」結衣はスマホをとりだした。片手で保持しながら、パネルに軽く指先を触れる。ネットニュースをチェックしているらしい。事件になっていれば報道がある。

ふと結衣の指先が静止した。なにか気になる記事を見つけたのだろう、画面の一か所をタップした。

動画が再生された。凜香からは映像が見えなかったが、音声はきこえる。アナウンサーの声が告げた。「麻布《あざぶ》の慧修《けいしゅう》学院高校の三年生が、文化交流の一環として、中米ホンジュラスを訪問することになりました。日本はホンジュラスの主要援助国で、長年にわたり経済協力をおこなっています」

凜香は苦笑した。「慧修学院高校って名門私立だろ？　結衣姉ちゃんには無縁じゃねえか」

だが結衣は真剣な表情でスマホを見つめている。アナウンサーの声がつづけた。

「雲英《きら》グループ会長、雲英秀玄《しゅうげん》氏の孫娘である雲英亜樹凪《あきな》さん、ピアニストとして有名な桐宇翔季《きりゅうしょうき》さんも、ホンジュラス訪問に同行する予定で……」

さすが名門私立、超有名人の名がふたつも挙がった。内親王と同一視されるほどのお嬢に、最年少で国際コンクールに優勝した天才ピアニスト。凜香と結衣の姉妹にとっては、まるで別世界の住人だった。

結衣が画面をタップした。音声が消えた。スマホをしまいこむと、結衣は立ちあがった。「そろそろ帰る」

「マジ？」凜香は跳ね起きた。「わざわざ栃木から来たのに、晩飯ぐらい……」

「お互い公安に追われてるでしょ。一緒にいるところを見られたら、また騒動になるし」結衣は微笑した。小箱をしめしながらいった。「これ、ありがと。たいせつにする」

「……なんだよ、もう」凛香は手櫛《てぐし》で頭を撫《な》でつけながら、思わず地面に視線を落とした。「礼なんかいうなよ。せっかくプレゼントしたのに愛想ねえなって、食ってかかれもしねえ」

嫌な気配を察し、あわてて顔をあげる。結衣の姿はどこへともなく消えていた。風が並木を揺らす。雑草に身を潜めたのだとしても、もう遠ざかる足音すらきこえない。ふたたび上空を暗雲が漂いだす。

凛香はしばし茫然《ぼうぜん》とたたずんだ。ベンチに腰を下ろし、黙ってうなだれる。胸を風が吹き抜けるような空虚さがある。いや寂しさというべきだろうか。そんな感情を抱えているなんて、断じて認めたくもない。人でも殺したくなってきた。

4

翌日は晴れていた。優莉結衣は午後の授業に出席せず、学校を早退した。児童養護施設には戻らず、新幹線やまびこ号で都内に向かった。

泉が丘高校に転校後、厄介に感じるのはセーラー服だった。ブレザーが圧倒的多数の世のなかで、セーラー服姿は人目を引く。東京駅で丸《まる》ノ内《うち》線に乗り換えたとき、公安の尾行に気づいた。きのう栃木で尾行を撒《ま》いたせいだろう、見かけない顔が何人も応援に加わっている。都内の精鋭らしい。

私服に着替えてくれれば、問題なく人混みにまぎれられただろう。だが他校の訪問時は制服でないと敬遠される。わざわざ出向いてきて門前払いはまっぴらだった。

公安に発見されやすくとも、ひとまずきょうはかまわない。児童養護施設にも、都内へ行くと伝えてあり、許可を得ている。なんの問題もなかった。追っ手は自発的に優莉匡太の子を警戒しているにすぎない。いつものことだった。

霞ヶ関《かすみがせき》駅で日比谷《ひびや》線に乗り換え、六本木《ろっぽんぎ》駅で降りる。泉が丘や千葉の臼井とは、人口密度がまるでちがう。公安の尾行を撒けないまでも、難なく引き離せた。

電車に乗り飽きてきた。大江戸《おおえど》線に乗り換える気分でもない。地上にでて半キロほど歩き、麻布十番《あざぶじゅうばん》商店街に向かった。

石畳の路面も、カフェのオープンテラスも、ヨーロッパの街角のように洒落《しゃれ》ている。西洋人も多く見かける。けれどもカフェやコンビニを除けば、年季の入った金物屋や文房具屋、クリーニング店が軒を連ねる。通り沿いの高層マンションとも相まって、独特の雰囲気を醸しだす。並木や鉢植えが緑を添えるが、電柱と電線が情緒をぶち壊しにする。なにごとも極端な取り合わせが目につく。

元麻布の坂を上りきると、閑静な住宅街に豪邸が建ち並んでいた。それぞれの家の面積がやたらと広い。贅沢《ぜいたく》と無駄ばかりを凝縮した空間に思える。

慧修学院高校は、そんなセレブの集う街なかにあった。イングランド調の装飾を施した鉄柵《てっさく》に、本物の赤煉瓦《あかれんが》で組んだ門柱。校内からざわめきがきこえる。休み時間のようだ。

閉鎖された門の鉄格子の向こう、制服姿の警備員が立っていた。警備員が歩み寄ってくる。

結衣はささやいた。「どなたか先生をお呼びいただけませんか」

怪訝《けげん》な表情とともに警備員が去っていった。結衣はなにげなく路上を眺めた。視界の端に公安の姿をとらえる。ひとけのない街角だけに、身の隠しようもなく、堂々とたたずんでいる。威嚇のつもりらしい。結衣はしらけた気分で無視した。

門の向こうに三十代の男性が現れた。教師にちがいない。スーツの質がよく、国家公務員のような風体だった。名門私立となると、教職員の育ちからして異なるようだ。

結衣は軽く頭をさげた。「校長先生にお目にかかりたいんですけど」

教師が眉《まゆ》をひそめた。「なにか約束でも？」

「いえ」結衣は折りたたんだ便箋《びんせん》を、鉄格子の隙間から差しいれた。「これを」妙な顔をして教師が便箋を受けとる。それを開いてしばし文面を眺めた。路上では公安らが、なにをしているのかと目を凝らす。

ぎくっとした反応をしめし、教師が顔をあげた。「優莉結衣……さん？」

たずねるまでもないだろう。報道写真ぐらい見たことがあるはずだ。結衣は黙ってうなずいた。

教師はそわそわしながら後方を振りかえった。警備員が所定の位置に戻っている、そう確認したらしい。足ばやに校舎に引きかえしながら、教師がひとこと残していった。「ここでまつように」

瀟洒《しょうしゃ》な造りの校舎を眺めた。渡り廊下を生徒らが行き交う。女子はモスグリーンのブレザーにチェックのスカート、男子はスラックス。シルエットからして、わざわざ体型に合わせたオーダーメイドのようだ。はしゃぐ立ち振る舞いもどことなく上品に思える。上級国民の家庭に育つと、あんなふうになるのだろうか。

偏差値七十二、東大合格者数がベスト5から陥落したことがない、国内唯一の高校。公立をたらいまわしにされてきた結衣とは、住む世界が異なる。十八歳は死刑になる、そんなふうに意識する三年生など、ここにいるはずもなかった。

　セレブ高校をまのあたりにしたせいか、自分の人生の酷《ひど》さをあらためて痛感する。武蔵小杉《むさしこすぎ》高校事変のせいでタガが外れた。気づけば田代ファミリーとの血で血を洗う抗争に身を投じていた。その先になにがまっているのか、深く考える暇さえなく、殺すか殺されるかの日々を過ごした。

　公安が躍起になって結衣を尾《つ》けまわすわけだ。あらためてそう思う。疑わしきは罰せずの温情に逃れつづける結衣を、なんとしても死刑台送りにせんと必死にちがいない。

　最近になって、ようやく気づいたことがある。田代一家と抗争になったのは、奴らが半グレの最大勢力だったからだ。結衣が警察の目を盗みながら暴れまわり、気に食わない輩《やから》どもを殺していったら、田代親子に行き着いた。ポスト優莉匡太半グレ同盟として、ほかの勢力が君臨していれば、そいつらと相まみえていただろう。すなわち相手は誰でもよかった。ただ結衣の眼前に立ちふさがったのが田代ファミリーだった。

　武蔵小杉高校に転校したとき、結衣はすでに人殺しだった。大勢の生徒や教師たちのため、復讐《ふくしゅう》を果たしたとしても、それがいまの自分を形成するきっかけではなかった。

　甲子園《こうしえん》球場でテツを転落死させた。幼少期にはテツ兄ちゃんと呼んでいた大人だ。

特に慕っていたわけではない。そう呼ぶよう習慣づけられていた。テツを死なせる以前、中一の夏、安アパートの浴室で男を殺した。男は一方的に暴力を振るった。結衣にも、保護者代わりの市村凜にも。あのときはそう信じた。そのための報復だった。

　大人の心理はいつも理解不能に思えた。異常者や犯罪者ばかりとくればなおさらだった。いまでもよくわからないことがある。七歳か八歳のころ、テツは結衣にいった。五十メートルのライフル伏射、よく成功させたな。当時の結衣はまだエアライフルの射撃訓練に参加していなかった。タキ兄ちゃんも告げてきた。ボビナムのテイクダウン、うまく決まったじゃねえか。結衣がボビナムを学ばされたのはその翌年だった。大人たちはいつもいい加減だ。あるいは皮肉のつもりだったのか。結衣をなにもできない無能な次女とみなしていたのかもしれない。なんにせよ腹立たしい。

　男性教師が戻ってきた。いかめしい顔で門に歩み寄り、閂《かんぬき》を外した。教師は門を開け、路上にでてきた。

　閉鎖された門を挟んだ状態では、追い払うのに難儀する、教師はそう思ったらしい。眉間《みけん》に深い縦皺《たてじわ》を刻み、教師が結衣に告げた。「校長は会えない」

「そう」結衣はすばやく動いた。半開きになった門に身を滑りこませる。

「おい！」警備員があわてたようすで確保にかかる。その声をききつけたらしく、渡り廊下の生徒らがこちらに目を向けた。

すると教師が門を入ってきて、警備員を制した。生徒の前で揉《も》めごとを起こしたくない、そんな意識が働いたようだ。

やはりここは箱庭、お坊ちゃまとお嬢様の集まりでしかない。結衣は歩を速め校舎に向かった。体裁ばかりを気にし、危機管理が疎《おろそ》か。暴力団や武装半グレと地続きの世に住んでいると、みな自覚したことさえないのだろう。真実を知らせる義理も義務もない。けれども黙っているには心が重すぎる。

5

岡崎《おかざき》寧々《ねね》は三年D組にいた。休み時間も終わりに近いというのに、教室内がにわかに騒然としだした。生徒のほとんどは着席していない。続々と廊下に駆けだしていく。

男子生徒の声が耳に届く。「なにかあったのかよ」

別の男子生徒が弾んだ声で応じた。「さっきセーラー服が校長室へ入っていったけどさ。あれ優莉結衣じゃね？」

巻き髪のお洒落好きな女子生徒、久保田《くぼた》瞳《ひとみ》が眉をひそめた。「マジ？　まさか編入してくるとか？」

ふっくらとした丸顔の鴨川怜香《かもがわれいか》がいった。「なわけないって。うちの学校に入れるはずないでしょ」

「わたしたちも見に行こう」瞳が怜香をうながした。ほかの生徒らとともに戸口から駆けだしていく。

教室内に残る生徒はまばらだった。寧々が見まわすと、成績上位の優秀者ばかりが席についている。家柄のよさでもトップクラスに数えられる面々だった。

肩身が狭い気がしてきた。寧々は練馬《ねりま》区から通学する庶民でしかない。慧修学院高校ではマイノリティにあたる。下校時に高級車で迎えに来る親はいない。親が大企業の役員でもない。

保護者からの部活の寄付金総額が数億、謝恩会もホテルの大広間という、常軌を逸した上級国民の子の集まり。富豪の家でも高校生の暮らしはさして変わらないだろう、そんな凡人の観念がことごとく打ち破られる。ここはそういう学校だった。考えてみれば、いずれ政治家や官僚になるような人種が、一般家庭と同じ子供時代を過ごすはずもない。お受験で幼稚舎に入り、エスカレーター式に進学する。みな英才教育を受け、想像を絶する頭のよさを誇る。学年二百一人中、百八十六位の寧々とはちがう。

三年になってもクラスは成績別に分けられなかった。平等主義を掲げる校風のせいらしい。おかげで日々おぼえる劣等感も半端ない。いまも野次馬気分で廊下に駆けだすべきか迷う。そのほうが自分にはふさわしい所業に思えてくる。

開いたままの戸口から、童顔の男子生徒がのぞきこむ。やはり校長室へ向かおうとして、ふと足をとめたらしい。三年C組の野沢《のざわ》芳治《よしはる》は寧々を見つけると、教室内に駆けこんできた。目を輝かせ野沢がいった。「岡崎さん。優莉結衣が来てるって。見に行かない？」

同じ文芸部だからといって、特に親しくもない寧々を誘ってくる。ふだんから無邪気な野沢に悪気はないようだ。ただ軽く祭りのような騒ぎに興奮をおぼえている、そんなふうに思える。

いまの生徒らの唐突な盛りあがりは、桐宇翔季の不在の反動かもしれない。校内随一のアイドルは、ピアノコンサートに出演のためウィーンに飛んでいる。欠席は二週間。寧々はさほど気にならなかったが、女子生徒全般の意気消沈ぶりは顕著だった。ひさしぶりの賑《にぎ》やかな空気に、野沢までが感化されたらしい。

寧々は戸惑いながらきいた。「優莉結衣さんって、ときどきニュースで話題になってる人？」

「そうだよ。優莉匡太の次女。武蔵小杉高校事変のころからずっと、いろんな武装襲撃事件に関わってたんじゃないかって噂されてる」

「うちの学校になんの用？」

「知らないよ。気になるなら、一緒に来てよ」

「なんでわたしが……」

「そのう、ひとりで行くのは怖くて。クラスの友達はみんな先に行っちゃったし」

「なら向こうへ行けば会えるでしょ」

「その前になにか起きたら嫌だし。ねえ、頼む。ついてきてくれるだけでいいから」

野沢は気弱な男子生徒だった。以前も部室にいたとき、火災報知器が鳴っただけで慌てふためいた。寧々が職員室に行き、誤報だと確認してきて、ようやく落ち着きをとり戻した。あの経験から、寧々を頼りがいのある存在とみなしているのかもしれない。


いま周りに居残る生徒たちは、それぞれの机で自習を始めている。この場で騒々しく押し問答をつづけたのでは、みなの迷惑になる。とりわけ窓辺にいる雲英亜樹凪に配慮せねばならない。

国民の誰もが知る雲英グループのご令嬢。亜樹凪自身が有名人だった。マスコミの扱いは皇族の内親王に等しい。けっして大げさではなかった。礼儀作法をわきまえ、性格もすなおでおとなしい。亜樹凪の自習の妨げになるだけで、生徒失格の烙印《らくいん》を押された気になる。

やむをえない。寧々は席を離れた。「校長室の廊下までつきあうだけだよ」

「よかった！」野沢が戸口に駆けだした。「授業が始まっちゃうからさ、急ごう」

教室をでる寸前、ちらと亜樹凪を見た。亜樹凪は見かえしたものの、すぐに教科書に目を落とした。

田代勇次《ゆうじ》が事件を起こした日、亜樹凪はいった。恐れてなんかいられない。世界でいちばん凶悪犯罪が起きる場所に、もうすぐ行くから。

なんの話だろうと臆《おく》したが、ほどなくホンジュラス行きを意味していると気づいた。学校がきめたことだし、安全も約束されていると思っていたが、たしかに外務省のサイトによれば油断ならない国とわかる。首都テグシガルパ市を含む、複数の地域で危険情報がレベル2。不要不急の渡航を控えるよう呼びかけている。殺人の発生率が世界一という記事も目にした。

それでも心配しすぎに思える。日本との貿易も普通におこなわれているし、イスラム系テロとも無縁の国だ。亜樹凪はなぜあんなことを口にしたのだろう。本気で行くべきではないと考えているのか。

廊下にでるや、野沢が能天気な声を響かせた。「この学校には警備員がいるからさ。問題なんか起きやしないよね」

そう思っているのなら、同行など求めるなといいたくなる。それでも寧々のなかに好奇心が生じてきた。世間で話題の優莉結衣。いったいどんな人物だろう。

ふいに階下から教頭の声がきこえてきた。「いいから帰れ！　ぶしつけになんだ。泉が丘高校には連絡しておくからな！」

寧々は野沢と顔を見合わせた。急ぎ階段を二階に下りると、廊下に人だかりがしていた。生徒の群れがふたつに割れた。早くも優莉結衣が校長室からでてきたらしい。来たばかりなのに、もう用事は済んだのか。

人垣の隙間から、寧々は訪問者の姿をとらえた。セーラー服を着たモデルのような瘦身《そうしん》が、長い黒髪をなびかせ歩いてくる。顔は報道で目にしたことがあった。きりっとした端整な面立ち。寧々と同じ十八歳とは思えないほどの存在感を放つ。けれども堂々たる態度かといえばそうでもない。むしろ猫背ぎみに、視線を落として歩いている。周りに対する威圧感はほとんどない。そのせいか思ったより小さく見える。

静まりかえった生徒たちも、どこか拍子抜けした反応をしめしだした。瞳と怜香がこそこそと笑いあっている。意地悪コンビがなにか、よからぬ企てを思いついたらしい。

瞳が廊下の壁に貼られたポスターに手を伸ばす。隅をわずかに剝《は》がしとった。校内の掲示には画鋲《がびょう》ではなく、粘土状のソフト接着剤が使われる。瞳がつまんだソフト接着剤を指で弾《はじ》いた。半固形のソフト接着剤が、結衣のこめかみにべっとり付着した。瞳と怜香が笑いあった。周りの生徒たちも笑い声をあげる。結衣は黙って立ちどまった。

ふいに緊張感が漂う。生徒たちはまた静かになった。しかし結衣は脇目も振らず、また歩きだした。

下り階段に向かう結衣の背を、一部の生徒が冷ややかに見守る。訪問の目的はわからないが、さっきの教頭の言葉から察するに、結衣は追いかえされたのだろう。そのせいか軽蔑《けいべつ》のまなざしが増えていた。

ハンドボール部を引退したばかりの、角刈りで肌の焼けた鶴久《つるひさ》章輔《しょうすけ》が、クラスメイトの瞳や怜香とささやきあっている。にやりとした鶴久が結衣の背に駆け寄った。

階段の下り口に達した結衣を、鶴久は後ろから突き飛ばした。寧々は思わず悲鳴をあげた。結衣は体勢を崩した。鶴久らはげらげらと笑った。だが結衣は踏みとどまれずつんのめり、階段を転げ落ちていった。みなの表情が凍りついた。

　次の瞬間、生徒たちはいっせいに階上へと逃走しだした。笑っている顔も多い。寧々は凍りつき、その場に留《とど》まっていた。野沢も同様だった。

　結衣は踊り場に横たわっている。寧々はあわてて階段を駆け下りた。「だいじょうぶ？」

　野沢も寧々につづき、踊り場まで下りてきた。結衣がゆっくりと上半身を起こした。さほど痛そうにはしていないものの、セーラー服は埃《ほこり》まみれになっていた。うつむいたまま手の甲で口もとを拭《ぬぐ》う。怪我はないようだった。

「あのう」寧々は気が動転していた。とにかく丸くおさめねばならない。結衣の近くにしゃがみ、寧々は話しかけた。「ごめんなさい、あの、こんなことはふつう起きなくて……。うちの学校はふだん平和なんですけど、たまに陰湿な奴がいるっていうか、いえ、いまみんなが蜘蛛《くも》の子を散らしたようにいなくなったのは、授業が始まるからで、悪気はないの」

　野沢がうわずった声で後をひきとった。「この学校ではチャイムが鳴らないんだよ。だからみんな時間だと気づいて、階段を上っていっただけで、けっして逃げたわけじゃないんだよ、ほんとに」

見え透いた嘘がかえって結衣を傷つける、そんなふうに思えた。信頼関係を築かなくては。寧々はおずおずときいた。「優莉結衣さん……だよね？　わたしは三年D組の岡崎寧々」

寧々は野沢をうながした。野沢があわてぎみにいった。「C組の野沢芳治」

結衣は伏し目がちのままだった。ゆっくり立ちあがろうとする。寧々が手を差し伸べると、結衣はわずかにためらいをしめしたのち、その手を握った。

「ありがとう」結衣はささやいた。

思わず面食らう。すなおに礼をいった。握った手の感触といい、恐縮したような態度といい、噂を裏付けるような凄味《すごみ》はどこにもない。むしろ寧々にとっては懐かしい感じがした。公立中学に通っていたころまでは、いじめ被害に遭っても謙虚さをしめす、こんなクラスメイトがいた。

結衣は顔をあげずにきいた。「あなたたちもホンジュラスへ行くの？」

「ええ。三年生は全員参加だし」

「そう」結衣は背を向けた。「気をつけて」

それだけいうと結衣は踊り場をまわり、一階へと下りていった。

呆気《あっけ》にとられるような空虚さを残し、結衣は立ち去った。寧々と野沢は踊り場にたたずんだ。

女子の落ち着いた声が呼びかけた。「岡崎さん」

はっとして二階を見あげる。雲英亜樹凪が寧々を見下ろしていた。寧々は驚いて駆け上った。「な、なに？　雲英さん」

亜樹凪は真顔でいった。「授業が始まるのに戻ってこないから、どうしたかなと思って」

「あー、ごめんなさい」寧々は困惑をおぼえた。亜樹凪は寧々のために、わざわざようすを見にきたらしい。さほど親しいわけでもないのに、そこまで気遣いをしめされるとは思わなかった。

三人で階段を上りだした。亜樹凪に心配をかけたくない。寧々は思いのままを伝えた。「噂なんて当てにならないね。優莉さんはごくふつうのおとなしい子だった」

「そう」亜樹凪が階段を上りながらたずねた。「優莉結衣さん、なにかいってた？」

「ホンジュラスに行くのかって」

ふいに亜樹凪が足をとめた。その顔に翳《かげ》がさした。「ごめんね」

「えっ」寧々は驚いた。「なにが？」

「ホンジュラス行きは、たぶんわたしのせい。父のグループ企業のホンジュラス支社が、経済協力の旗頭になってる。本来ならわたしだけ渡航するべきなのに、父がこの学校に持ちかけた。校長先生も私立校としての格上げを狙って、三年生全員での行事になった」

野沢がこわばった笑いを浮かべた。「だ、だけど……。危険な国のように思われているのは偏見なんだよね？　偏見を払拭《ふっしょく》するための国際交流なんだろ？」

亜樹凪の顔に微笑はなかった。「桐宇君も迷惑に思ってないといいけど」

そんなつぶやきを残し、亜樹凪は階段を上っていった。

寧々は野沢を見た。野沢も不可解な表情で見かえした。はっと我にかえる。ふたりは同時に亜樹凪の背を追い、階段を駆け上った。このままでは授業に間に合わない。

桐宇翔季は帰国しないまま、ウィーンからヒースローとダラスを経由し、ホンジュラスに飛ぶ。きのう報道で知った。

亜樹凪は桐宇を気にかけている。それだけで週刊誌の記事になりそうだった。ふたりがクラスメイト以上の関係かどうか、寧々には知るよしもない。ただしいまは、ほかの心配が頭をもたげてくる。

世界でいちばん凶悪犯罪が起きる場所、亜樹凪は以前そういった。学校による説明とは真逆になる。ホンジュラスには雲英グループの企業の支社がある。亜樹凪がほかの誰よりも、ホンジュラスの実状に詳しいのだとしたら。

6

桐宇翔季はウィーンで最も有名なコンサートホール、ヴィーナー・ムジークフェラインにいた。日本では楽友協会と呼ばれる由緒ある施設だった。小ホールのブラームス・ザールで催されたコンテストで、桐宇はピアノソロを弾いた。きょうは大ホール、グローサー・ムジークフェラインスザールの舞台に立つ。

いまどき燕尾《えんび》服《ふく》など遠慮したかったが、どうしてもと周りに押しきられてしまった。ウエストコートの代わりに白のカマーバンドを合わせることで、なんとか妥協した。

舞台上にはフルオーケストラが待機している。桐宇は割れんばかりの拍手で迎えられた。緊張は感じない。きょうは千秋楽だ、いつもどおりベストを尽くすだけだった。グランドピアノは指揮者台より前、舞台の中央に堂々と鎮座していた。

白髪のベテラン指揮者、フリードリヒ・シューペンターが現れると、拍手はいっそう大きくなった。演奏者が全員立ちあがり、聴衆に向かい会釈する。

　桐宇はピアノに向かい着席した。定番というべきチャイコフスキーのピアノ協奏曲第1番、変ロ短調、作品23。シューペンターが指揮棒を振り下ろすや、雄大な序奏がホールを揺るがす。桐宇は鍵盤《けんばん》に這《は》わせた両手の指を叩《たた》きつけ、鐘の音に似た重い和音を弾き鳴らした。第一ヴァイオリンとチェロの奏でる主題に乗る。

　変ロ短調の第一主題から、よりエモーショナルな第二主題へと昇華させていく。管弦楽に負けてはならない。パワフルに乗りきったのち、カデンツァを壮大に弾きこなす。二十分の第一楽章を力強く締めくくった。

　上出来だと桐宇は思った。わかりきったことだ。ピアノの聴かせどころはわきまえている。あらゆる技巧もマスターした。いまさら危なげな演奏などありえない。

　第二楽章、しなやかなフルートの音いろをバックに、ピアノパートを軽快に奏でる。明るく華やかに。聴衆にも楽しさが伝わるはずだ。

　七分を超える第二楽章を終え、ほぼ同じ長さの第三楽章に入る。躍動感に満ちた旋律がつづく。ピアノの曲芸めいたテクニカルな活躍、その機会が頻繁に訪れる最終楽章だった。桐宇は一瞬たりとも出遅れず、またミスも生じさせなかった。

　日々同じことの繰りかえしで、退屈とさえ感じられる。人生も同じだった。十八にして将来が確定してしまった。このまま東京藝大《げいだい》に進み、ピアニストとして歳を重ねていくのか。天才と崇《あが》められる日々にもうんざりしてきた。世間は桐宇が積み重ねてきた努力を理解していない。

　音楽もわからない大人たちが、ただ海外で評価されたという理由だけで、桐宇をさかんに持て囃《はや》す。ピアニストである必要すらない、音楽と無関係な催しへの参加も求められる。きょうの舞台が終われば、日本に帰ることなく、中米に飛ばねばならない。慧修学院高校三年が国際交流のため、ホンジュラスを訪問するからだ。学校行事という触れこみだが、むろん同校に在籍する著名人、桐宇翔季ありきの決定にちがいない。

　今後は大人たちの都合に翻弄《ほんろう》されるだけか。ピアノを極めたその先に見えてくる、未知なる光景に期待したが、そんなものはなかった。死にものぐるいで鍛錬を積んだ結果、新たな目標はもう見いだせない。

　虚《むな》しさを抱えていようと、ピアノの演奏にはなんら支障がなかった。オーケストラは喜びを爆発させたような、圧倒的なスケール感を誇る締めくくりに達する。桐宇は完璧《かんぺき》に弾き終えた。

　万雷の拍手が響く。指揮者シューペンターの合図とともに、演奏者全員が立ちあがった。桐宇もかしこまって立ち、深々とおじぎをした。

　顔をあげたとき、桐宇のなかに違和感が生じた。満場総立ちではない。スタンディングオベーションを送る聴衆は、半分ていどに留《とど》まっている。

初日以来、全員が立ちあがることはいちどもなかった。それでも少しずつ聴衆の反応は好転していった。千秋楽のきょうは満場総立ちをひそかな目標としていた。なのに鑑賞者の半分が着席したままだ。なぜこんなことになる。

熱に浮かされたように、ぼうっとした気分で退場する。オーケストラの演奏者らと握手を交わし、舞台の袖《そで》にひっこんだ。楽屋の前室で、しばし茫然《ぼうぜん》と椅子に腰かける。

近くに置いてあった新聞が目に入った。オーストリアドイツ語にも慣れてきた。なにげなく手にとると、自分の写真が紙面を飾っていた。ピアノを演奏中の桐宇の姿がある。

見出しに心がかき乱された。日本の天才少年、ウィーンで通用せず。そう記してあった。

日本の高校生ピアニスト、桐宇翔季は国際コンクール優勝を受け、ウィーンのコンサートでピアノ協奏曲を披露した。痩《や》せた長身は繊細に見え、ハンサムな顔つきも芸術家肌と期待させたが、演奏は極上とはいいがたい。癇癪《かんしゃく》を起こした子供が、力まかせに鍵盤を打ち鳴らすかのようだ。ピアノパートの在り方を理解できていないとしか思えない。音楽評論家ニコラウス・クラウス氏は「あの気どった長い前髪が演奏の支障になったのだろう」と皮肉をもって一蹴《いっしゅう》し……。

桐宇は憤りとともに新聞を投げだした。この記事はなんだ。通訳やマネージャーからきいていた論評とまるでちがう。

オーストリアドイツ語が話しかけてきた。「翔季《ショウキ》。どうかしたのか《ヴァスイストロス》」

視線をあげた。指揮者のシューペンターが近くに立ち、桐宇を見下ろしていた。

シューペンターの目が、投げだされた新聞に向いた。ああ。そんな顔をしたシューペンターが新聞を拾いあげる。「気に病むことない《カイネゾルゲ》」

音楽家は外国語の習得が早い。音を耳でおぼえるからだった。桐宇も例外ではなかった。むろん単語の暗記と文法の学習をこなしたうえでのことだが、それなりに会話はできる。この国の言語でシューペンターにたずねた。「なにが悪かったんでしょう《ハブイッヒエトヴァスファルシュゲマ》か《ハト》？　ひょっとして技巧に未熟なところが……」

「いや」シューペンターは穏やかに微笑した。「きみの技巧は素晴らしい。何度もそういったじゃないか」

言葉にわずかな含みを感じる。桐宇はシューペンターを見つめた。「お気づきのことがあるんですね？」

「……第二楽章だが」シューペンターが穏やかにいった。「きみはフルートの主要旋律を、ピアノの伴奏のようにとらえていないか。ピアノパートはあくまで、温かみのある音いろでフルートと調和すべきだ。第一楽章の第二主題もそうだったな。管弦楽をピアノで打ち負かそうとしていただろう。両者が対等に渡りあってこそ、それぞれの主題がうまく絡みあう協奏となる」

　頑張りが裏目にでたというのか。自分ではそう思えない。桐宇はため息とともに目を逸《そ》らした。「でしゃばりすぎってことですか」

「十八歳という年齢を考えれば上の出来だよ。でもここはウィーンだ。チャイコフスキーの独創的で高貴な旋律は、人生を長く生きてこそ味わいがでてくる」

　やはり腑《ふ》に落ちなかった。大人がよく使う、若者にマウントをとるための詭弁《きべん》にも感じられる。桐宇はきいた。「年齢を重ねることで、どう演奏に反映されるんですか」

「多くの生と死に接し、喜びも苦しみも悲しみも経て、愛を信じ愛に裏切られ……。言葉にすると陳腐でしかないな。だからこそ音楽というものがある」

「僕には当分、理解できそうにありませんね」

　シューペンターは諭すように告げてきた。「強いていうなら、ひとりで軍隊と戦うぐらいの気位が必要ってことだ。傲慢《ごうまん》さで乗りきるか、それとも本物の勇気を養うか。

ピアノソロには如実に表れる」

「ひとりで戦う……。悪くすれば本当にそうなりそうです。ホンジュラスに飛びますから」

「ホンジュラスに？　あっちで演奏するのか？」

「いえ。学校行事ですよ。文化交流です」

「そうか。有名人は辛《つら》いな」シューペンターは同情心をのぞかせたものの、すぐに肩をすくめた。「束縛されず自由であることが、芸術家としての表現力を解き放ってくれる。私はきみにそういったな。いまはまだ意味をとり違えているようだ。そのうちわかる日が来る」

　それだけいうとシューペンターは立ち去っていった。桐宇の目はふたたび新聞に向いた。

　年齢とともに顕著になるものがあるとすれば、それは衰えや自信のなさではないのか。大人たちはそこを味わいととらえるかもしれない。こんな記事は若さへの嫉妬《しっと》だろう、桐宇は投げやりにそう思った。きのう読んだ本で見つけた、オスカー・ワイルドの名言にもある。老人はなんでも信じる。中年はなんでも疑う。若者はなんでも知っている。

7

岡崎寧々は旅客機の座席で身を硬くしていた。機体は大きく横に傾き、長いこと急旋回をつづける。一方の翼が山肌をかすめ、砂地も同然の地面すれすれに飛び、斜面の下方にある滑走路へと向かう。強烈な夕陽に照らされた、黄緑と黄土いろの中間というべき、独特の色彩がひろがる大地。ここが異国だと思い知らされる。

羽田《はねだ》からアメリカへ飛び、ヒューストンのホテルで一泊。また空港に戻り、メキシコ・シティ国際空港を経由し、ようやくホンジュラスに着いた。のべ時間にして丸一日以上、機内に座っていたことになる。エコノミークラスには慧修学院高校の制服、二百名がひしめきあっていた。六月に入り夏服に変わっている。みなひとことも喋《しゃべ》らない。フライト中はモニターで映画を観て、なんとか時間を潰《つぶ》したものの、さすがに疲れきっていた。早くホテルに入りたい。

突きあげる衝撃により、旅客機のタイヤが路面に接地したとわかる。轟音《ごうおん》が耳をつんざく。どうしてこんなに恐ろしいノイズを響かせるのだろう。ネットによればこのトンコンティン国際空港は、世界で二番目に危険な空港らしい。斜面に沿って着陸せねばならないことから、過去に悲惨な事故も起きているという。もうこれ以上怖がらせないでほしい。

機体が滑走路を滑るうち、しだいに減速していった。やがて無事に静止した。生徒たちがシートベルトを外し、それぞれに立ちあがる。寧々もみなに倣った。手荷物のリュックをとりだし、通路の列に加わる。

開いたドアから機外にでた。黄昏《たそがれ》どきが迫っているというのに、真夏の日中のような暑さに包まれる。ボーディングブリッジには接続されておらず、タラップが横付けされている。階段を下り、近くに待機するバスに分乗する。

バスに揺られながら窓の外を眺めた。管制塔の周辺には、ヘルメットに迷彩服、防弾チョッキにライフルといういでたちの兵士らが立つ。ぞっとするような眺めだった。飛行機も海外旅行も初めての寧々にとっては、なにもかも恐怖の対象でしかない。

空港の到着ロビーは、蛍光灯が照らすのみでほの暗く、陰気で殺伐としていた。建物も古い。トイレに行く生徒もいるが、寧々はとてもそんな気になれなかった。預けてあったトランクを受けとり、空港の外にでる。

街路灯が少ないせいか闇がひろがる。異様なほど大勢の男たちがエントランス付近に群がっていた。みな巨漢で、開襟シャツを着ていて、顔が濃い。旅客をつかまえようとするタクシー運転手かもしれないが、それにしても人数が多い。誰もがじろじろとこちらを眺める。生徒らは黙って大型バスに乗りこんだ。

　バスの車内で、ふたつ前の席に雲英亜樹凪がいた。亜樹凪もなんら特別あつかいを受けず、ただ生徒のひとりとして一行に加わっている。彼女がいればこそ、ほかの生徒たちも不満を漏らさない。こういう辛抱強さは名門私立ならではかもしれない。ふだん性格の悪さがのぞくクラスメイトたちも、おとなしく集団行動にしたがっていた。

　道路のわき、スペイン語とおぼしき、読めない看板が目に入る。また心細くなる。やがてバスは市街地に入った。ほぼ真っ暗だが、遠方には高層ビルも見える。山が多かった。道路は異様に広いが、歩道との境目がない場所ばかりで、道端はゴミ溜《た》めのように汚い。Tシャツ姿の浅黒い顔の男たちが、やたらに辺り一帯を徘徊《はいかい》する。スペイン建築の古風な建物は老朽化し、外壁の塗装が剥《は》がれ、あちこちに亀裂が走っていた。上半身裸の少年、娼婦《しょうふ》のような女たちもうろつきまわる。

　だんだん怪しい雰囲気になってきた。バラック小屋に等しい粗末な民家が連なる。ほとんどの窓にガラスがなく、室内が丸見えだった。壁一面が崩れた家すら存在する。日没後も洗濯物が干しっぱなしになっていた。歩道にある土嚢《どのう》や有刺鉄線はバリケードではないのか。急にクルマが燃えていたりもする。やばくね、と誰かがいった。店舗のシャッターが壊されている。いたるところにスプレーの落書きがある。

木製の電柱は傾いていた。椰子《やし》の木など熱帯性の植物が、街なかに無造作に生えている。瓦礫《がれき》の山も目についた。年代もののカトリック教会は斜めに傾いて建つ。舗装されていない道路では、バスが激しく振動した。

寧々の父が動画配信で観ていた映画『ランボー　ラスト・ブラッド』そのものの光景。いや、あれは映画だけに、極端に描いていたにすぎない。しかも舞台はメキシコだった。経由地ではあったが、ここは別の国だ。

だがそれならなぜ映画とうりふたつだと思うのか。メキシコよりもっと危険な、映画のままの国があった、その証明ではないのか。

そんな馬鹿な。それこそ偏見だろう。今回の訪問はホンジュラスの正しい現状を、日本や世界に知らせることを目的としている、そうきいた。着いた早々、先入観にとらわれるべきではない。

ネットで予習してきたことを頭のなかで復習した。ホンジュラス共和国、首都はここテグシガルパ。人口は八百三十万人。西はグアテマラと国境を接する。南西がエルサルバドル、南東はニカラグア。国全体のＧＤＰは鳥取県と同じ規模で、人々の貧しい暮らしぶりは一見してわかる。

それでも日本はホンジュラスの援助に尽力してきた。青年海外協力隊の派遣実績は中南米のなかで一位。一九九八年にハリケーン被害に遭った際には、自衛隊国際緊急援助隊が派遣されている。

地デジに日本のシステムを採用したり、円借款で水力発電を増強したり、ホンジュラス政府は積極的に支援を受けいれている。在ホンジュラス日本企業は案外少なく四社。うち一社は雲英製作所ホンジュラス支社だった。

亜樹凪がいったとおり、慧修学院高校三年による訪問は、雲英グループの影響あってのことらしい。ホンジュラス側から日本の高校生を招きたいと要請があり、関係の深い雲英グループがそれに応《こた》えた、週刊誌の記事にそうあった。亜樹凪のほかに桐宇翔季という有名人がいることも決定打になったという。

むろん不安がる生徒も多かった。保護者も反対した。よって学校による説明会が催された。登壇した専門家は、ホンジュラス人はおとなしく平和的である、そのことばかりを強調した。エルサルバドル内戦の避難民を受けいれる一方、戦争には加担していない。マラスという少年犯罪グループが知られているものの、ＩＳのように大規模なテロ組織とは無縁で、日本でいう武装半グレ集団にも及ばない。ホンジュラスの高校生もみなさんを歓迎しています、専門家はそう繰りかえした。

　バスがホテルの敷地内に入った。外資系らしく小綺麗《こぎれい》な建物でほっとした。庭園も広々としている。現地の人々の営みとは、明確に隔てられている感がある。エントランスをくぐると豪華なロビーがひろがっていた。従業員はむろんホンジュラス人だが、いたって礼儀正しく見える。

　宿泊用の部屋は四人ずつ、ベッドも四つあった。寧々はクラスメイトの三人の女子生徒と一緒になった。ユニットバスは古びていたが、きちんと清掃されていた。水圧は弱くてもシャワーがちゃんとでる。室内はエアコンもきいている。窓枠には埃《ほこり》が溜まっているものの、外国なのだからと自分を納得させた。

　テレビは映らなかった。リモコンの操作方法がまちがっているのかもしれない。どうせスペイン語の放送など観てもわからない。

　夕食は機内で済ませてきた。寧々は歯を磨きパジャマに着替えたのち、クラスメイトらとともに早々にベッドに潜った。眠れない一夜を明かす。ときおり外から、なにかが破裂するような音が響いてくる。寧々は気にしまいと躍起になった。

　翌朝六時、ホテル一階ロビーに隣接するレストランに、生徒全員が制服姿で集合した。みな眠そうにしていて、雑談もほとんどない。教師らも緊張の面持ちに見える。ビュッフェスタイルの朝食だが、従業員の数が足りていないのか、フロントのスタッフまでが駆りだされていた。

スープをとり分ける係がいないらしく、寧々はしばらくまったものの、結局自分でレードルを手にした。自分の皿にスープを注ぐ。するとほかの生徒が来たため、そのぶんもすくってあげた。さらに生徒たちが並びだし、寧々はいつの間にかスープ係になってしまった。

ようやく列が途切れ、寧々が立ち去ろうとしたとき、また男子生徒がトレーを持って近づいてきた。寧々は顔も見ずに、トレーの上の皿にスープを注いだ。

すると男子生徒が落ち着いた声できいた。「なんできみが働いてんの？」

寧々ははっとして顔をあげた。桐宇翔季が目の前に立っていた。

近くにいた女子生徒が驚きの声を発した。「桐宇君!?」

いっせいに黄いろい歓声があがった。女子生徒らが立ちあがり、桐宇を囲もうとする。彼がいつどこで合流するか、誰もきかされていなかった。男子生徒や教師までが笑顔になっている。単に校内の人気者というだけではない。海外に慣れている桐宇に頼りがいを感じるのは当然だった。

だが桐宇は周りに目もくれず、片手で寧々の作業をそっと制すると、厨房《ちゅうぼう》に声をかけた。「ジョ・キエロ・プロバール・ソーパ！」

コックがあわてぎみに駆けだしてきて、寧々の手からレードルを受けとった。ようやく本来のスープ係が現れた。

女子生徒らが感嘆の声を発する。寧々も唖然《あぜん》として桐宇を見つめた。スペイン語を喋《しゃべ》れるのだろうか。

桐宇は疑問を察したようにいった。「飛行機のなかで日常会話の例文だけ、なんとかヒアリングでおぼえた。レストランで注文するときの言い方だし、たぶんまちがってると思う」

「でも……。通じてたし」

「そうだね」桐宇は控えめに笑った。スープ鍋のわきに置いたままの、寧々のトレーをちらと見る。スープが冷めてしまったことに気づいたらしい。桐宇は自分のスープ皿を、寧々の皿と取り替えた。そのままなにもいわず立ち去っていった。

寧々はトレーをとりあげた。桐宇が交換していったスープから湯気が立ち上る。半ば放心状態で桐宇の背を見送った。

ふと気づくと、周りの女子生徒らの射るような視線が突き刺さった。桐宇と親しげに会話したことのある女子は、校内にほとんどいない。嫉妬《しっと》を向けられても仕方ない。特に久保田瞳と鴨川怜香の目つきが険しかった。寧々はそそくさとその場から逃げだした。

朝食の時間が終わると、いったんそれぞれの部屋に戻り、でかける準備をする。ロビーへの集合は九時。バスでテグシガルパ市内の高校、ベアトリス・スクールに向かう。

すでに陽射しが強く照りつけていた。バスから眺められる朝の市街地は、やはり清潔とはいいがたいものの、人々の営みはいたってふつうに見える。営業している商店もちらほら目につく。ラッシュのような混雑はない。なんの商売をしているのか、荷物を山のように積んだ自転車が駆け抜けていく。ワンピース姿の女性が、野菜をいれたカゴを頭の上に載せ、器用にバランスをとりながら歩く。道端ではやはり男たちが群れをなしていた。みな揃ってこちらをじっと見つめる。ああいう人たちはなにを生《なり》業《わい》にしているのだろう。

盆地のため、周囲に低い山が連なる。閑散とした街並みのなかにベアトリス・スクールはあった。古びたフェンスに囲まれた敷地内に、年代ものの三階建て校舎が存在する。外壁はピンクいろに塗られていた。

　慧修学院高校三年D組の担任、萩原《はぎわら》は三十代半ばの、これといって特徴のない男性だった。けさまでは存在を小さくしていたが、桐宇が合流したためか、いつものように自信ありげな態度に戻っている。萩原はバスの車内で説明した。ベアトリス・スクールは名門中の名門と呼べる私立校で、幼稚園から高校までの一貫教育をおこなっているという。

　バスを降車し、全員で校内を訪問する。暑さをしのぐためか、小さな窓が壁の上方に開いているのみで、全体的に薄暗い。内壁は白と青のツートンカラーに塗装されている。

　階段の踊り場には「ようこそ」と日本語の切り文字が貼ってあった。その下には二枚のポスターが並んで掲示されている。政府開発援助の広告らしき、雲英亜樹凪の微笑む姿。もう一枚はウィーンコンサートの宣伝用だろう、ピアノを弾く桐宇翔季の横顔だった。亜樹凪と桐宇は黙って通過した。ほかの生徒たちは複雑な面持ちだった。悪気はないのかもしれないが、慧修学院高校三年生のみなさまとは、どこにも書かれていない。寧々ももやっとしたものを感じた。歓迎されているのはふたりだけか。

　二階の廊下に、ベアトリス・スクール高等部の生徒らがずらりと並んだ。向かい合うように、慧修学院高校三年の生徒たちも同じく横並びになった。

　ホンジュラス人の生徒はみな身体が大きい。日焼けした顔も極端に大人びている。向こうからすれば日本人はかなり子供っぽく見えるだろう。ベアトリス・スクールの制服は白の開襟シャツに水いろのリボン、濃紺のスラックスもしくはスカートだった。校則が厳しいのはひと目でわかる。女子生徒は黒髪ばかりで、長さも肩にかかるていど、スカート丈は一律に揃っている。靴も靴下も全員共通だった。

　ホンジュラス政府の管理下にある、国際相互教育交流機構の職員らが立ち会っている。むろん全員ホンジュラス人だ。ほかに首都テグシガルパのテレビ局や新聞社からも、報道陣が送りこまれていた。在ホンジュラス日本大使も、のちほど姿を見せるという。

　国際相互教育交流機構の男性職員が、訛《なま》りの強い日本語を廊下に響かせる。説明によれば、この学校は幼稚園部二学年、小学部六学年、中高等部五学年からなり、千百十六名の生徒が通っている。授業は月曜から金曜。科目の選択制はなく、みな同じ授業を受ける。ただしスペイン語だけでなく、英語でも授業が実施される。エリート校では英語の習得が必須《ひっす》条件らしい。

　最終学年の生徒は卒業の条件として、社会奉仕活動が義務づけられている。生徒は自家製のパンやケーキを販売し、収益を教会や福祉施設に寄付する。ほとんどの生徒が大学進学を希望し、学業に勤《いそ》しんでいる。宿題は多いが、日曜には家族とともに教会のミサにでかける。

日本の経済協力は有名らしい。雲英亜樹凪が紹介されると、ホンジュラスの生徒らは笑顔で拍手した。亜樹凪が丁寧におじぎをする。次いで桐宇翔季の名が告げられた。ベアトリス・スクールの女子生徒たちは、一様に満面の笑みになり、ふたたび喝采《かっさい》を送った。やはり国はちがっても女子の反応は似通っている。

全体の顔見せが終わり、在学生らはみなそれぞれのクラスに戻った。日本人の生徒らはクラスごとに、それぞれ教室を訪問し、生徒間の交流が始まった。

もっとも互いに尻込《しりご》みしあうばかりだった。現地のマスコミがカメラやマイクを向けてくるため、なんとかコミュニケーションをとる必要に迫られる。ホンジュラス人の女子生徒が、こわばった笑顔で自己紹介した。スペイン語ではなく英語のため、多少たどたどしい。寧々のクラスメイトが英語で応じる。誕生日をきいたり、親の仕事をたずねたり、無難な質疑応答が交わされる。ぎこちない社交辞令の様相を呈していた。

寧々は手持ち無沙汰《ぶさた》に教室内を見まわした。机も椅子も木製だった。黒板の一部は割れていたが、黒の布テープで亀裂がふさいである。資金の乏しさが随所にうかがえるものの、ここホンジュラスでは慧修学院高校に匹敵する、上級国民の子が通う学校にちがいない。

以前に見たネット記事によれば、公立校はスペイン語の授業のみで、英語はろくに教わらないという。しかも公立校の教師が、賃金アップを求め頻繁にストライキするため、授業日数が規定の半分にも満たない年が多くあるらしい。

背後で桐宇の声が日本語でささやいた。「先生。どうも具合が悪いです。腹が痛くて」

寧々は振りかえった。桐宇は担任の萩原と向きあっていた。教室内の生徒たちは、ホンジュラスの生徒らとの対話に追われ、桐宇の発言に気づいていないようだ。

萩原が困惑のいろを浮かべた。「だいじょうぶか？　この学校、保健室はあるかな」

「さっき入口を入って右手に見かけました。スペイン語はあるていどわかるので、行ってきていいですか」

「ひとりじゃなにかあったとき難儀するだろう。誰かひとり付き添いを……」

桐宇がふいに寧々を見つめた。「岡崎さんが一緒に行ってくれるそうです」

「えっ」寧々は思わず声を発した。

教室内がしんと静まりかえった。クラスメイトの女子生徒らが睨《にら》みつけてくる。

寧々は身を小さくして立ち尽くした。

だが桐宇はかまわず戸口に向かいだした。「岡崎さん、親切にありがとう。行こう」

寧々は小走りに桐宇を追った。亜樹凪がこちらを見ていた。しかし亜樹凪は現地の女子生徒に向き直り、会話を再開した。亜樹凪もスペイン語が喋《しゃべ》れるらしい。

桐宇とともに廊下を歩きつつ、寧々は後方を眺めた。マスコミがついてくる気配はない。ほっと胸を撫《な》で下ろした。ふたりきりでいるところが報じられたら、日本じゅうの桐宇のファンから袋だたきだ。

下り階段に差しかかったとき、桐宇がぼそりといった。「二月から新学期が始まるんだってさ、ホンジュラスの学校って」

「へえ」寧々は桐宇に歩調を合わせ、階段を下りていった。「でも訪ねてみれば、案外ふつうの学校だよね」

「こんなのはふつうじゃないよ。ほとんどの学校は山岳部にある小さな複式学級で、学級費も教材費もない。教員も学習不足、授業はいい加減。小学校の授業は半日のみ、午前か午後のどちらか。スペイン語と算数しか習わない」

「ほんとに？」

「機内でＣＡが教えてくれた。年間指導計画にはほかの教科も書いてあるけど、たいていの小学校じゃやらないってさ。低所得者層の子供たちは経済的理由から、義務教育も終えられない」

「……ＣＡがそんな話をしてくれるの？」

「座席の世話をしに来てくれるし、会話ぐらい……」桐宇はふと気づいたような顔になった。「ああ。座席によってサービスはちがうけど」

ファーストクラスかビジネスクラスの話なのだろう。階段を下りきると、正面に出入口があった。寧々は廊下を眺めた。緑地に白い十字のマークが掲げてある。あそこが保健室だ。ところが桐宇はそちらに向かわず、校舎の出入口へと歩いていく。

寧々は戸惑いがちに声をかけた。「こっち……」

「行かない。仮病だよ」桐宇は寧々に問いかけてきた。「一緒に来ない？」

「まさか外へ？」寧々は驚いた。「まずいよ。先生に断りもなく出歩くなんて」

「この学校は例外中の例外でしかない。日本での印象をよくするため、実態と異なる情報を植えつけようとしてる。僕らは宣伝のために利用されてる」

「だけど……」

「嫌なら戻っていいよ。本来のこの国を見なきゃ、わざわざ来た意味なんかない」

桐宇がぶらりと外にでていく。寧々は途方に暮れたものの、桐宇を追いかけるしかなかった。付き添いのため教室をでたのに、勝手な行動を見過ごすわけにいかない。萩原先生に怒られる。

建物から一歩踏みだしたとたん、屋外の白さに目が眩《くら》んだ。まだ午前中だというのに、灼熱《しゃくねつ》の太陽が辺りを明るく照らす。

誰もいない校庭を突っきり、正門へと向かった。乾燥しきった風が砂埃《すなぼこり》を巻きあげる。傍らの駐車場に、黄いろいスクールバスが何台も停まっていたが、そこにもひとけはない。桐宇が歩きながらささやいた。「親が迎えに来ても、身分証の提示なしには、学校は生徒を引き渡さないってさ。それだけ誘拐が多いんだろうね」

「誘拐」寧々のなかで不安が募った。「やっぱり外にでるなんてやばくない？」

「門を見なよ。閉ざされてもいないし、警備員すら立ってない。治安がそんなに悪くない証拠だよ」

ふたりで市街地の路上に立った。辺りは閑散としている。道端の瓦礫《がれき》、壊れた看板、崩れかかった教会。下水のにおいが鼻をつく。荒廃しきった印象しかない。それでも地面に布を敷き、雑貨を並べて売る商人の姿がある。往来する人はほとんどいないが、儲《もう》けはあるのだろうか。

やはり映画にでてくる危険地帯のように思えて仕方がない。それでも桐宇は軽い足どりで歩いていく。寧々は臆《おく》した気分で追いかけた。

脇道に入った。細い路地沿いに、粗末な平屋建てが軒を連ねる。庭先では幼児たちがぼうっと立ち尽くし、無言でこちらを眺める。別の家は壁が失われていて、室内にいる老人がやはり虚《うつ》ろな目を向けてくる。空き地では中年の婦人たちが、ゴミを焚火《たきび》にくべていた。手洗い用らしき桶《おけ》は、石鹸《せっけん》の泡が立った水で満たされているが、ずっと使いまわされているようだ。中身はすでに汚水と化していた。

寧々は心配でたまらなかった。「桐宇君。ホンジュラスに来たことがあるの？」

「ないよ。初めてだから観光してるんじゃないか」

外国暮らしに慣れた桐宇の目には、この光景が平穏な日常に映るのだろうか。そうであってほしいと寧々は願った。日本人の寧々には異常に思えても、単なる生活のひとコマにすぎない、そんなふうに信じたい。まちがっても桐宇が冒険心に駆られているとは考えたくない。

広めの道路にでたが、路面は未舗装で、クルマの通行もなかった。道端にはオレンジいろに塗られたアップライトピアノが放置してある。雨ざらしのせいか、かなり傷んでいた。小さな子供たちが鍵盤《けんばん》をでたらめに弾き鳴らす。音のでない鍵盤もいくつかあるらしい。

ピアノのほかにも粗大ゴミが多く転がっていた。誰かがここに不法投棄していき、子供の遊び道具になっているようだ。

浅黒い顔の男の子がこちらを見た。ほかの子供たちも一様に、警戒のまなざしを向けてくる。ひとりの女の子が逃げだし、大声を発しながらバラック小屋に駆けこんだ。大人たちがでてきた。貧しさを絵に描いたような男性が三人、女性がふたり。揃って眉間《みけん》に皺《しわ》を寄せている。

しかし桐宇は平然とピアノへと歩きだした。「ちょうどいい。音楽で対話できそうだ。岡崎さん、見てて」

「ちょ、ちょっと」寧々はあわてて呼びとめようとした。「やばいって。桐宇君」

桐宇が現地の大人たちに挨拶《あいさつ》した。「ブエノス・ディアス！　コモ・エスタス？」

次いで小さな子供を見下ろし、ムーチョ・グスト、快活にそう話しかけた。子供たちがみな後ずさると、桐宇はピアノに歩み寄った。椅子はない。立ったまま両腕をまっすぐ下に伸ばし、左右五本の指を鍵盤に這《は》わせた。

軽快なテンポのピアノ曲が奏でられた。ジャズのようでもあり、レゲエに似た旋律も有する。寧々は音楽に詳しくなかったが、すっと心が軽くなるような、明るさに満ちた音の響きだった。驚いたことに欠落する音がひとつもない。桐宇は早くも鳴らない鍵盤を把握し、そこを避けながら即興で弾きこなしている。

周囲の態度に変化が生じた。大人たちの険しい表情が和らぎだす。子供たちはもう笑顔になっていた。男の子がステップを踏むと、ほかの子もみな同調し始める。さらに近所から続々と人がでてきて、ピアノを囲みだした。静寂に包まれた市街地に、じつはこんなに多くの住民がいたのか、そう驚かされるほど見物人が膨れあがっていく。

ストリートライブはいっそう盛りあがっていった。陽気さが路上にひろがる。すでに大人たちも踊りだしている。桐宇が笑顔を向けると、小さな子供たちは嬉《うれ》しそうに駆け寄った。

寧々はなおも緊張していたが、胸のうちに少しずつ安堵《あんど》がひろがりだした。桐宇はまさしく音楽で対話している。人々はすっかり打ち解けていた。舌を巻かざるをえない、寧々はそんな気分だった。これが本当の国際交流か。

まるで祭事のように、はしゃぐ人々の向こう、群衆がさらに数を増やしている。

いや。あの人影はなにかちがう。寧々は目を凝らした。

集団はターバンを被《かぶ》るばかりでなく、頭頂部から首にかけて巻きつけ、目出し帽のように顔を覆い隠している。服装はばらばらだが、誰もが防弾ベストを着用し、弾帯をたすき掛けにしている。手にはライフルか機関銃。平凡な女子高生の寧々には、銃の種類までは判然としなかった。

それだけの装備が見てとれるようになったのは、ピアノの周りにいた人々が逃げだし、路上から姿を消したからだ。住民たちは各々の家に引っこんでいった。大人が小さな子供を抱きあげ、走ってピアノから遠ざかる。桐宇も異変に気づいたらしく手をとめた。訝《いぶか》しげな表情で辺りを見まわす。

寧々は愕然《がくぜん》とし立ちすくんだ。ターバンで顔を隠した武装集団は百人以上いる。テレビで観る紛争地帯の光景となんら変わらない。

桐宇が駆けてきて、寧々の手をつかんだ。ピアノへと寧々を引っぱっていく。ふたりはピアノの陰に身を潜めた。桐宇も怯《おび》えた表情をしている。荒い息づかいが寧々の耳に届いた。手の震えもじかに伝わってくる。

無数の靴音が響く。武装集団が迫りつつある。家に逃げこんだ人々を追おうとはしない。ひたすら前進するのみだ。寧々は武装集団の行く手を眺めた。さらなる恐怖が全身にひろがり、心臓が凍りつきそうになった。

道路の反対側から別の集団が押し寄せる。ヘルメットにシールド、迷彩服。ライフルもしくは機関銃を携える。空港でも見かけた兵士と同じ装備だった。

「な」寧々は震える声でささやいた。「なにあれ」

「しっ」桐宇が静寂をうながした。「たぶん軍警察だ」

軍警察は静止すると、二列目以降が大きな鉄板を携え、最前線に繰りだしてきた。それを隙間なく立て、たちまち簡易的なバリケードを築く。

武装勢力側の先頭がなにやら叫んだ。直後、雷鳴に似た轟音《ごうおん》が耳をつんざき、大地を揺さぶった。それもいちどきりではない。絶え間なく連続し、寧々の鼓膜を破ろうとしてくる。寧々は悲鳴とともに両手で耳をふさいだ。

雷鳴に思えたのは銃声だった。軍警察のバリケードに無数の火花が散る。戦場を初めてまのあたりにする寧々の目にも、武装勢力による銃撃なのはあきらかだった。軍警察は姿勢を低くし、バリケードの陰に隠れている。敵の攻撃が弱まった、そのわずかな隙を突き、ヘルメットがバリケードの上にのぞいた。突きだされた軍警察側の銃口がいっせいに火を噴いた。

望まずともピアノの陰から武装集団が観察できた。先頭の十数人が赤い血飛沫《ちしぶき》をあげ、続々と突っ伏していく。頭部が破裂し、脳髄が撒《ま》き散らされる。寧々は絶叫し、ひたすら身を縮こめるしかなかった。

だが後続の武装集団は、いきなり二手に分かれ、左右へと退避した。道の真んなかに出現したのは、いままで武装集団が隠匿していた砲身だった。キャタピラで路面を踏みしめながら、黒々とした巨大な鉄の塊、戦車が砂埃《すなぼこり》のなかを前進してくる。

砲身はほぼ水平だった。戦車の砲口に赤い閃光《せんこう》が走った。発射音は爆発に等しかった。熱風が寧々のもとにも吹きつける。砲弾は軍警察を真正面から直撃した。銃撃を凌《しの》いだバリケードも、戦車による砲撃の前にはひとたまりもない。金属板は粉砕され、大勢の迷彩服が一瞬にして消し飛んだ。ちぎれた腕や脚が空高く舞いあがり、真紅の濃霧が辺りを覆った。

勢いづいた武装集団が、ライフルか機関銃を乱射しながら猛進する。路上はたちまち地獄絵図と化した。戦車の破壊力を後ろ盾に、武装集団は軍警察を圧倒しだした。死をも恐れぬ突撃が繰りかえされる。軍警察の死体が路上に数を増やしていく。

寧々は両手で耳をふさぎ、しゃがんだまま一歩も動けずにいた。ふいに桐宇の手が寧々の肩を抱いた。桐宇は力ずくで寧々を引き立てるや、ピアノの陰から駆けだした。突然の事態に足がもつれた。寧々はもんどりうって前方につんのめった。桐宇も巻き添えになり転倒した。

横たわった寧々の視界にピアノがあった。矢継ぎ早の銃撃を受け、ピアノは粉々に砕け散った。寧々は肝を冷やした。あの場に留《とど》まっていたら、いまごろ蜂の巣にされていた。

ぞっとする思いとともに顔をあげた。近くに倒れていた桐宇と目が合う。桐宇の顔からも血の気が引いていた。

機銃掃射による弾幕が路上に跳ねる。みるみるうちに着弾が接近してきた。ふたりは震える手を握りあい、立ちあがって走りだした。急ぎ路地に飛びこみ、来た道を引きかえす。

滲《にじ》む涙が視野をぼやけさせる。寧々は走りながら叫んだ。「なにが起きてるの⁉」

「わからない」桐宇が表情筋をひきつらせていった。「とにかく、どこかに逃げこまないと……」

前方のコンクリート造平屋建てが目に入る。窓から老婦が顔をのぞかせていた。桐宇が駆け寄りながら呼びかけた。「ソコロ！　アユーデンメ！」

助けを求めるスペイン語なのはあきらかだった。ところが老婦はびくついたように身を退かせた。つぎはぎだらけの鉄扉が、内側から窓を固く閉ざす。桐宇は鉄扉を叩《たた》いたが、案外頑丈らしく、びくともしない。

周りのほかの家屋も同様だった。住民らが次々と窓を閉ざしていく。なかには木板でふさいだだけの窓もあったが、打ち破って侵入するわけにもいかない。家主が味方ともかぎらない。武装集団が追いつくのをまたずして、危害を加えられる恐れもある。

壁一面が崩落した家があった。桐宇が寧々の手を引き、家のなかに駆けこんだ。家具の陰に身を潜めようとしたそのとき、だしぬけに男が怒鳴りつけてきた。この家の住民だった。住民はやはり家具に隠れていた。でていけと命じているにちがいない。桐宇はたどたどしいスペイン語で弁明を試みたが、結局どうにもならないと悟ったらしい。寧々をうながし、桐宇は駆けだした。ふたりはまた路地に戻った。

バラック小屋の狭間《はざま》にある、狭い庭に逃げこんだ。ところが今度は間近で犬が猛然と吠《ほ》えた。寧々は驚きのあまり腰が抜けそうになった。杭《くい》に紐《ひも》でつながれた大型犬が吠えつづけている。それでも桐宇はここに隠れるべきだと思ったのか、身をかがめじっとしている。もっと遠くに逃げるべきでは、寧々はそう思いながらも、ひとりでは行動できなかった。桐宇とは離れられない。

突如として路地に銃声が轟《とどろ》いた。男たちの怒鳴り声が近づいてくる。武装集団にちがいない。寧々は切実な思いとともに桐宇を見つめた。桐宇も恐怖に満ちた目で見かえした。その顔は汗びっしょりだった。

次の瞬間、ふたりは同時に立ちあがった。庭の奥へと走り、低い柵《さく》を乗り越え、別の家の庭を突っきった。倒れたトタン板を踏んでしまい、大きな音が響いた。男たちの緊迫した声が耳に届く。寧々は桐宇とともに全力疾走した。柵という柵を乗り越え、渡し紐に干された洗濯物をくぐり、あらゆる家の敷地を突破していった。

やがて別の路地にでた。遠くを現地民が逃げていく。まるで見覚えのない場所だった。寧々は息を切らしながらきいた。「学校はどっち？」

桐宇が震える手でスマホをいじりだした。「地図は？　この国でも表示されるのかな。無理か……」

頭上から爆音が轟いた。はっとして空を仰ぎ見た。ヘリコプターが飛来していた。低空をゆっくりと進んでいく。機体は迷彩柄で機銃を備えていた。側面からヘルメットがのぞき、地上に目を配っている。軍警察のヘリだった。桐宇が両手を大きく振った。

「おーい！」桐宇が大声でヘリに呼びかけた。「ここだ！　アウシリオ！　アユーダメ！」

ところがヘリの機体は直角に折れ、火球が空中に膨れあがった。炎はたちまちヘリ全体を呑《の》みこんだ。一瞬遅れて轟音が辺りに反響する。熱を帯びた突風が吹き荒れ、無数の金属片が地上に降り注いだ。黒煙をあげるヘリの残骸《ざんがい》が、メインローターを力なく回転させつつ、付近のバラック小屋へと墜落していく。建物に衝突するや、巨大な火柱が上がり、地震のような揺れが襲った。

寧々は立っていられなくなり、桐宇とともに地面に突っ伏した。墜落により複数の家屋が破壊されたらしい。おびただしい量の瓦礫《がれき》が飛散した。寧々は両手で頭を覆った。

なにが起きたのか、またしてもわからない。立ちこめる煙と砂埃にむせながら、寧々は顔をあげた。そのとき平屋建ての屋根の上に、一群が集結しているのを目にした。

ターバンで顔を隠した武装集団が三人ほどいる。しかしほかの十人前後は、武装集団でもなければ軍警察でもない。カーキいろの鎧《よろい》に似たプロテクターで全身を固めていた。重装備のせいでずんぐりとしたシルエットに見える。うち数人が肩に円筒形の物体を掲げ、先端を上空に向けていた。円筒がどんな武器なのか、寧々にはわからなかったが、先端から煙が立ち上っている。あいつらがヘリを撃墜したのか。

ターバンのひとりが路地を見下ろした。寧々と桐宇に目をとめるや、大声で仲間に呼びかける。カーキいろの鎧がいっせいに反応した。円筒を放りだすや、銃でこちらを狙い澄ます。

殺される。寧々はのけぞったまま凍りついた。立ちあがろうにも脚が動かない。寒気が全身の感覚を麻痺《まひ》させている。

そのとき桐宇が飛びついてきて、強引に寧々を抱き起こした。靴底が地面についたものの、ふらつき倒れそうになる。だが桐宇が寧々の腰に手をまわし、しっかりと支えながら駆けだした。寧々もようやく体勢を立て直した。ふたりはがむしゃらに走っていった。

機関銃の掃射音がこだまする。足もとの路面が砕け、土片が飛び散った。依然として狙い撃ちされている。寧々は歯を食いしばった。桐宇とともに死にものぐるいで走った。また庭に駆けこみ、バラック小屋の軒下をくぐり抜け、さらに別の路地にでた。

銃撃はやんだ。それでも立ちどまる気になれない。寧々は走りながら、震える声を絞りだした。「通報できない？」

「軍警察がやられてる」桐宇がうわずった声で応じた。「どこにも助けを求められない。学校に帰らないと」

「方角はこっちでいいの？」

「来るときは影が前に落ちてたから、太陽のあるほうじゃないかと……」

桐宇が突然しゃがんだ。寧々は息を呑んだ。だが敵に追いつかれたわけではなかった。斜めになった電柱の陰で、小さな男の子がうずくまり泣いている。桐宇はその子を助け起こそうとしていた。寧々はじれったく思ったものの、男の子をほうってはおけない、そう思い直した。桐宇とふたりで男の子の手をとり、立つようにうながす。

「逃げろ」桐宇が男の子に怒鳴った。「走れ！」

日本語でも意味は伝わったらしい。男の子は立ちあがるや走り去った。寧々と桐宇もまた疾走に転じた。泣きたいのは同じだと寧々は思った。いや、もう泣いている。でなければこんなに目に映るものが曖昧《あいまい》なはずがない。

雑草の生い茂る空き地を横ぎった。ここにも軍警察の迷彩服がいくつも倒れている。みなぴくりとも動かなかった。地面に赤い水たまりがひろがる。撃たれて死んだのか。耐えがたい気分にさいなまれる。寧々は自分の嗚咽《おえつ》をきいた。

空き地の奥にあったトタン板の塀を、桐宇が蹴《け》り破る。亀裂に身をねじこませるようにして、塀の向こう側にでた。唐突に視界が開けた。そこは見おぼえのある大通りだった。学校のすぐ近くにちがいない。桐宇の勘は当たっていたようだ。

だが路上は物々しい状況にあった。右手を見ると、軍警察の迷彩服らが横一列に並んでいる。道幅いっぱいに土嚢《どのう》を積みあげ、バリケードを築いたうえで、道路の果てを銃で警戒する。左手にも同じようなバリケードがあるが、こちらは土嚢が手前にあり、その奥に軍警察が潜んでいる。銃口がいっせいにこちらを向いた。

桐宇が両手をあげた。「撃つな！　ソイ・ハポネス！」

警戒と当惑、躊躇《ちゅうちょ》の交ざりあったような間が生じる。兵士ふたりが土嚢を乗り越え、こちらに駆け寄ってきた。銃口は周囲に向け、姿勢を低く保ち走ってくる。

兵士らはゴーグルとマスクで顔を覆っていた。表情はわからない。緊迫した声のスペイン語で桐宇に話しかける。通じないと気づいたのか、桐宇の肩をつかみ、しゃがむよううながす。寧々は桐宇とともに身をかがめた。

桐宇がぎこちないスペイン語を口にする。ショウキ・キリュウと自己紹介した。寧々を指さし、ネネ・オカザキといった。友達だと伝えたようだ。

またも銃撃音が静寂を破った。右手に見える軍警察の後ろ姿が、いっせいに交戦状態に入った。兵士らが土嚢越しに道路の果てを狙撃する。だが激しい爆発が起き、土嚢の一部が破壊された。戦車の砲撃を受けたのかもしれない。生き残りの兵士たちがふらついていたが、すぐに撃ち倒された。ターバンで顔を隠した武装集団が、バリケードを突破せんと押し寄せる。怒号が辺り一帯に響き渡った。

寧々はすくみあがったが、兵士が腕をつかみ、立つよう指示してきた。桐宇とともに左手のバリケードへと走る。ふたりの兵士が援護しつつ併走した。土嚢の出っ張りに足をかけ、向こう側へと転がりこむ。大勢の兵士たちが待機する陣地に入った。だがすぐにまた立って走るよううながされた。

道路の五十メートルほど先に、やはり土嚢のバリケードがあり、向こう側に兵士らが潜んでいる。どうやら何重にもバリケードを張っているらしい。ふたりの兵士にガードされながら、寧々は桐宇とともに走り、幾度となく土嚢を乗り越えた。

やがてベアトリス・スクールが見えてきた。路上に投げだされた複数の球体が煙を噴出させる。煙幕が張られていた。物売りは敷物の上に商品を残したまま消えている。学校の門にはやはりバリケードが築いてあった。土嚢の向こうに兵士たちのヘルメットがのぞく。併走するふたりの兵士が合図すると、寧々は桐宇とともに学校の敷地内に迎えられた。兵士らの手を借り、土嚢を乗り越え、ようやく校庭に逃げこんだ。

その校庭には軍警察の車両が何台も停まっていた。武器弾薬があちこちに積みあげられている。数人ずつに分かれた兵士らが忙しく駆けまわる。徹底抗戦の準備に入っているようだ。校舎の屋上でも兵士の群れが腹這《はらば》いになり、俯《ふ》角《かく》に銃を構えていた。

生きた心地がしない。寧々はひたすらうろたえながら校舎に走った。「まさかと思うけど、狙われてるのはこの学校?」

桐宇が切羽詰まった顔を向けてきた。「バリケードは、この学校を守って何重にも張り巡らされてる……。でも突破される。敵がここに来るのは時間の問題かも」

「敵ってなに？　誰？」

「知るわけがない」

　銃撃戦らしき騒音が耳に届く。さほど遠くないようだ。寧々と桐宇は校舎の出入口に駆けこんだ。校舎内の階段でも、迷彩服の兵士らが警戒にあたっていた。寧々と桐宇は大急ぎで階段を上った。ふと気づくと、併走していたふたりの兵士はもういなかった。彼らはバリケードの防御に戻ったのだろう。

　二階の廊下にも軍警察がうろついていた。兵士は寧々と桐宇を見ると、早く教室に入るよう手でしめしてきた。

　校舎が轟音《ごうおん》とともに激しく揺れた。寧々は思わず悲鳴をあげ、廊下で転倒した。戦車の砲撃を受けたのかもしれない。桐宇も近くに倒れていた。兵士が桐宇を助け起こし、至近の教室のドアを叩《たた》く。開いたドアのなかに桐宇を飛びこませた。寧々もそこに向かおうとしたが、またも校舎を激震が襲う。とても立ちあがれない。兵士たちの動きがあわただしくなった。寧々は四つん這いのまま廊下を逃げまどった。行く手の教室のドアはいずれも閉じている。どこへ逃げればいいのか見当もつかない。

　ひとつだけ半開きになったドアから、男子生徒の童顔がのぞいた。三年Ｃ組の野沢芳治だった。野沢が必死に手招きした。「岡崎さん。こっち」

寧々は無我夢中で這っていき、ドアに近づいた。野沢とほかの男子生徒の手が、寧々の腕をつかみ、教室内に引っぱりこむ。誰かの声がささやいた。早く閉めろ、鍵《かぎ》をかけろ。

ドアが閉じた。寧々は床にへたりこんだまま、なんとか上半身を起こした。

薄暗い教室内だった。慧修学院高校の制服の男女が、机や椅子の陰にうずくまっている。みな両手で頭を抱えうつむいていた。誰もが身体を震わせ、しゃくりあげながら泣きつづける。ベアトリス・スクールの生徒らもいた。怯《おび》えた顔をあげ、不安そうに見まわすのは、ホンジュラス人の生徒ばかりだ。日本人にはとても視線を周囲に向ける余裕などない。

机の下でひたすら呻《うめ》く男子生徒は鶴久章輔だった。ほかにもD組の生徒が何人かいる。ほとんどは別のクラスのようだ。みな逃げ惑ったものの、結局は二階の教室に隠れざるをえなかった、そんな混乱の経緯がうかがえる。

野沢が青ざめた顔で寧々にすがりついてきた。「どうなってんだよ。外でなにが起きてる?」

寧々は喉《のど》に絡む声で応じた。「戦争が……」

「せ、戦争!?　廊下にいる奴らが？」

「あの人たちは軍警察。ここを守ろうとしてる。攻めてきてるのは、なんかとんでもない……」

巨人の鉄槌《てっつい》が校舎に打ち下ろされたも同然の、とてつもない音量の地響きが轟《とどろ》いた。建物全体が垂直方向に跳ねあがったように感じる。女子生徒らの絶叫がこだました。頭上から砂埃《すなぼこり》が降り注ぐ。壁面に稲妻のような亀裂が走るのを、寧々は目にした。

地獄だ。亜樹凪がいったとおりだ。絶望と恐怖のなか、寧々は床に這ったまま身体を丸めた。こんなところに来るべきではなかった。神様。お母さん、お父さん。いまは震えて祈ることしかできない。

8

桐宇がほの暗い教室に転がりこんだとき、女子生徒のささやきがきこえた。「桐宇君？」

はっとして辺りを凝視する。誰もが床に座りこんで身を小さくしていた。クラスメイトの久保田瞳と鴨川怜香が泣きじゃくりながら這ってきた。ほかの男女の生徒らも桐宇を囲んだ。

担任の萩原も四つん這いで近づいてくる。驚きのいろを浮かべていた。「桐宇!?なんでまだ二階にいるんだ」

意味がわからない。桐宇はきいた。「どういう意味ですか」

三年B組担任の女性教師、三十代の真木《まき》祥子《しょうこ》が震える声でいった。「軍警察の指示で、重要人物は三階に避難したって……。桐宇君もそこにいると思って」

「指示？」桐宇は面食らった。「言葉がわかったんですか」

「日本語がわかるホンジュラス人の職員が通訳したの。いつの間にか三階に行く人がきまって……」

萩原がうなずいた。「雲英亜樹凪さんもそっちにいる。職員も全員そこに……」

桐宇は腑《ふ》に落ちなかった。「なんですかそれ。どうして職員が勝手にきめるんですか。先生たちは納得したんですか？」

ふたりの教師が困惑顔を見あわせた。萩原が憔悴《しょうすい》しきったようにささやいた。「あまりに突然のことで、なにが起きてるかさっぱりだったから……。指示にしたがうしかなかった。廊下にいる兵士たちがみんなを教室に振り分けた。気づいたらここにいたって感じだ」

教室内にはホンジュラス人の生徒たちもいた。机の下に隠れながら、遠巻きに桐宇を眺める。死の恐怖におびえているのは同じだった。

なぜかホンジュラス人の教師らは見当たらない。ホンジュラスのマスコミも大勢来ていたはずだが、ここにはいないようだ。二階のほかの教室にいるのだろうか。それともやはり三階に避難したのか。

ふいに機関銃の掃射音がけたたましく鳴り響いた。頭が割れそうに思えるほどの、すさまじい騒音だった。桐宇の周りの生徒たちが、蜘蛛《くも》の子を散らすように机の下に逃げていった。教師の萩原と真木も床にうずくまるばかりだった。

複数の機関銃が、壁一枚を隔てた廊下で火を噴いている。だが軍警察による厳重な警戒のなか、武装集団が攻めこむのも容易でないはずだ。軍警察が窓の外に銃撃しているのか。その可能性が高い。

桐宇は姿勢を低くしたままドアに向かった。女子生徒の誰かが呼びとめたが、声はすぐ銃声に掻《か》き消された。桐宇はドアを開け、廊下にでた。

教室に比べると廊下の窓は下方にあり、しかもわりと大きかった。もともとガラスは嵌《は》まっていない。軍警察の兵士たちは、ひとりにつきひとつの窓に立ち、外に向かい俯角で銃撃していた。機関銃の銃口が連続して閃《ひらめ》き、排出された薬莢《やっきょう》が床に散乱する。兵士たちは脇目も振らず発砲しつづける。桐宇に気づくようすはない。この騒々しさのなかでは、物音も彼らの耳に届くはずがない。

桐宇は極度に臆《おく》しながらも、兵士のいない窓に這っていき、そろそろと起きあがった。わずかに顔をのぞかせ、地上のようすを眺めた。

兵士たちが銃撃する目標は、思ったより遠方だった。武装集団は数百メートル先にいる。周辺道路に何重にも張り巡らされたバリケードは、まだほとんど破られていない。

だが敵勢の規模を知り、桐宇は愕然《がくぜん》とせざるをえなかった。地平線の彼方《かなた》まで、あらゆる方角から、何千何万という脅威が押し寄せる。第一波はターバンで顔を隠した武装集団だが、その後ろにはカーキいろの鎧《よろい》の群れがつづく。戦車はすべての敵部隊の先陣を切り、砲撃によりバリケードを突破する。しかし軍警察も携帯型の対戦車砲で応戦中だった。破壊された戦車の残骸《ざんがい》が路上で火だるまになっている。一進一退の攻防がつづく。

こうして俯瞰《ふかん》で眺める景色はニュース映像か、もしくはプレステ5の緻密《ちみつ》なCG画像のようだった。地球上に戦場があることはむろん知っている。だがウィーンとの往来とは無縁の、どこか遠い別世界の惨劇ととらえてきた。いま目に映るものが現実とは信じがたい。まして自分がその渦中にいるなんて。

耳鳴りに似た甲高い音が響いてくる。あらゆる器楽における、最も高い音域を超えている、桐宇はそう思った。空の彼方に銀いろの物体が浮かんでいた。どんどん大きくなる。飛行機、それも戦闘機だと気づいた。機種までは区別できない。一般的な男子生徒とちがい、桐宇は音楽ひとすじに生きてきた。戦闘機や戦車、軍用銃に興味をしめしたことはない。

飛行音が戦場のノイズを圧倒し、ひたすら甲高く鳴り響く。戦闘機は異様な低空を飛行してくる。校庭のほぼ真上を横ぎっていった。機体が通過するや、地上に巨大な炎の渦が発生した。無数の火柱が隙間なく立ち上り、軍警察の陣地を丸ごと呑《の》みこんでいく。一帯は火炎地獄と化した。まるで業火だった。戦闘機の飛行にともなう衝撃波が押し寄せ、熱風と真っ赤な炎が窓から吹きこんできた。廊下の兵士たちが身をかがめる。桐宇は半ば吹き飛ばされるも同然に床に転がった。

轟音《ごうおん》とともに強い震動が襲う。桐宇の意識は朦朧《もうろう》としだした。濃い煙が視野を覆っていた。いまのはナパームというやつか。ニュースで観たことがある。空爆のため投下する、広範囲を焼き尽くすための爆弾だ。

廊下に充満する黒煙のなか、兵士たちは体勢を立て直し、屈することなく窓の外への銃撃を再開した。

桐宇は両手で耳をふさぎ、外のようすをうかがった。地上を目にしたとき、あまりの衝撃に全身が凍りついた。

学校周辺は黒々とした焼け跡の荒野と化していた。あちこちでまだ火がくすぶるなか、黒焦げになった兵士たちの死体が累々と横たわる。そんな光景が半径数百メートルにひろがっている。幾重にも存在したバリケードは完全に焼失し、ほとんど原形を留《とど》めていない。軍警察の陣地は全滅に瀕《ひん》していた。

敵陣と相まみえる最前線のバリケードのみ、いくつか残存している。兵士たちが必死の抵抗を試みるが、戦車の砲撃により次々と吹き飛ばされた。敵の武装集団も一部、ナパームの被害を受けたのはあきらかだったが、いっこうにひるむことなく雪崩れこんでくる。灰と化したバリケードの残骸を蹴《け》散《ち》らし、敵勢が四方八方から津波のごとく押し寄せる。

桐宇は廊下に目を戻した。兵士たち数人が必死に機関銃を掃射しつづける。ほかにあとどれぐらい味方がいるのだろう。校舎の屋上にも兵士らがいたはずだが、ナパームの犠牲になったかもしれない。いずれにしても多勢に無勢、敵の進撃をとめられるはずもない。

ひとりの兵士が桐宇に気づいたらしい。なにか怒鳴った。銃撃音のせいでよくきこえない。教室に戻れといっているのだろう。

　そのとき兵士の肩越しに、廊下をゆっくりと近づいてくる集団が見えた。浅黒い顔の髭面《ひげづら》、開襟シャツにスラックス。手にしているのはスチルカメラやビデオカメラ、インタビュー用のマイク。全員が細いベルトをたすき掛けにしている。ホンジュラス人の報道陣のうち、六人ほどだった。廊下の奥のほうの教室にいたのかもしれない。

　六人はいささかも物怖《ものお》じせず、堂々と歩を進めてくる。そのあまりに動じない態度が気になった。次の瞬間、六人はいきなり取材用の機具を投げ捨て、背後に手をまわした。たすき掛けのベルトは、ライフルか機関銃のストラップだったとわかる。身体の後ろにぶらさげていた銃を前にまわし、両手でしっかりと構える。桐宇はあわてて六人を指差し、兵士に伝えようとした。

　兵士が振りかえったときには、もう遅かった。六人は矢継ぎ早に発砲した。ほかの兵士たちも窓の外への銃撃に忙しく、内なる敵の接近に気づいていなかった。廊下にいた兵士らは瞬時に、ことごとく撃ち倒された。

　桐宇は銃撃を受ける寸前に転倒した。難を逃れたと知るや、四つん這《ば》いに逃走しだした。後方で銃撃音が轟《とどろ》いた。弾丸が耳をかすめて飛ぶ、そのかすかな風圧を感じる。

なんとか起きあがると、桐宇は階段に向かった。だが一階への下り階段には火災が発生している。ナパームによる爆発が入口からここまで達したらしい。兵士たちの死体も焼け焦げ、すでに炭化しつつあった。吐き気をもよおすような悪臭が漂う。桐宇は激しく咳《せ》きこみながら、やむをえず上り階段を駆け上った。

　三階への入口は、防火扉のような鉄製のドアに閉ざされていた。日本の校舎では考えられない構造だった。押しても引いてもびくともしない。桐宇はドアを叩《たた》いた。

「開けてくれ！　追われてる。僕は日本人だ。ソイ・ハポネス！　アユーダメ！」

　ドア越しに訛《なま》りのある日本語がかえってきた。「ここには入れない。二階の教室に隠れなさい」

「僕は桐宇だ。桐宇翔季だよ！」

　しばし間があった。金属のこすれる音がした。閂《かんぬき》を滑らせているようだ。ドアがわずかに開き、ホンジュラス人が顔をのぞかせた。

　階下に靴音が響いた。音楽家として鍛えられた聴覚が、嫌でも発揮される。人数は六人、歩調もさっきと同じ。マスコミに化けた殺戮《さつりく》者が迫っている。

　桐宇はドアの隙間に身をねじこんだ。ホンジュラス人たちが泡を食ったようすで迎える。桐宇の背後でドアが閉じられた。極太の閂によりふたたび施錠される。

目の前には広々とした殺風景な空間があった。三階に壁や間仕切りはない。太い柱が等間隔に立つにすぎない。倉庫のごとくがらんとし、ひどく埃《ほこり》っぽい。人の背丈ほどもある木製の十字架がふたつ、壁に立てかけてある。教会の屋根の上に設置する物だろう。

今回の学校訪問に立ち会ったホンジュラス側の職員らが、そこかしこにたたずむ。ベアトリス・スクールの教師たちもいた。大人たち十数人はホンジュラス人ばかりだ。たったひとり、慧修学院高校の女子生徒が不安げに立ち尽くしていた。雲英亜樹凪は青ざめた顔でささやいた。「桐宇君」

桐宇は亜樹凪に駆け寄った。震える手を握りしめる。すっかり血の気が引き、肌が冷たくなっていた。

「怪我は？」桐宇はきいた。

亜樹凪は首を横に振った。涙ぐんで桐宇を見つめてくる。「こんなことになるなんて……」

「雲英製作所のホンジュラス支社があるんだろ？　連絡できないか？」

「スマホが通じないの」

動転しながら桐宇はスマホをとりだした。画面には圏外の表示があった。周りの大人たちに目でたずねる。誰もが浮かない顔でスマホをかざした。通話は不可能のようだ。

職員のひとりが硬い顔で近づいてきた。たどたどしい日本語を口にした。「よかった、桐宇さん。どこに行かれたのかと」

桐宇は憤慨した。「あなたたちだけ三階に避難するなんて、どういう料簡《りょうけん》ですか。僕を特別あつかいしないでください。ここなら二階にいる全員を収容できたでしょう」

「いや……。全員が三階に隠れたのでは、侵入者が狙いをつけやすくなります。二階にも人がいるからこそ、侵入者がここに達するまで時間がかかり、そのあいだに軍警察の応援が期待できると……」

なんてひどい考え方だ。桐宇は思わず吐き捨てた。「ふざけんな！　うちの学校の生徒も先生も、みんな時間稼ぎの囮《おとり》だってのか。ホンジュラス人の生徒たちもいるんだぞ」

職員はたじたじになった。「あのう……。私も異論を唱えたのですが、記者さんたちがそうするべきだと強行なさって」

「記者？」桐宇のなかに新たな不安が生じた。フロアを見まわす。

職員や教師以外に、ホンジュラス人の男たちがひとかたまりになっていた。あの六人とは異なる顔ぶれだが、服装はやはり開襟シャツにスラックスだった。鋭い眼光が睨《にら》みつけてくる。手にしていたカメラやマイクを投げだした。

まずい。桐宇はとっさに亜樹凪に抱きつき、押し倒しながら床に伏せた。

銃撃音がフロアを揺るがした。目の前にいた職員がばたりと倒れた。胸部から血を噴出させている。即死にちがいなかった。亜樹凪の悲鳴を耳もとにきいた。無慈悲な処刑は続行された。阿《あ》鼻叫喚《びきょうかん》がひろがる。桐宇はひたすら亜樹凪を守り、床にうずくまっていた。

やがて静寂が訪れた。聴覚が鈍っていると自覚する。耳鳴りだけをききながら、桐宇は顔をあげた。

一面が血の海になっていた。ホンジュラス人の死体だらけだった。なんと惨《むご》たらしい光景だろう。

記者を装っていた男がドアに近づき、閂を外す。開いたドアから、さっきの六人が悠然と姿を現した。大量の死体を見ても、顔いろひとつ変えない。こいつらは人間じゃない、桐宇は唇を噛《か》んだ。

武装集団が大挙して三階に乗りこんできた。ターバンで顔を覆った男たちが、銃を携えながら続々と侵入してくる。

しだいに聴覚が戻りつつあった。爆音が至近距離で響いていた。小さな窓の外、ヘリの機体の一部が垣間《かいま》見えた。軍警察とは思えない。ほどなく爆音は頭上に移動していった。なにかを打ちつけるような音が、天井を通じきこえた。ヘリが屋上に着陸したらしい。やはり屋上を守備していた軍警察は、ひとりも生存してはいなかった。

三階に新たな軍勢が立ち入ってきた。カーキいろの鎧《よろい》の群れだった。ようやくその全貌《ぜんぼう》をまともにとらえた。バリスティックヘルメットにゴーグル、マスクで顔を覆い、首まわりもネックプロテクターで防御する。伸縮可能とおぼしき各種プロテクターで全身を固め、まるで着ぐるみのように膨れていた。かなりの重量にちがいないが、動きは敏捷《びんしょう》だった。軍勢がたちまち桐宇と亜樹凪を包囲した。

亜樹凪が上半身を起こし、ひざまずいて周りを見まわした。目を真っ赤に泣き腫《は》らしている。声にならない声を震わせ、スペイン語で悲痛にうったえた。「暴力はやめ《ノアガダニョ》てください《アナディエ》。これ以上《ポルファボール》、誰も殺さないで《デハノスエンパス》。目当てがわたしなら《シケレイスマタルメリベレ》、ほかの生徒や先生は《アオトロスエストゥディ》解放してください《アンテスイパドレス》」

ふいにどこからともなく、日本語の落ち着いた声が告げてきた。「解放するって、どこへだよ。ここは地獄の一丁目だ」

桐宇はびくっとした。亜樹凪も身体をこわばらせた。敵勢がふたつに分かれる。ドアを入ってくる人影があった。

屋上に着陸したヘリから降りてきたらしい。長い金髪、色白の小顔、緑いろの目。女のように見えるが男だった。北欧系の白人に思える。鷲鼻《わしばな》だが下顎《したあご》は小さく尖《とが》っているため、女っぽい印象を強める。表情は冷淡で、見下すようなまなざしを向けてくる。灰いろの迷彩服に装備品を身につけているが、カーキいろの鎧ほど全身を覆い尽くしてはいない。脚が異常なほど長かった。細く引き締まった身体つきだが、鍛えあげているにちがいない。

武装集団やカーキいろの鎧の群れが、いっせいにかしこまった態度をとる。この白人に対し、誰もが畏《い》敬《けい》の念を抱いているとわかる、そんな反応だった。こいつがリーダーだろうか。

しかしどうも妙に思える。いまの日本語を、金髪の白人が喋《しゃべ》ったようには思えない。流暢《りゅうちょう》すぎる。違和感がある。

すると白人の向こうに、もうひとつの人影があることに気づいた。その人影が白人に声をかけた。「ヴコール」

ヴコールと呼ばれた白人がわきにどいた。姿を現したのは日本人、それもかなり若い。二十代の前半ぐらいだろうか。

やはり長身だが、ヴコールとは異なる柄の迷彩服を着ている。痩《や》せて見えるのは、贅肉《ぜいにく》のいっさいを削《そ》ぎ落とし、機敏な動作に必要な細かな筋肉のみを残しているからだろう。豹《ひょう》のようにしなやかな動きをしめしながら、男がフロアに立ち入ってきた。ベレー帽から長く伸ばした前髪が顔にかかる。目鼻立ちが整っていて、口もともりりしい。この男もどこか中性的な雰囲気を漂わせる。それでも痩《こ》けた頬はいかにもハングリーで、狡猾《こうかつ》な獣のごとく、残忍そうな印象を醸しだしている。

男は左右の手に一枚ずつポスターを掲げた。階段の踊り場から剝《は》がされたものだった。桐宇翔季と雲英亜樹凪。それらのポスターを床に落とすと、男がゆっくり歩み寄ってきた。「ふたりとも妹と同い年か。わざと生かしておいたのは気づいてるよな?」

「……誰だよ」桐宇は怒鳴った。「あんた誰だ!」

「中学のとき公民の教科書に、俺の親父の名がでてたろ。聞きゃわかるか」男が冷静な声を響かせた。「親父は優莉匡太。俺は長男の架禱斗《かいと》だ」

9

宮村《みやむら》邦夫《くにお》は今年、七十三歳になる。おとなしく不器用そうで貧相なお年寄り、若者の調査ではそんなイメージだときく。矢《や》幡《はた》政権下で官房長官を務め、令和なる新元号を発表したことで顔が売れた。東北出身の苦労人、二世議員ではなく無派閥で、市議会議員からの叩《たた》き上げ。浸透しているプロフィールはそれぐらいか。長くつづいた矢幡嘉寿《かず》郎《お》総理の後任だけに、没個性を求められたせいもある。

いまではもう宮村総理の人柄に興味をしめす国民はいない。就任の時期が好ましくないことはわかっていた。コロナウイルス騒動の後始末、国内で頻発した武装襲撃事件の尻拭《しりぬぐ》い、延期後の東京オリンピックのあつかいに四苦八苦。なんの問題も解決できない、戦後最も頼りない総理とのそしりを受けてしまった。

それでも粛々と諸問題に対処していれば、やがて事態は好転するだろう、そんなふうに楽観視していた矢先だった。深夜二時すぎ、宮村は総理官邸の地階、危機管理センターに入った。

オペレーションルームや情報集約室と強化ガラスで隔てられた、対策本部会議室の円卓に歩み寄る。列席する大臣らが立ちあがった。

宮村はため息まじりにいった。「座ってください。もう日が改まってる。おはよう、というべきだな」

全員が険しい表情で着席する。武蔵小杉高校事変を超える非常事態なのはあきらかだが、まだ詳細をよく知らない。ホワイトハウスの大統領補佐官からの電話が第一報だった。米国政府もCNNから情報を得たらしい。

外務省の大西《おおにし》裕樹《ひろき》事務次官が円卓の近くに立った。「一時間前……ホンジュラスの現地時間で午前十時過ぎですが、首都テグシガルパ郊外で大規模な武力衝突が発生、地域を守備する軍警察は全滅とのことです。慧修学院高校三年生が訪問中のベアトリス・スクールは、中米の過激派組織ゼッディウムに占拠されました」

最悪だった。まさに死の宣告に等しい。宮村はきいた。「在ホンジュラス日本大使館と連絡は？」

「大使と職員がベアトリス・スクールに向かっていましたが、ゼッディウムと軍警察が交戦状態になったと知り、ただちに引きかえしたそうです。校内には国際相互教育交流機構の職員がいたものの、音信不通の状態でして」

第一順位指定大臣、薄い頭髪に厳《いか》めしい顔つきの冬木《ふゆき》浩介《こうすけ》財務大臣がきいた。「ゼッディウムとはどんな勢力だ？」

大西事務次官が応じた。「ＩＳがシリア領を失い弱体化した二〇一七年、大量の戦闘員が流出し、中南米の過激派組織に加わりました。なかでも勢力を伸ばしたのがゼッディウムです。ただしおもな活動拠点はメキシコで、収束に向かいつつあった麻薬戦争の、新たな台風の目となっていました」

六十代の衣笠肇《きぬがさはじめ》外務大臣が苛立《いらだ》たしげに発言した。「ホンジュラスの治安は良好といえなくとも、マラスという非行少年グループがたむろするぐらいだと、きみはいったじゃないか。慧修学院高校の生徒らに危険が及ぶ可能性は低いと」

「盲点でした」大西事務次官が表情をこわばらせた。「マラスは強盗や麻薬密売、人身売買を生業《なりわい》とする、いわゆるギャングにすぎません。しかしホンジュラスのほかにエルサルバドルやグアテマラ、メキシコまでを縄張りとしています。このため新たな勢力は参入できないと思われていました」

「ちがったというのか」

「マラスは今回、ゼッディウムによる武力攻撃を手引きしたと思われます。カーキいろのボディアーマーを身につけたゼッディウム正規兵のほかに、大量のゲリラ兵の存在が確認されていますが、一部はマラスでしょう」

「するとマラスは事実上、ゼッディウムの傘下にあると……？」

「ゼッディウムは麻薬戦争の行方を覆し、メキシコ空軍基地を占領、連邦警察本部まで半ば壊滅させました。シナロア・カルテルやガルフ・カルテルに並ぶ利権を手にしたといわれています。ギャングぐらい操る立場になっても、ふしぎではありません」

わりと若い寺坂弘《てらさかひろし》文科大臣が身を乗りだした。「この手の勢力はきまって日本人を狙う。日本が海外に武力行使できない国だと知ってるからです。生徒の保護者にどう申し開きをすればいいのですか。雲英亜樹凪や桐宇翔季だけでなく、政財界に関わりのある親が大勢いるんですよ」

衣笠外務大臣が周りに立つ官僚らにたずねた。「グループCEOの雲英健太郎《けんたろう》氏はどう反応してる？」

官僚のひとりが答えた。「現地との対応に追われており、雲英氏ご本人とは連絡がつきにくい状況で……。なにしろ雲英製作所ホンジュラス支社も襲撃を受けているので」

「そっちの現状はまだわからないのか」

「CNNによればベアトリス・スクールと似た惨状だとか。ゼッディウムがメキシコ空軍から奪った戦闘機、F－5Fによるナパーム爆撃で軍警察を殲滅《せんめつ》、周辺が焼け野原になっています。接近した軍警察のヘリも、スティンガーミサイルで撃墜されました」

「ホンジュラス軍の出方は？」

大西事務次官がいった。「あの国は十一年前、アメリカの支援を受け、ようやく海軍基地を新設できた段階です。国内での軍事作戦も、マラスを相手にした治安回復活動に留《とど》まり、とてもゼッディウムに対抗することは……」

堀野《ほりの》秀子《ひでこ》法務大臣が当惑をしめした。「あのう。戦闘機にスティンガーミサイルだなんて、なぜ過激派組織がそこまでの軍事力を備えてるのですか」

別の官僚が片手を挙げた。「結成時の豊富な資金がどこにあったのかは不明です。しかしそれにより、ゼッディウムはＩＳやタリバンから戦闘員を多数引き抜きました。現在ゼッディウムの統率者であるヴコール・ミシチェンコフは、ＩＳ以前、ロシア作戦軍に身を置いていました。いわゆるスペツナズです」

ずっと発言を控えている列席者が気になった。宮村総理は頭の禿《は》げた六十代に声をかけた。「瀬賀《せが》防衛大臣。陸上自衛隊の特殊作戦群だが……」

瀬賀道博《みちひろ》防衛大臣が唸《うな》った。「非公式かつ極秘裏に、海外武装派兵と軍事作戦を命じるとなると、なんとも気が重い」

特殊作戦群それ自体、詳細を公表していない。一般に知られているのは、習志野《ならしの》駐屯地に群本部があることと、精鋭中の精鋭の集まりである事実だけだ。中央即応集団および陸上総隊における式典に参加した際にも、群長と隊員は目出し帽をかぶり、正体を伏せられていた。

日本の自衛隊と同じく、第二次大戦の敗戦国だったドイツの連邦軍は、専守防衛を原則としてきた。だが一九九〇年代以降、ドイツはカンボジアやソマリア、ユーゴスラビアに派兵した。同国の最高裁判所は、議会の承認があれば海外派兵は憲法違反ではない、そう判断を下した。いまやドイツ軍は海外派兵で交戦し、敵兵を殺し、味方にも死者をだしている。

陸上自衛隊に特殊作戦群が結成されたのも、ドイツの変化に倣ったがゆえだ。矢幡政権下で起きた与野木《よのき》農業高校事件では、武装勢力の鎮圧のため、特殊作戦群が出動した。世間には自衛隊の出動とだけ報じられた。部隊を公に認定するのは、矢幡政権のめざす憲法九条改正が果たされたのち、そうするのが既定路線だった。

ところが相次ぐ武装襲撃事件や、『桜を見る会』などの不祥事の責任を問われ、矢幡前総理は退陣を余儀なくされた。

いまはためらっている状況ではない。ただ自分がいいだすのではなく、防衛大臣から提言してほしかった。宮村はささやいた。「瀬賀君。この際、特殊作戦群というものがあるのだから……」

　ふいに情報集約室の職員が駆けこんできた。「失礼します！　ゼッディウムから総理官邸宛てに映像通信が入っています。人工衛星を介したインターネット接続ですが、たしかにテグシガルパ郊外、ベアトリス・スクール内の端末と無線で結ばれています」

　この歳になって寒気をおぼえることは滅多にない。宮村は体温が急速に失われるのを自覚した。列席者らを眺める。一様に狼狽《ろうばい》をあらわにしていた。誰もが尋常ならざる心境にちがいない。

　宮村は背後に控える官僚を見まわした。「ス、スペイン語のわかる者は……」

　職員が首を横に振った。「通信者は日本人です。諏訪野《すわの》猛《たける》と名乗ってます」

　幾田《いくた》茂雄《しげお》警察庁長官が驚きの声を発した。「諏訪野だと!?」

　全員が幾田に目を向ける。幾田の額に青筋が浮かびあがっていた。

「つなげ」宮村は職員に命じた。職員が一礼し退室する。ガラス越しに見える情報集約室の動きがあわただしくなった。

　宮村は警察庁長官に向き直った。「幾田君。諏訪野猛とは誰だ？」

「公安調査庁にも記録がありますが……。年齢は二十四歳。十代のころから海外への渡航がさかんでした。タリバンやアルカイダ、ISでの戦歴が確認されています。危険人物として国際指名手配中です」

「アラブ系テロ組織が日本人を受けいれるのか？」

「ええ」幾田警察庁長官はあっさりといった。「かつてウサマ・ビン・ラディンは表明しました。アメリカと戦った日本人を尊敬する。手を結ぼう、ともにアメリカを倒そう。だが日本がアメリカに与《くみ》することがあれば、躊躇《ちゅうちょ》なく根絶やしにすると」

「……そうか」冷や汗をかくとはこのことだろう。宮村総理はうなずいた。「日本人がテロ組織に歓迎される謂《いわ》れがあったのか」

官僚のひとりが緊迫した声で告げた。「総理。モニターをご覧ください」

壁に設置された大型モニターに、画像が映しだされていた。固定カメラだった。コンクリート壁に囲まれた広い室内、小窓から陽光が射しこむ。カーキいろのボディアーマーが数体、アサルトライフルを携えながら、ゆっくりと画面を横ぎっていく。ボディアーマーの顔はわからない。ヘルメットと一体化したゴーグルとマスクに、完全に覆われているからだ。

手前に迷彩服がフレームインしてきた。慧修学院高校の制服を着た男子生徒の襟首をつかみ、カメラに顔を近づけさせる。男子生徒は泣き叫び、ひたすら暴れた。「嫌だ！　うわぁー！　放してください。家に帰してください！」

迷彩服は長く伸ばした金髪の白人だった。むろん男だが、どことなく女っぽい面立ちをしている。白人はカメラを指さした。男子生徒が目を見開き、はっとしたように凝視してくる。

「み」男子生徒が大粒の涙を滴らせた。「宮村首相……」

乾いた銃声が轟《とどろ》いた。一瞬の閃光《せんこう》とともに、男子生徒の頭部に血飛沫《ちしぶき》が舞った。

大臣たちがいっせいにどよめいた。堀野秀子法務大臣は悲鳴をあげ、椅子の上でのけぞった。その姿勢のまま後方に倒れていく。官僚らがあわてて駆け寄った。堀野は失神したらしい、ぐったりとして伸びきっていた。

男子生徒は脱力して倒れ、モニターから消えた。白人がカメラを一瞥《いちべつ》する。緑いろの冷やかな虹彩《こうさい》は、獲物を狙う猛獣か毒蛇のまなざしに似ていた。

瀬賀防衛大臣が苦々しげにつぶやいた。「ヴコール・ミシチェンコフ……」

宮村総理は息を呑《の》んだ。この男がゼッディウムの統率者か。だが奇妙だった。通信は諏訪野猛なる日本人から入ったはずだ。

ヴコールが身を退《ひ》いた。代わりにひとりの男がカメラの前に現れる。ヴコールとは柄の異なる迷彩服を着ていた。低い位置にあるカメラに対し、男はしゃがんで見下ろした。

アジア人の青年だった。年齢は二十代半ば、前髪が長く、精悍《せいかん》ではあるが中性的な顔つきをしている。宮村は身の毛がよだつ思いにとらわれた。記憶に残る目鼻立ちだ。初対面の気がしない。

優莉匡太。その名が頭に浮かんだ。モニターに映る青年は、かつて報道で何度も目にした、優莉匡太の若かりしころの写真にうりふたつだった。

幾田警察庁長官がモニターを見つめながら、微妙に震える声を響かせた。「諏訪野猛の素性が判明したのはつい最近です。旧半グレ同盟の幹部らの自供であきらかになりました。銀座《ぎんざ》デパート事件当日から行方をくらましていた、優莉匡太の長男、架禱斗です」

宮村は肝を潰《つぶ》した。大臣たちも言葉を失っている。地階の温度が急激に低下したかのようだった。

この男が優莉匡太の長男。タリバンからアルカイダ、ＩＳへと移籍し、いまはゼッディウムか。只者《ただもの》であるはずがなかった。諏訪野猛、本名は優莉架禱斗。

モニターに映る架禱斗の顔は、能面のように無表情だった。目に生気が宿っていない。それでも瞳孔《どうこう》の中心には、常に赤い光点が浮かんでいる、たしかにそう見える。なんらかの反射だろうか。異様な存在感を醸しだしていた。痩身《そうしん》で儚《はかな》げに感じられる一方で、無骨な強靱《きょうじん》さを兼ね備える。

架禱斗はなにも喋《しゃべ》らずにいる。宮村はしびれを切らし、モニターに語りかけた。

「諏訪野君。優莉君と呼ぶべきかな？　きみはゼッディウムの一員なのか」

長距離の衛星ネット通信だけに、二秒ほどの遅滞が生じる。架禱斗がぼそりといった。「ちがう」

「どうちがう？　ゼッディウムが交信を希望してきたと、私は伝えきいたんだが」

「ゼッディウムはうちの顧客にすぎない」架禱斗の目がわずかに動いた。「幾田警察庁長官がいるな。俺の身の上、まだ把握できていないのか」

幾田が反感をあらわにした。「教えてもらえるとありがたいが」

「シビックの創始者だよ」

ざわっとした反応が一部の大臣らにひろがった。幾田警察庁長官のほか、衣笠外務大臣、冬木財務大臣が動揺をしめす。宮村総理は意味がわからず、列席者にたずねた。

「シビックとは？」

口ごもる大臣らに先んじて、モニターのなかの架禱斗が淡々と答えた。「日本の公安は国際裏金組織と呼んでる。富裕層の多いシンガポール、インド、ベトナム、イスラエル、中国から資金を募り、世界じゅうのテロ活動を支援する。出資者はテロによる政変を予測できるため、株価の変動で儲《もう》けられる」

　冬木財務大臣が顔をしかめた。「きみは二十四歳だろう。創始者のはずがない」

　架禱斗は無表情のままだった。「起業は十八歳。資本家に出資を求め、非合法活動の要請に応じるサイトを作った。最初のうちは自分と仲間数人だけで動いた。すでにＩＳで経験を積んでたから、たいていのことはできた」

「それがいまや二千四百億ドルを集めるオンライン組織に発展したというのか？」

「総資産としてはグーグルとアマゾンの中間。たいした額じゃない」

「だろうな。組織の実体が不明、本拠地もはっきりしない以上、どこの国も課税できないからだ」

　宮村総理は冬木を見つめた。「そんな国際裏金組織を、きみたちがどうして知ってる？」

　またも架禱斗が大臣らより先に答えた。「柚木《ゆき》若菜《わかな》大臣によるクーデターの資金源だ」

　幾田警察庁長官があわてぎみに食ってかかった。「おい、きみ！　シビックはそれを明かさない約束だろう」

　愕然《がくぜん》としながら宮村総理は幾田を眺めた。幾田警察庁長官は気まずそうに視線を逸《そ》らした。

　架禱斗が抑揚のない声を響かせた。「宮村総理。俺はＩＳから独立して起業し、巨額の利益を得た。いまはＩＳのみならず、タリバンやアルカイダにも資金提供して恩返ししてる。想像してみろ。なぜアラブ系テロ組織は、ずっと日本を標的にしてこなかった？　アメリカの同盟国、テロ撲滅を掲げる日本なのに」

「……日本人のきみが資金提供者だからか？」

「それだけじゃイスラム原理主義の過激派は抑えられない。彼らのために命を張った俺が頼んでいるからだ。日本を攻撃するなと」

「そうか」宮村は喉《のど》の渇きのせいで、声を絞りだすのがやっとだった。「礼をいうべきかな」

「礼じゃなく契約を遵守しろよ。シビックがイスラム系テロ組織を抑える代償として、日本政府は二か月ごとに二千億円を支払う。五月分、二度目の支払いがまだだ」

「そんな契約はきいたおぼえがない」

「矢幡前総理が契約した。リーダーが代わっても国の方針は受け継がれる。ちがうか？」

　宮村は衝撃とともに列席者を見た。幾田や衣笠、冬木は落ち着かない態度をしめしている。真実は一目瞭然《いちもくりょうぜん》だった。優莉架禱斗の発言はブラフではない。あろうことか矢幡前総理は、テロ組織との裏取引に応じていた。

　過ちを継承できるはずがない。宮村総理はきっぱりと拒絶した。「支払いには応じられん」

　架禱斗がモニター越しにじっと見つめてきた。「あんた変わってるな」

「なにがだ」

「慧修学院高校の生徒や教師について、安否をたしかめようともしない。さっきからずっと国の心配ばかりだ。コロナ禍のころと同じだな。経済をまわすため国民が犠牲になれって？」

「み、みんなは無事なのか？」

　架禱斗はやれやれといったようすで、前方に手を伸ばしてきた。カメラをとりあげ、レンズの向きを変える。

　乱暴に動きまわるカメラが、室内のほかの方向を一瞬だけ映しだした。カーキいろのボディアーマーがひしめきあう。そのわきにひざまずく、長い黒髪の痩《や》せた女。迷彩服を着ているが兵士には見えない。ひとり首を前後に揺すっている。意味不明な行動だった。なんらかの儀式か。

だが女の姿は二秒と経たずフレームアウトした。カメラは新たな方向に固定された。慄然《りつぜん》とせざるをえない光景があった。宮村は思わず目を疑った。大臣らもいっせいに立ちあがった。誰もが絶句している。

ほの暗い室内の一角、大きな十字架がふたつ立つ。慧修学院高校の制服姿の男女が、それぞれ磔《はりつけ》にされていた。手首と足首は鎖で縛りつけられている。制服の腹部には、水平方向に切断された箇所がいたるところにあり、のぞく地肌には蚯蚓腫《みみずば》れが浮きあがっていた。顔を真っ赤にして泣きじゃくるふたりが誰なのか、凝視するまでもない。女子生徒は雲英亜樹凪。男子生徒は桐宇翔季だった。

十字架は背後に立つカーキいろのボディアーマーらが支える。ターバンで顔を隠した男たちが鞭《むち》を手に、それぞれの十字架に歩み寄った。いっせいに鞭を振りあげ、亜樹凪と桐宇を強打し始めた。ふたりの絶叫が響き渡った。鞭の傷痕《きずあと》がたちまち数を増やしていく。蚯蚓腫れに血が滲《にじ》みだした。

「やめろ！」宮村は怒鳴った。「やめさせてくれ、いますぐにだ！」

カメラが向きを変え、架禱斗の顔が大写しになった。なおもふたりの叫びはこだましつづける。架禱斗は依然として冷静だった。「支払期限はホンジュラス時間で明後日《あさって》の午前九時、日本時間の深夜零時。利息を加え三千億円。振り込み先は矢幡前総理の秘書にきけ」

「まずは事情を知る関係者と相談し、事実確認を……」

「期限を過ぎれば、以後イスラム系テロ組織はこぞって日本を標的にする」

「そんな巨額の予算が動いていたなんて、まるで知らないことだ。にわかには信じられん！　頼む。事実確認のための時間をくれないか」

　架禱斗はなにもいわず、わずかに首をかしげ、カメラを揺すった。スイッチをオフにしたらしい。画面は真っ暗になった。数秒ののち表示がでた。〝回線が切断されました〟

　対策本部会議室は沈黙に包まれた。時間が静止したかのようだ。誰もが目を剝《む》き、立ち尽くしていた。ガラスの向こう、オペレーションルームと情報集約室にも、同様の光景がある。

　座っているのは宮村だけだった。円卓に両肘《りょうひじ》をつき、頭を抱えながらうなだれた。

　ありえない。なにも思い浮かばない。総理の激務に、こんな空白の時間が訪れること自体、あってはならない。だがどうにもできなかった。日本はすでにＩＳやタリバン、アルカイダに敗北していた。多額のみかじめ料を払い、見逃してもらう約束をとりつけていた。いますぐにでも退任したい。

10

午前四時、宮村は総理官邸五階の廊下を歩いていた。歩調を合わせるのは三十代の政務秘書官、工藤《くどう》貴雄《たかお》だった。

窓の外はまだ暗い。建物内にも静寂がひろがる。だが一階の記者クラブは紛糾しているときく。東に正面玄関を有する三階にも、すでに記者が殺到しているようだ。夜明けとともに報道陣の規模はさらに膨れあがるだろう。

工藤が歩きながらいった。「雲英健太郎氏には、亜樹凪さんの生存が確認された旨をお伝えしました。桐宇翔季君のご両親にも、命に別状はないと」

詭弁《きべん》だと宮村は思った。命について別状があるとすれば、それは死のみだ。よって死んでさえいなければ、命に別状なしと表現できる。五感のいずれかを失ったり、身体の自由がきかなくなったりした場合でも、マスコミは命に別状なしと報じる。雲英亜樹凪と桐宇翔季、ふたりの高校生に関しても同じだ。十字架に磔にされ鞭打たれているとは、保護者に伝えられない。

宮村は憂鬱《ゆううつ》な気分で工藤に問いかけた。「それぞれの親はなんといってる？」

「いずれのご両親も、子供が無事であるという根拠をおたずねでして」

「どう回答した？」

「映像通信で確認できたと……。ただし機密に関することなので、録画は見せられないと」

「ほかになにかいっていたか」

「ゼッディウムからなんらかの要求があったのなら協力させてほしいと、特に雲英健太郎氏が強く申しいれてきました」

協力など求められない。雲英グループは二〇一七年に債務超過に陥ったのち、奇跡的に経営を立て直し、まだ数年しか経ていない。三千億円の支払いには、いくつもの子会社を売却する必要がある。しかもその場しのぎにしかならない。人質の解放が確約されているわけでもなく、以後二か月ごとにまた二千億円ずつ支払いを求められる。

「あのう」工藤の声は重苦しい響きを帯びていた。「ほかの生徒の保護者らも、状況を知りたがっています。久堀承平《くぼしょうへい》君の両親も」

「誰だって？」

「ヴコール・ミシチェンコフに射殺された、三年B組の生徒です……。まだ両親には伝えていません」

心が弾力を失う。宮村はなにもいえなかった。闇夜の荒れた海を漂う小舟に乗っているようだ。ひたすら頼りなく、希望はまるで見いだせない。

突きあたりのドアに行き着いた。ドアの前に私服の警備が四人立つ。宮村総理は工藤を振りかえった。「危機管理センターに戻って、閣僚たちと一緒にいてくれ。ふたりきりで話がしたい」

工藤はためらいがちにうなずくと、背を向け立ち去っていった。

ふたたびドアに向き直る。警備が黙ってドアを開けた。接客用の洋間に、ひとりのスーツがぽつんと座っている。宮村を見ると立ちあがった。

やつれた顔だった。こんな時間に呼びだされた、それだけが理由ではあるまい。髪を黒く染めているためか、六十五歳という実年齢より若く見える。きちんと着こなしたスーツは、現役の総理だったころと変わらない。だが現総理は宮村だ。いま矢幡嘉寿郎は十歳近くも年下の、ひとりの国会議員にすぎない。

憤慨を胸のうちに抱えながら、宮村は矢幡にいった。「座らないか」

矢幡が視線を落としたままおじぎをする。宮村は先に着席した。矢幡も向かいの椅子に腰かける。

人を問い詰めるのには慣れていない。それでもいまは躊躇《ちゅうちょ》する気になれない。厳しい物言いが宮村の口を衝《つ》いてでた。「もう隠し通せんぞ」

沈黙があった。矢幡は顔をあげなかった。投げかけられた言葉の意味を、理解できないはずがない。

にもかかわらず矢幡は静かにきいた。「なにを隠し通せないとおっしゃるんですか」

「総理の座を退いた理由だ」宮村のなかに怒りがこみあげてきた。「国内の武力襲撃事件の頻発が原因ではない。『桜を見る会』や奥方の振る舞いのせいでもない。きみはシビックに二千億円を支払った。イスラム系テロ組織による日本への攻撃を避けるための、みかじめ料としてだ」

「みかじめ料……」矢幡の目はやはり床に落ちていた。「なるほど。そういう解釈ですか」

「ほかにどう解釈できる？　コロナ禍で国民全員に布マスクを無償配布したときの、不自然な発注先、不透明な金の動き。ほかにもオリンピック関連で納得できない経理があったな。なにもかも二千億円を用立てるためだったんだ。閣僚から反発があったうえ、野党の追及も厳しくなったため、きみは総理を辞任した」

「そういわれると身も蓋《ふた》もありません」

「身も蓋もない？　現にきみはシビックに二千億円を払ってるじゃないか！　なんてことをしてくれたんだ。この事実が国際社会に知れてみろ。全世界から非難を浴びる。日米安保にすら亀裂が入るぞ」

「宮村さん」矢幡は訥々《とつとつ》といった。「あなたは武力攻撃をまのあたりにしていない。私は目の前で生徒たちが惨殺されるのを見た。みずから人質になり、死を覚悟した。日本もこれで終わりだと本気で思った」

　十字架に磔《はりつけ》になったふたりの映像が、宮村の視野にちらついた。武蔵小杉高校から救出された直後の、矢幡のぼろぼろの姿も想起された。

　言葉を濁さざるをえない。宮村は唸《うな》った。「武蔵小杉高校事変については同情する。だがテロに弱腰になりすぎるのは問題だろう。巨額の支払いがなされたのでは、シビックが味をしめるのも当然じゃないか」

「シビックなる組織から官邸に連絡が入ったのは、与野木農業高校事件の直後でした。代表は日本人で諏訪野猛と名乗った」

「照会しなかったのか。公安は諏訪野猛が危険人物だという情報を得ていたはずだ」

「国家公安委員会委員長の駒島《こまじま》氏が行方不明になり、政府からの情報確認が一時的に滞っていました」

「ああ。あのころか。駒島君が……。当時はまだ諏訪野猛の本名もあきらかでなかった」

「本名？」

「諏訪野猛は優莉架禱斗だ」

矢幡の視線があがった。驚愕《きょうがく》のいろが浮かんでいる。「優莉……。長男ですか？」

宮村はうなずいた。「知らなかったようだな。私もさっき警察庁長官から伝えられた」

「たしか銀座デパート事件のときには、十六歳だったと思いますが」

「そうだ。いまでは経緯も判明している。優莉架禱斗は幹部とともにパキスタンに渡り、カタールにあるタリバンの事務所を訪ねた。初仕事はケシ畑の警備。アルカイダを紹介され戦闘員として所属」

「タリバンにアルカイダですか……」

「やがてアルカイダの敵対勢力、ＩＳに寝返った。十八歳で独立、非合法事業を請負うシビックを設立。最初はサイトひとつから始まったとか」

きけばシビックは現在、国際闇金組織として巨額の資本を集めるまでになったらしい。事業拡大はけっして絵空事ではなかった。ジェフ・ベゾスは五種類の品目のオンライン通販からアマゾンを始めた。いまや世界を牛耳るグーグルも、大学の博士課程に在籍するふたりによる、検索エンジンの開発に端を発する。

ＩＴ系のベンチャーは思いも寄らない発展を遂げる。資本家が大金を振りこむだけで、世界各地でテロを勃発《ぼっぱつ》させられる、そんなサービスを提供する闇サイトも例外ではなかった。シビックの需要は瞬く間にひろまった。現代とはそれだけ物騒な社会だった。

矢幡は茫然《ぼうぜん》とした面持ちになった。「シビックの創始者が優莉架禱斗……」

「自分の罪深さを思い知ったようだな」

すると矢幡は真顔になった。「私はけっして諏訪野に媚《こ》びたわけではありません」

「現にきみは支払いに応じてる」

「きいてください。柚木元大臣がクーデターのための軍資金について、シビックなる組織から提供を受けていた、そんな捜査報告がありました。多国籍裏金事業に手を染めるシビックが、世界の脅威になりつつあるのはあきらかでした。よって私は秘書官らに命じ、二千億円の支払いに応じることで送金の行方を追い、シビックの拠点を突きとめようとしたんです」

宮村はいままでと異なる感触をおぼえた。「捕まえられる自信があったというのか」

「日本で9・11を発生させるわけにはいきません。なんとしてもシビックを殲滅《せんめつ》する必要がある、私はそう考えたんです。警視庁公安部外事三課から、オンライン追跡態勢が整ったとの報告も受けていました」

「シビックを叩《たた》き、二千億円も取り戻すつもりだったのか。危険な賭《か》けだ」

「そうですね」矢幡の顔に暗い翳《かげ》がさした。「賭けには敗れました。シビックはマネーロンダリングのため、世界じゅうの金融機関に架空口座を有していました。二千億円は細かく分配され、複雑な取引の過程で洗浄され、行方を追いきれなくなりました。けっして敗北の許されない戦いに負けたんです」

「なんてことだ」宮村はまた怒りをおぼえた。「結局シビックの裏取引に応じただけじゃないか」

「そうです。私が身を退《ひ》くよりほかにありませんでした。シビックからの連絡が途絶え、脅威は去ったとの見方もありましたが、冬木財務大臣や幾田警察庁長官には申し送りをしておきました。新たな内閣においても引きつづき警戒するようにと」

非公式な命令だからか、現総理である自分の耳に伝えられなかった。それ自体が腹立たしい。

だが一方で複雑な感情も湧く。矢幡の判断を責められるだろうか。彼は武蔵小杉高校事変の惨劇を経験した。クーデターへの資金提供者を炙《あぶ》りだしたい、そう願うのは当然だ。しかもアラブ系テロ組織の脅威がある。両者の鍵《かぎ》を握るシビックの駆逐に、執念を燃やしてしかるべきだ。

それでもすべては最悪の事態に結びついてしまった。宮村は矢幡にきいた。「柚木元大臣の線から、シビックの運営者はたどれなかったのか」

「彼女は直接シビックに依頼したわけではないんです。田代ファミリーが仲介していました。たぶん柚木君も資金提供者の正体は知らなかったのでしょう。シビックとのつながりをしめすデータも残っていませんでした」

「田代ファミリーが壊滅したいま、手がかりはゼロか」宮村はそうつぶやいたものの、ふとひとつの可能性を感じた。「矢幡君。優莉結衣は田代ファミリーに濡《ぬ》れ衣《ぎぬ》を着せられただけ、現状そういうことになってる。だが証拠が揃わないだけで、彼女が怪しい存在であることに変わりはない」

「優莉結衣はシビックと無関係です」

「なぜだ？　優莉架禱斗の妹だぞ」

「公安がずっと彼女を見張っています。兄とつながりを持てるはずがありません」

「たびたび公安の尾行を撒《ま》いたとの報告もある。なにより彼女は武蔵小杉高校にいたじゃないか。シビックが資金提供したクーデターの現場に居合わせたんだぞ」

「よくわかっています。でも彼女はシビックの一員ではありません」

「なにを根拠にそういいきれる？」

「優莉結衣が武装勢力を皆殺しにしたからです。柚木元大臣のクーデターを頓挫《とんざ》させたのは彼女です」

　血潮が逆上するのを感じる。衝撃が電流のごとく全身の神経を麻《ま》痺《ひ》させた。

「な」宮村は愕然《がくぜん》とした。「なに？」

「……真実は誰にも口にしまいと思っていました。閣僚も誰も知りません」

「きみは校内で優莉結衣と一緒にいた。だが彼女は暴力をいっさい振るわなかった、きみはそう証言したじゃないか」

「事実はちがいます」

「アサルトライフルを手にした武装勢力を、優莉結衣がどうやって殺したというんだ」

「彼女もアサルトライフルを使いこなしていました」

「SPの錦織《にしきおり》君も、その場にいたはずだろう。彼も偽証していたというのか」

矢幡は黙っていた。視線はあがらなかった。

抑制しがたい憤怒《ふんぬ》がこみあげる。宮村は吐き捨てた。「前代未聞だ！　なにもかも公安の推測どおりだったとはな。総理大臣が未成年の大量殺戮《さつりく》者を庇《かば》ったのか」

「彼女の行為は正当防衛でした！　でも有罪になる可能性もあった。それでは彼女の将来が閉ざされてしまう。指揮権発動をおこなってでも、彼女の逮捕を食いとめるつもりでした」

「庇ってるじゃないか！　総理の権限で大量殺人者を庇うなど道理に反する」

「宮村さん」矢幡がじっと見つめてきた。「彼女は凶悪な父親により、殺人者になるべく育てられたんです。でも自制してきた。あの場では私を、生き残りの生徒たちを守るため、彼女は反撃せざるをえなかったんです」

「……柚木大臣の死体も見つかったが？」

矢幡は困惑ぎみに口ごもった。「私も秘書の星野《ほしの》君も、そのときには意識を失っていました。柚木元大臣を殺したのが誰かはわかりません」

うわべだけのごまかしにすぎない。矢幡は確信しているのだろう。柚木若菜を射殺したのは優莉結衣だと。

宮村は思ったままを言葉にした。「田代ファミリーを殲滅したのも優莉結衣だな」

「どこに証拠があるんです？」

「警察が彼女を逮捕し、検察が起訴に踏みきっても、もうきみに阻止する手立てはない。きみは総理大臣じゃないからな」

「私が告白したのは、現総理のあなたに真実を知ってほしいからです。優莉結衣は田代ファミリーの犯罪を許さなかった。よって架禱斗の仲間であるはずがありません」

「わからんだろう。さっき警察庁長官からメンパスという物について教えられた。データによれば田代ファミリーは、シビックからの負債を踏み倒している。シビックに楯突《たてつ》いた田代親子を始末すべく、優莉結衣が動いたのかも」

「田代ファミリーの負債は、彼らの犯罪計画の度重なる失敗のせいです。それらの計画を阻止したのは優莉結衣です。シビックは金儲《かねもう》けのため、田代ファミリーに軍資金を提供したんですよ。優莉結衣がシビックの一員だとしたら、計画を妨害するのは変でしょう」

思考が混沌《こんとん》としだした。めまいをおぼえそうになる。矢幡が優莉結衣を盲信しているのはあきらかだった。だが宮村にしてみれば、優莉匡太の化身がふたり現れた、そんな由々しき状況でしかない。

むしろ優莉兄妹《きょうだい》にまんまとしてやられた感さえある。公安は長いこと、結衣を父親の後継者になりうる危険人物としてマークしてきた。頻発する武装襲撃事件への関与が疑われるたび、結衣への嫌疑が強まった。

架禱斗への警戒が不充分だったのは、公安が結衣にばかり注目してきた、そんな経緯と無関係ではあるまい。田代ファミリーとの抗争に明け暮れながら、けっして証拠をつかませない結衣の陽動により、架禱斗は着々とシビックを拡大させた。長男と次女の連携と考えれば辻褄《つじつま》が合う。

宮村はいった。「公安によれば、優莉匡太半グレ同盟の再結成の動きが、数年前からみとめられているらしい。徐々にわかってきた。結衣が公安の目を引きつけているうちに、架禱斗が再結成を進めたんだ。海外でのシビックの成功による、潤沢な資金を背景にな」

矢幡が硬い顔になった。「優莉結衣は命の恩人です」

「身勝手な私刑を下す殺戮者だ。まったくとんでもないことだ。諸外国にどう顔向けができる？　法治国家として失格の烙印《らくいん》すら押されかねない」

反論できる余地もないのだろう。矢幡は黙りこんだ。

ドアをノックする音がした。開いたドアの向こうに、秘書官の工藤がかしこまって立った。

工藤はいった。「失礼します。公安から連絡が」

「わかった」宮村は立ちあがった。「矢幡君。しばらく官邸に滞在してもらう。今後は奥方にすら会えん。窮屈かもしれないが私の監視下に置く」

「監禁ですか」矢幡が力なくささやいた。「いっそ逮捕させたらどうです」

「非常手段はとらせないでくれ。優莉結衣のことは、まだ閣僚らにも明かせん。混乱に拍車がかかるからな」

矢幡ひとりを室内に残し、宮村は廊下にでた。私服の警備らによりドアが閉じられる。

宮村は小声で工藤にきいた。「公安はなにを伝えてきた？」

「ご存じのとおり、公安は優莉匡太の判明済みの子供について、全員を監視対象としています。そのなかで次女の優莉結衣が先週、麻布の慧修学院高校を訪ねていたことがわかりました」

さらなる驚きが襲う。宮村は工藤を見つめた。「訪問の目的は？」

「教師や生徒の証言を集めたところ、校長に面会を申しいれたようだと……。実際に校長室に出入りしたのも目撃されています。いま公安の刑事たちが校長宅に向かっているそうです」

「到着しだい、なにがあったかききだせ。たとえ寝ていても起こせ。内容は危機管理センターに直接報告させろ」

「ただちに手配します」工藤が一礼し、廊下を足ばやに立ち去った。

　私服の警備四人がドアの前を固める。宮村もひとり廊下を歩きだした。悪夢が果てしなくつづく。銀座デパート事件から九年。この国はいつまで優莉匡太の亡霊に怯《おび》えねばならないのか。

11

　警視庁公安部の三十代、今井《いまい》礼治《れいじ》は同僚の京谷《きょうごく》基弘《もとひろ》とともに、麻布永坂町《ながさかちょう》の高級住宅街に来ていた。まだ夜も明けていないが、慧修学院高校の北澤《きたざわ》章介《しょうすけ》校長は起きていた。警察とマスコミからひっきりなしに電話が入るとあっては、呑気《のんき》に寝てもいられなかっただろう。

　リビングの豪華な内装も調度品も、こんな面会では虚飾にしか見えなくなる。北澤校長は五十代後半、白髪頭に黒縁眼鏡、ネクタイのないワイシャツにジャケット姿だった。憔悴《しょうすい》した面持ちでソファに浅く腰かけ、絶えずうつむいている。ドア越しに年配の女性の声がきこえる。書斎で電話の応対に追われているのは、北澤校長の妻だった。

「そのう」北澤校長がささやいた。「慧修学院は私立高校でして、顧問弁護士がおります。そちらを通していただくことは……」

今井は厳しくいった。「朝早いからって寝言はよしてください。ホンジュラスで生徒さんたちがどんな目に遭ってると思いますか。先生がたもです」

北澤は打ちのめされたような表情になった。「そうですね……」

京谷が身を乗りだした。「校長先生。優莉結衣があなたに会いに来た目的は？」

「……手紙を渡されました」

「いまお持ちですか」

「いえ。もう捨ててしまいました。縁起でもないというか、持っていると厄介というか、とにかく無意味と考えたので……」

優莉匡太の次女が唐突に訪ねてきて、手紙を渡したのだ。校長としては警察に届けるか、少なくとも顧問弁護士に預けておくべきだろう。この校長はただ面倒を避けたがっている。

今井は問いかけた。「手紙の内容は？」

北澤校長がいいにくそうに応じた。「おぼえていないところもありますが、かつて彼女の父親が立案した犯罪計画が綴《つづ》られていました」

「どんな計画ですか」

「まずホンジュラスに支社を持つ企業の、経営陣の子供が通う私立学校を探りだす。その学校に国際交流の名目でホンジュラス訪問を持ちかける。現地ではマラスに手引きさせ、メキシコかコロンビアに縄張りを持つ武装勢力に襲撃させる」

京谷が表情をこわばらせた。今井も驚きを禁じえなかった。まるっきり今回の事態に当てはまるではないか。

今井は北澤校長を見つめた。「なぜホンジュラスなのか、優莉結衣は理由を説明しましたか」

「はい」北澤は額の汗を拭《ぬぐ》った。「ホンジュラスは一九九八年にハリケーン被害を受けました。現地の人々は、さかんに喧伝《けんでん》された日本による援助を頼りにしていました。しかし同国の貧困と治安の悪化は、そのときから始まっていたのです。二〇〇九年の軍事クーデターで混乱に拍車がかかりました。政府はひた隠しにしていましたが、国民のあいだでは、日本は救いの神ではなかったという不満が鬱積《うつせき》していたのです」

「あなたがたはそのことを……」

「知るよしもありません。遠く離れた中米のことです。優莉結衣によれば、治安が最悪のようにいわれがちだが実態は異なるという論調は、日本の知識階級にもっともらしく受けとられると……。国家のイメージ改善のための交流となれば、名門私立校は前向きに解釈する。生徒の親がホンジュラスに支社を持っており、そちらから強く申しいれれば、学校側はまず断れない。優莉匡太はそのように考えていたそうです」

「きわめて正確な予測ですね」

「ホンジュラスの経済を支えるのはコーヒー豆の輸出ぐらいで、資源もないため、大規模な武装勢力の跋扈《ばつこ》もない。現地の脅威はギャングのマラスのみ。学校側は軍警察による警備を条件に、さして案ずることなく訪問をきめるだろうと……。優莉匡太にしてみれば、武装勢力にギャラを払っても、日本国内で警察や自衛隊を敵にまわすより安上がりだと」

　公安部外事三課の調べにより、国際相互教育交流機構なる組織は、ホンジュラス政府の管理下にあるものの、運営形態は民間団体に近いことがわかった。得体の知れない企業から多額の寄付を受けており、慧修学院高校を招待する提案は、その企業からなされた。おそらくゼッディウムが設立したダミー企業だろう。

架禱斗の妹から警告があった。にも拘《かか》わらずこんな事態が引き起こされた。今井は苛立《いらだ》ちを募らせた。「優莉結衣は襲撃の可能性を示唆していたのですか」

「ええ」北澤校長が応じた。「充分にありうるので訪問を中止してほしいといってきました。なんでも彼女の兄……優莉匡太の長男が、偽名で出国したのが確認されたとか」

今井は京谷を見た。京谷が苦い顔で見かえした。同感だと今井は思った。架禱斗の出国を結衣に知らせたのは、ほかならぬ今井と京谷だった。

京谷が北澤校長に向き直った。「優莉結衣は兄が父親の後を継ぎ、計画を実行に移していると警告に来たんですね？」

北澤がため息をついた。「いま思えばそうだったのでしょう。しかし犯罪計画といっても、彼女が幼少のころの話です。父親や武装半グレ集団の幹部たちが話していたのを、小耳に挟んだにすぎません。絵空事だと思いました」

「それでまともに取りあわず、優莉結衣を追い返し、手紙も破棄したと」

「彼女を追い返したのは教頭です。私は……」

「一緒にいたんでしょう？　あなたは優莉匡太の次女が訪ねてきたというだけで嫌悪

し、接触自体を世間に知られまいとした。おかげでホンジュラスで武力襲撃が発生、すでに少なくとも男子生徒一名が殺害された」

「わ、私は」北澤校長は前のめりになった。テーブルに突っ伏すと同時に嗚咽《おえつ》を漏らした。「申しわけありません」

ドアが開いた。夫の泣き声に驚いたのだろう、妻が悲痛な面持ちでたたずんでいる。

今井は京谷と深刻な顔を見合わせた。優莉結衣は兄の犯行を阻止しようとしていた。彼女は架禱斗と同じ穴の狢《むじな》ではなかったのか。

12

公安の今井はセダンを走らせ、夜明けの東北自動車道を北上した。助手席には京谷がいる。京谷はスーツの下にしのばせたオートマチック拳銃《けんじゅう》、シグ・ザウエルＰ２３０をとりだした。マガジンを抜いて装弾を確かめ、ふたたびホルスターに戻す。

途中から栃木県警警備部のワンボックスカーが合流した。一般道に下りてからは、さらに宇都宮東《うつのみやひがし》署の警備課の車両も加わる。三台のクルマは泉が丘の住宅街に入っていった。麻布とは大きく趣が異なり、素朴な民家が軒を連ねる。

泉が丘高校の校庭沿いの道路に、三台が縦列駐車した。スーツの群れがぞろぞろと降車する。今井は京谷とともに先陣を切り、校門へと足ばやに向かった。腕時計に目を落とす。午前九時四十七分。監視係の報告によれば、優莉結衣は三年三組で公民倫理の授業中だという。

三年三組の場所は知っている。以前に京谷とふたりで訪ねた。優莉架禱斗の出国が確認された、そう結衣に知らせた。結衣はその情報を受け、ホンジュラスでの惨劇を予測したと考えられる。

京谷がきいた。「優莉結衣が信用できるときまったわけじゃないんだろ？」

「当然だ」今井は歩きながら応じた。「架禱斗が捜査状況を探るため、結衣を俺たちと接触させようとしてるのかもしれん」

「それを承知で優莉結衣を迎える気か」

「政府の判断だ。結衣が架禱斗の犯行を知っていたのは事実だからな」

彼女が慧修学院高校の危機を本気で心配していた、その可能性も充分にある。逮捕されるリスクを顧みない行動だったからだ。とはいえ優莉結衣は、これまでに何度となく公安をだし抜いてきた。いまだに尻尾《しっぽ》をつかませずにいる。油断できるはずもない。

公安の群れは校舎の昇降口を入った。かまわず土足でフローリングにあがる。所轄の警備課を校長室に向かわせた。事前にはなんの連絡もしていない。結衣に察知されるわけにはいかなかった、理由はそこに尽きる。

いまも校長の了解をまってはいられない。今井と京谷は県警警備部の私服を引き連れ、階段を上っていった。

廊下を三年三組に迫る。閉ざされた引き戸の小窓から教室内をのぞいた。男性教師の声がきこえる。「インターネット上で知人と政治的な意見を交わすことは、国民の自由と権利の観点から、アクセス権として保護されうるか否か……」

セーラー服の優莉結衣は教室の奥、窓際の席にいた。かつてはいちばん後ろの席でなければ登校を拒否したというが、この学校ではちがっていた。結衣のひとつ後ろの席は、山海《やまみ》鈴花《すずか》という女子生徒だった。以前に会ったことがある。調べによると、彼女は先月まで野球部のマネージャーを務めていた。例の甲子園球場事件にも居合わせた。結衣が信頼を寄せるに足る、なんらかの理由があるのだろう。

刑事警察なら教師に声をかけ、生徒を呼びだすのになんら支障はない。だが公安警察はこういう場合、堂々と職務内容を明かせない。今井は教室の後方の引き戸を開けた。生徒たちがこちらに目を向ける。教師も妙な顔で今井を見つめた。

今井は咳《せき》ばらいをした。窓際の山海鈴花が遠目に視線を向けてきた。優莉結衣も今井を一瞥《いちべつ》した。ところが結衣はすぐ前方に向き直った。ノートにシャーペンを走らせる。

鈴花が結衣の背中に触れ、小声で話しかけた。口の動きから「前に来た人たちじゃない？」ときいたようだ。けれども結衣は無視をきめこんでいる。

ぶっきらぼうな態度は予想の範囲内だった。今井は二つ折りのメモ用紙をとりだし、近くの男子生徒に渡した。「優莉結衣にまわしてくれ」

男子生徒は訝《いぶか》しげな顔をしたが、隣りの席にメモ用紙を渡した。順繰りにメモ用紙がまわされていく。教師が迷惑そうな顔で今井を見つめてきた。今井はかまわず授業をつづけるよう、目で教師をうながした。

「えー」教師はこちらを気にする態度をしめしながら、教科書を読みあげた。「国民が政治に参加するための権利としては……」

メモ用紙は山海鈴花の手に渡った。鈴花がまた結衣の背に触れ、メモ用紙を差しだす。結衣はそれを受けとったものの、ちらと文面を眺めただけで、ただちに握り潰《つぶ》した。

今井は業を煮やし、あえて大声で呼びかけた。「優莉！」

生徒らが驚きの顔を向けてくる。教師も苛立たしげに口をつぐむ。なおも今井を無視しつづけるのは、肝心の結衣だけだった。

だが授業が中断したままでは、結衣もどうにもならないと感じたらしい。わずかに顔をしかめると、ノートの端を破りとった。なにやら書きこんでから、後ろの席の鈴花に渡す。紙片は席から席へと、今井のほうにまわされてきた。

男子生徒の手から紙片を受けとる。シャーペンの走り書きがあった。〝三年D組のオカザキネネと、C組のノザワヨシハルは？〟

ふたりが誰なのか、今井はまるで知らなかった。紙片を京谷に渡す。京谷は慧修学院高校の名簿をとりだした。五十音順なので探すのはたやすい。C組とD組の氏名欄、それぞれ一か所を京谷が指ししめした。

「優莉」今井はまた声を張った。「ふたりともホンジュラスに行ってる」

結衣が背筋を伸ばした。教科書と筆記具をしまいこみ、リュックを手に立ちあがる。教師に会釈すると、今井のほうに歩いてきた。教室内の誰もが唖然《あぜん》として見送る。早退する気になったようだ。結衣が引き戸からでてくるのをまち、今井は小声できいた。「このふたりがどうかしたのか」

目を合わせようともせず、結衣がたずねかえした。「ふたりの安否は？」

「いまのところなにもわからん」

結衣は黙って廊下を歩きだした。今井は京谷とともに後を追った。県警警備部の面々もつづく。

こんなに早く心変わりするとは思わなかった。今井は結衣の背に問いかけた。「ふたりとは知り合いか？」

「いちどしか会ってない」結衣は振りかえりもせず歩きつづけた。「でも死なせたくない」

13

結衣が連行されたのは、宇都宮東署の取調室だった。

栃木県警本部や警視庁まで移動する暇すら惜しい、そんな状況なのだろう。さっき建物を入る前、公安らしき大勢の私服による警備を見た。外に目を光らせるためではない、結衣の脱走をこそ警戒している、そのことに結衣は気づいた。さして意外な状況でもない。優莉姓に生まれて、公僕からの信頼など期待していない。

狭い取調室で事務机を挟み、公安の今井と向かいあう。京谷も壁際にたたずんでいる。室内は三人だけだった。

今井が物憂げにいった。「きみを信じていいものかどうか悩む」

京谷は腕組みをし、ため息まじりにささやいた。「柚木元大臣は田代ファミリーの仲介で、シビックからテロ資金を得ていた。田代ファミリーによる負債の踏み倒しは、シビックに筒抜けだったふしがある」

「そうとも」今井が結衣を見つめてきた。「架禱斗が田代ファミリーの内情を探るため、きみに勇次を誘惑させたのではないと証明できるか」

シビックの創始者は架禱斗。さっき教室で受けとったメモ用紙にはそう書いてあった。架禱斗が映像通信で政府を脅迫してきた、その経緯もおおざっぱに記されていた。

結衣は衝撃を受けたものの、けっして表情にだすまいとした。諏訪野猛こと優莉架禱斗、ＩＳに参加経験のある国際指名手配犯。以前この公安ふたりからそうきいた。しかし架禱斗がシビックの運営者でもあるとは予想できなかった。武蔵小杉高校事変を始めとする、あらゆる武装襲撃事件の資金提供者は架禱斗だったのか。

国際闇金組織。架禱斗ならやりかねない。父が夢見た生き方でもある。当初はサイトで非合法活動を受注し、みずから依頼に応《こた》える、そんな傭兵《ようへい》まがいの仕事で評判を集める。巨額の収益を得て以降は、世界じゅうのテロ組織に資金提供し、投資家の需要を満たす。

今井が苛立《いらだ》ちをのぞかせた。「何年か前から、優莉匡太半グレ同盟の元メンバーたちが、ひそかに集結する動きがある。関東のどこかで再結成が進んでる。きみが田代ファミリーと派手に抗争し、警察が証拠をつかもうと必死に追いまわしていた、その隙にな」

京谷は事務机に歩み寄った。「きみがうまく俺たちの注意を引きつけ、半グレ同盟の再結成に目が向かないようにしてきた。そうとしか思えないんだがな」

結衣はつぶやいた。「取り調べなら帰る」

公安ふたりは同時に唸《うな》った。今井がじれったそうに告げてきた。「なんにせよ、きみは架禱斗の行動を正確に予測していた。これからは俺たちに協力してもらいたい」

「協力って？」結衣はきいた。

「無償でとはいわん。国への協力の報酬は恩赦だ」

京谷がうなずいた。「矢幡前総理が自白した。優莉結衣が武装勢力を皆殺しにしたとな。彼はもう総理大臣じゃないし、指揮権発動の権限もない。このままだときみは逮捕になる」

今井は身を乗りだした。「十七歳時点での犯行だから、死刑にはならんが、一生刑務所暮らしだ。ただし協力する気なら、恩赦の件は公にしない。きみが過去にしてきたことすべても、秘密裏に葬られる」

馴《な》れあいなど望まない。結衣はきいた。「逮捕すれば？」

京谷が忌々しげに頭を掻《か》いた。今井も顔をしかめたが、京谷と目配せするや、椅子から腰を浮かせた。

「まってろ」今井は結衣にそう告げると、京谷とともに退室した。

ふしぎと動揺はなかった。なるようになればいい。ある意味、生まれた時点でなにもかも終わっていた。その感覚はいまだに変わらない。

それにしても半グレ同盟再結成の噂は頻繁に耳にする。もはや都市伝説かもしれない。篤志《あつし》や凜香と会った事実が、どこかの半グレ集団を通じ、公安に伝わったのか。あるいは元メンバーが同窓会よろしく集まりだしているのか。なんにせよ結衣のあずかり知らないことだった。

ふたたびドアが開いた。くたびれた褐色のスーツが現れた。一見して刑事でないとわかる。自信なげな前屈姿勢、憔悴《しょうすい》しきった顔に無精髭《ぶしょうひげ》。タブレット端末を携える手が震えていた。五十歳前後と思われるが、白髪まじりの頭をそのままにしているせいか、より老けて見える。

結衣ははっとして立ちあがった。前に会った、そう気づいたからだ。

「やあ」男はこわばった笑いを浮かべたものの、目は泳ぎがちだった。「ひさしぶりだね。あのう、私は……」

「藤沢《ふじさわ》先生」

おぼえているとは思わなかったらしい。藤沢訓正《くにまさ》医学博士は意外そうな顔で静止すると、感慨深げに結衣を見つめてきた。

専門は小児発達学と小児精神神経学、社会融合脳科学。結衣が会ったのは九歳のとき、場所は港《みなと》区西新橋《にししんばし》の児童発達研究センターだった。六本木のクラブ、オズヴァルドに機動隊が突入、保護された結衣は藤沢と引き合わされた。結衣は鉛筆で自分の頸《けい》動脈《どうみゃく》を刺した。狙いはわずかに外れた。みずから命を絶つことに失敗した。

鉛筆を引き抜き、止血してくれたのは藤沢だった。医学博士と医師はちがう、そんな事実をのちに知った。外科医療の知識のない藤沢にとって、必死の救命行為だったという。藤沢には礼を伝えたかった。だがずっと会えなかった。再会できたいま、結衣は黙って頭《こうべ》を垂れた。

藤沢は依然として腰が引けていた。それでも微笑とともに話しかけてきた。「そう硬くならないで。座ってくれないか」

もういちどおじぎをし、結衣は着席した。藤沢も向かいの椅子に腰かけた。

「そのう」藤沢がおずおずといった。「私は最近、きみのお姉さんも担当してね。双子のお姉さんのことだ」

智沙子。幼少期に会ったきりだ。田代ファミリーから解放され、六本木で保護された姿を、テレビのニュースで見た。兄弟姉妹は互いに会えない規則だ。

結衣はきいた。「姉は元気ですか」

藤沢は気まずそうな顔になり、タブレット端末を机上に置いた。それを結衣に押しやってくる。

タップすることを求めているようだ。結衣は人差し指で画面に触れた。

カメラは低い位置から仰角に、広い室内をとらえていた。コンクリート壁の囲む薄汚れた空間。小さな窓から微量の陽光が射しこむ。迷彩服姿の痩《や》せた青年が現れ、しゃがんでカメラを見下ろした。

結衣は絶句した。父に似ているというより、次男の篤志が幼かったころにそっくり、そんな第一印象だった。当時の篤志は色白で痩身《そうしん》、中性的なルックスをしていた。いまでは肥満した篤志こそ、父にうりふたつといえる。

それでも画面のなかの架禱斗は、かつての野獣のような獰猛《どうもう》さと狡猾《こうかつ》さを、その鋭い眼光のなかに宿している。九歳の結衣にとって、十六歳の長男は畏怖《いふ》の対象だった。暴力に躊躇《ちゅうちょ》がなく、平気な顔で残虐行為におよぶ。父の信頼を得ていたばかりではない、父の生き写しそのもの、それが架禱斗という存在だった。

結衣が全力で抗《あらが》わざるをえなかったのは、妹や弟を架禱斗から守るためだった。誰かが立ち向かわねば、架禱斗の蛮行に歯止めをかけられなかった。

音声はなかった。二十四歳になった架禱斗は無表情を貫いている。ふいにカメラに手を伸ばすと、乱暴にとりあげ、レンズの向きを変えた。

ふたつ並んだ十字架に、男女の生徒が磔《はりつけ》にされている。いずれもテレビで見たことがある顔だった。女子生徒は雲英亜樹凪、男子生徒は桐宇翔季。極度の恐怖と絶望、苦痛に表情が歪《ゆが》んでいる。首から上をターバンで覆った輩《やから》どもが、ふたりを容赦なく鞭打《むちう》つ。正視に耐えない光景がつづく。

このふたりの無事を祈らずにはいられない。だがほかにも気になることがある。

結衣は画面をタップした。シークバーを指でなぞり、動画を巻き戻す。カメラの向きが変えられる、その途中で一時停止した。

室内のようすが映っていた。カーキいろのプロテクターで全身を覆った兵が群れをなす。その傍らにひざまずく迷彩服がいた。防弾ベストはなく非戦闘員だとわかる。

やけに痩せている。長い髪、色白というより青ざめた顔。自分の映像を観ているようだ、結衣はそう思った。それぐらい容姿が酷似していた。また画面をタップし、動画を再生する。一瞬しか映っていないものの、そのわずかな時間に、女が首を前後に揺すっているのが見てとれる。なんとも不気味な動作だった。

　結衣はつぶやいた。「智沙子……」

　藤沢がためらいがちにいった。「私の海外出張中、何者かが彼女を施設から連れだした。羽田空港に向かったようだ」

「……通報しなかったんですか」

「むろんしたよ。でも警察の動きが鈍かった。田代勇次が川崎《かわさき》区の半グレを率いて、関東のあちこちで銃撃騒ぎを起こしてた。治安維持に人員が割かれたらしく、初動が遅かった」

　あのときのできごとか。田代ホールディングス本社のガサ入れまでが中断した、それほどの一大事だった。智沙子を収容していた児童養護施設がどこなのか、結衣も知らなかった。あらゆる情報が伏せられていた以上、各所轄間の連携がうまくいくはずもない。

　結衣は思わず唸った。「智沙子は架禱斗のもとに……」

藤沢が項垂《うなだ》れた。「すまない。私がしっかりしていれば、こんなことにはならなかった」

「どうやって出国したんですか」

「国際赤十字のチャーター便を装った、国籍不明のプライベートジェットに搭乗したと後でわかった。智沙子さんを誘拐した勢力の正体も、その時点では不明だった。公安は不手際を公表せず、報道も当面は控えられてきた」

「首を前後に振ってるのは……」

「私の見立てだが、覚醒剤《かくせいざい》中毒患者の挙動に似ている。脳機能障害だろう」

大量に覚醒剤を打たれたと考えられる。クスリ漬けにして自由を奪うと同時に、依存心を高める。智沙子は架禱斗のもとを離れられなくなっている。

結衣は心を痛めた。智沙子の苦しみが自分のことのように感じられる。姉は幼少期から失語症だった。ほかの大人たちの手により、父から遠ざけられた。その経緯はよくわからない。田代美代子《みよこ》がペットのごとく飼育している、そう知ったときには激しい怒りをおぼえた。やっと田代ファミリーから解放されたというのに、また架禱斗の手に落ちてしまった。

ノックもなしにドアが開いた。今井と京谷が入ってきた。ふたりは藤沢に目でたずねた。藤沢は複雑な面持ちでうなずいた。

　これが公安の切り札か。結衣は小さくため息をついた。慧修学院高校の生徒や教師ばかりでなく、智沙子まで人質になっている。その事実を突きつけることで、結衣に協力を先送りにさせまいとしている。

　公安のふたりが藤沢をうながした。藤沢は席を立った。申しわけなさそうな顔を結衣に向け、深々と頭をさげる。藤沢はひとり取調室をでていった。

　今井と京谷が無言のうちに返答を迫ってくる。どうあってもこの場で、結衣に協力を約束させる気だろう。

　結衣の考えはひとつにまとまっていた。「わたしもホンジュラスに行く」

「なに!?」今井が頓狂《とんきょう》な声を発した。

　京谷が歯ぎしりした。「馬鹿いうな。知ってることだけ教えてくれればいい。すべてこっちで対処する」

「対処って？」結衣は鼻を鳴らした。「向こうで人質を救出するつもりなら、現地のようすを見なきゃアドバイスできない」

「あのな、優莉。自衛隊ですら武装して海外には赴けない。ホンジュラスでの軍事作戦に、日本人が直接関与できるわけないだろ」

「建前だけでしょ。特殊作戦群が極秘に派兵されるはず」

与野木農業高校のサリンプラントに突入してきた部隊は、木《き》更津《さらづ》からヘリで運ばれてきたが、あきらかに経験を積んだ戦闘集団だった。のちに結衣はネット検索で調べたものの、陸上自衛隊に該当する部隊はなかった。

海上自衛隊の艦艇がイランに派遣されたとき、目的は作戦行動ではなく、防衛省設置法四条に基づく調査と研究にすぎないと報じられた。だがニュース映像には、結衣が与野木農業高校の地下で見た体格が、甲板で訓練をおこなうようすがあった。彼らが噂の特殊作戦群にちがいない。海外での任務にはすでに就いている。

京谷が声を荒らげた。「父親からきいたことをすべて話せ。ホンジュラスからの報告と照合し、政府の危機管理センターが対策を立案する」

結衣は首を横に振った。「臨機応変に対処しろってのが父の口癖だった。現地の状況を見なきゃ、架禱斗がどんな判断を下すか予測できない」

公安ふたりは憤りをあらわにしたが、結衣は無視をきめこんだ。ホンジュラスへの渡航となれば、どうせ公安は担当外だ。こいつらに判断は下せない。

今井と京谷はひそひそと話しあっていたが、やがてふたりとも苛立《いらだ》たしげにドアに向かった。

「ここにいろ」今井が吐き捨てた。「逃げられると思うなよ」

ドアが荒々しく閉じられ、結衣はひとりきりになった。むろん監視カメラが常に見張っている。マジックミラー越しに視線も感じる。

結衣は椅子の背にもたれかかり、天井を仰いだ。どうなるか考えるまでもない。いまから一日と経たずホンジュラスの首都、テグシガルパにいる。

14

凜香は夕方の鶯谷《うぐいすだに》駅周辺を歩いていた。学校帰りに公安の尾行を撒《ま》き、制服姿のまま京成線で都内に来た。ラブホ街をうろつくと、中年男が遠慮がちに声をかけてきたりする。ウリをやっていると思われるらしい。虫の居所が悪い。人通りがなければぶっ殺してやるところだ。

駅の改札をでてから、向かう方角がまちがっていた。南口の陸橋付近へと歩く。小ぶりな居酒屋が連なる、いかにも下町風情に満ちた飲み屋街がある。そこだけ見れば大塚《おおつか》駅周辺並みの賑《にぎ》わいだが、長さは二百メートルもない。

裏手に入った。木造家屋が軒を連ねる路地の奥、スナック映見《えみ》の看板が見える。まだ明かりは灯《とも》っていない。

　ふたたびこの辺りに来るとは思わなかった。前は結衣姉と一緒だった。田代ファミリーのフェリーから、五女の弘子《ひろこ》を奪いかえし、ここで働く母親のもとに連れてきた。むかし六本木でホステスをしていた岸本《きしもと》映見という女だ。いまはこのちっぽけな店を切り盛りしている。

　弘子を母親と再会させたのは結衣だった。あのとき凜香は店に入らず、外でまっていた。弘子の喜ぶ顔など見たくなかった。カタギで五体満足な母親がいる、それだけで嫌いだった。

　いまもなかに入るのをためらう。次男の篤志に連絡したところ、なぜかここを待ち合わせ場所に指定してきた。篤志は姓を変えたため、優莉匡太の子供なのを世間に知られていない。弘子は戸籍上死んだことになっている。兄弟姉妹が会ってはならないという家裁の決定はあるものの、このメンバーなら問題視されない。篤志はそんなふうに考えているのか。凜香が公安に尾行されたままここに来たら、篤志や弘子も目をつけられて困るだろうに。

　いつまでも路地にたたずんではいられない。凜香はドアに手をかけた。鍵《かぎ》はかかっていなかった。

狭い店内だった。それもかなり古びている。テーブルはなくカウンター席のみだが、壁ぎわには椅子が二脚ある。荷物置きの代わりらしい。うち一脚に、十五歳の弘子が座っていた。生意気にも巻き髪、レザージャケット姿だった。年齢は凜香と同じだが、異なる母親から数週間の差で生まれた妹になる。

弘子は凜香を一瞥《いちべつ》したものの、すぐに目を伏せた。無愛想な態度が癪《しゃく》に障る。結衣がフェリーから救出した直後は、多少可愛げに振る舞っていたが、また幼少期の性悪に戻ったのかもしれない。絡んでやろうかと思ったものの、弘子よりむかつく存在がカウンターで背を丸めている。凜香はそちらに食ってかかった。

「おい篤志」凜香は歩み寄った。「なんでこんな店に呼びだしたんだよ」

巨漢の篤志はネルシャツを着ていた。筋肉があるのは知っているが、それ以上に脂肪を蓄え、外見上はオフシーズンの力士のようだ。二十二歳とは思えない中年然とした顔、腫《は》れぼったい瞼《まぶた》が父を思い起こさせる。

父が生きていたころ、篤志は痩《や》せ細っていて、しかも色白だった。薄幸の美少年という形容がしっくりくるルックスを誇っていた。男の兄弟のなかではいちばん好きだった。いまは見る影もない。ただ不快なデブでしかない。

篤志はからになったグラスを押しやった。グラスを手にとったのは、カウンターのなかに立つ地味なドレスの女だった。アップにした茶髪、濃い化粧。やはり老けて見える。実年齢が四十代とは信じがたい。愛想のない顔は娘の弘子に酷似している。映見はかつて六本木オズヴァルドに出入りしていた。店内で何度もその姿を見かけた。優莉匡太の愛人のひとりだが、出産した弘子をほったらかしにした、その無責任さはほかの母親と変わらない。よく平気な顔で娘と再会できたものだ。

凜香は映見に喧嘩《けんか》を売った。「篤志に弘子に、あんたかよ。まるで六本木オズヴァルドの同窓会だな。でも店はちっぽけで貧乏くせえ。これが半グレ同盟のなれの果てってやつか」

映見はグラスを拭《ふ》きながら、迷惑げなまなざしで凜香を一瞥し、次いで篤志を見た。篤志が咳払《せきばら》いをし、ゆっくりと腰を浮かせる。

わきにどいた篤志の向こう、もうひとりの客が座っていた。小柄で痩せた女だった。地味なタートルニットにロングスカート姿だが、まだ三十前後とわかる。髪型はショートボブで凜香に共通する。ただし明るく染めてはいない。頬が痩《こ》けてはいるが骨格は丸顔、そこも凜香に似ている。というより……。

据わった目が凜香をとらえた。やたら瞳《ひとみ》が大きかった。鼻と口は小さめの童顔。どのパーツも凜香にうりふたつに思える。自分の将来の姿を見ているようだ。この女のツラは知っている。物心ついてから会うのは初めてだ。だがテレビのニュースでは何度となく見かけた。

張りと艶《つや》のある白い肌は、ほぼノーメイクに近かった。無表情のまま凜香を眺める。視線が冷気を帯びているかのようだった。

市村凜は一転して満面の笑みに転じた。「ひさしぶりー。凜香」

鳥肌が立つと同時に怒髪天を衝《つ》く。凜香は腰にしのばせたナイフを引き抜き、市村凜に詰め寄った。「この糞女《くそおんな》……」

凜は真顔になったものの、まったく動じる気配はなかった。銀いろの刃が凜の喉《のど》もとに達する寸前、篤志が凜香の手首をつかんだ。力ずくで締めあげてくる。指先が痺《しび》れ、握力が失《う》せてきた。凜香の手からナイフが落下した。

憤りがさらに募った。凜香は膝蹴《ひざげ》りを篤志の腹に見舞った。篤志は顔をしかめ呻《うめ》いたものの、凜香の殴打は巧みに身を退き躱《かわ》した。なおも暴れる凜香だったが、篤志に羽交い締めにされた。

「放せ豚！」凜香はわめいた。「この女、植物状態じゃなかったのかよ！　ぶっ殺してやらなきゃ気がすまねえ！」

ふいに市村凜が立ちあがった。自身のタートルニットの裾《すそ》をつかみ、いきなりまくりあげた。

青白い素肌に肋骨《ろっこつ》が浮きあがる。両胸のあいだに生々しい縫合の痕《あと》がある。傷口は完全にふさがっているが、そこだけ褐色に染まり、肌が隆起している。まるで縦になった唇のようだった。

凛は胸の傷痕を指さした。「ここじゃ死なない。心臓をわずかに外れてる。殺すならちゃんと狙って。一気に深く刺して」

思わず言葉を失う。凛香は身じろぎひとつできなかった。

自分でも判然としない感情がひろがっていく。憎悪は変わらない。なのに殺意にはためらいが生じる。人に刺されて半死半生をさまよった、一見してそうわかるからか。母親が味わった苦しみに同情しているのか。断じてちがう。どういう経緯があったかはわからないが、こいつが健康体でいる、そのこと自体がむかついて仕方がない。

それが本心のはずだ。なのに凛香は暴れるのをやめていた。

市村凛はどこか婀娜《あだ》っぽい顔になった。「凛香。この胸を見て。十四で初めて妊娠して、あんたを産んだの。小っちゃかったあんたを抱いて、おっぱいを吸わせたら、気持ちよくてね。乳首が立って硬くなった。匡太さんよりずっと気持ちいい」

おぞましさと生理的嫌悪が全身を駆けめぐる。凛香は母親に殴りかかろうとした。

また篤志が腕に力をこめてくる。

「糞が！」凛香は篤志から逃れようと全力で抗《あらが》った。目の前の市村凜に対し、大声で罵《ば》声《せい》を浴びせた。「死ねゴミ女！　てめえなんか母親じゃねえ！」

凜が冷やかな表情になった。タートルニットの裾を下ろし、静かな口調でいった。

「ねえ凛香。産みの苦しみ、あんたまだ知らないんだよね。ラングフォード社兵器試験場の奴らって、中だししなかった？　妊娠はほんときつい。出産はもう地獄。あんたを心底恨んだ。三日便秘してアナルが張り裂けそうになるくらい太いうんこの、百倍以上憎らしかった」

「てめえ！　なんだそのふざけた喩《たと》えはよ！　娘を侮辱すんのもいい加減にしやがれ！」

「娘」市村凜は一転して輝くような笑みを浮かべた。「いま娘っていった？　認めてくれたのね。そう。わたしはあなたのお母さん」

凛香は絶句した。めったなことでは言葉を失わない。しかしいまはなにもいえずにいた。

異常者を自覚して久しい。児童養護施設が手配したどんな治療も役に立たなかった。しかしいま、上には上がいる、初めてそう思った。

カウンターのなかの映見がぎこちなくきいた。「なにか飲む？」

ほかならぬ凛香に問いかけている、そう気づいた。凛香は首を横に振った。

すると弘子が腰を浮かせた。「凛香姉ちゃん。酒飲むんだろ？　お金持ちだってきいた。うちの経営苦しくてさ。助けてよ」

投げやりな口調だった。どこか侮蔑《ぶべつ》の響きも帯びてきこえる。

飲まなければやっていられない、大人がよく口にする言葉の意味が、いまはわかる気がする。凛香は映見にきいた。「スピリタスある？」

映見が小さくため息をつき、ボトルのなかから一本をとりあげた。ラベルに96%と大書してある。それがアルコール度数だった。

凛香は要請した。「瓶ごとくれよ」

市村凛が目を細めた。「凛香。火炎瓶がわりに使うなら、ライター貸したげよっか。母子火だるま。抱き合って死ぬのも悪くないよね」

「そんなつもりない。火種も隠し持ってない」凛香は受けとったボトルに口をつけ、一気に呷《あお》った。

本来はなにかで割って飲む酒だ。消毒用アルコールの代替品として使われることさえある。それをストレートで腹に流しこんだ。十五の女子にはさすがにきつい。たちまち苦しくなり、むせて吐きだしそうになる。

市村凛がけたたましく笑った。「あんた最高！　お母さんの七歳のころとそっくり」

いちいちずれたことばかり口にする女だ。凛香はボトルをカウンターに叩《たた》きつけた。

「わたしと心中するために現れたのかよ」

「なわけないでしょ」凛は澄まし顔になった。「あんた、篤志に会いにきたんじゃなくて？　結衣が慧修学院高校のことを気にかけてたから、なにか知ってるんじゃないかって、篤志にたずねようとしたんでしょ？」

「……なにわかったような口きいてんだよ」

「お母さんの調査能力ってプロ並みなの。っていうか調査業やってたもん」

「調査業」凛香は鼻で笑った。「公安委員会への届け出もせず、名前も年齢も伏せて探偵のまねごとをしてたんだろ」

「それもニュースで見た？」

「ストーカーやDV男からの依頼を受けて、小遣い稼ぎしてたってな。女の行方を調べあげて、金と引き替えにばらすとか最低」

「殺されちゃった女の子もたくさんいたよねー。凛香がそんなこと気にする？　原宿《はらじゅく》にサリン撒《ま》き散らそうとした凜香が」

「あんたには反吐《へど》がでる。市村凜じゃなく澤柳なんとかって呼んだほうがいい？　ずっと偽名で通してたんだろ。調査能力とやらを駆使して、役所の手続きに盲点を発見し、まんまと戸籍を偽って」

篤志が神妙にいった。「凜香。凜姉さんのおかげで俺は、澤柢《たくし》篤志って氏名を手にいれた」

「凜姉さん？」凜香は篤志に軽蔑の念を抱いた。「おばさんのまちがいじゃね？」

市村凜が口をはさんだ。「篤志とは八歳ちがい。おばさんなんて呼んだら命はない」

弘子はカウンターに入ると、映見と一緒にグラスを拭《ふ》き始めた。「わたしの戸籍も凜姉さんが復活してくれた。岸本弘子、父親不詳で優莉匡太との関わりはなし。いまの戸籍上はそうなってる」

凜香は弘子を無視した。「篤志兄。優莉匡太の子なのを隠せてよかったね。わたしにいわせりゃ卑怯《ひきょう》者で裏切り者」

「架禱斗もな」篤志が醒《さ》めきった顔で見かえした。「あいつが出国できたのも凜姉さんのおかげだ。諏訪野猛の戸籍を持てたからな。その偽名でパスポートが作れた」

「諏訪野って国際指名手配犯じゃなかった？　前にニュースで見た」凛香の胸のうちに、じわりとした驚きがひろがった。「あれ架禱斗兄だったのかよ」

　市村凛が笑顔になった。「架禱斗はまんまと結衣を海外に誘いだしてくれた。これで動きやすくなる」

「おい。どういう意味だよ」

「凛香、知ってる？　お父さんの半グレ同盟、いま着実に再結成に向けて動いてる」

「……あー。もしかして何年か前の、野放図って中途半端な半グレ集団、あれうちの野放図の復活バージョン？　あんたが関わってたのかよ」

「知っててくれた？　嬉《うれ》しい」

「イベサーの延長じゃん。武装半グレにはほど遠かったよな。結局警察にパクられて終わり。野放図の名を冠するなんて、どこの馬鹿かと思ったら」

　凛がふいに真剣な表情になった。「わたしはさ。遊びが仕事で、仕事が遊びなんだよね。親に捨てられて、男に乱暴されて、気づけば世をからかって生きるのがふつうになってた」

　この女はいま二十九歳か三十歳ぐらいか。十五歳の凛香にとって、母親という印象が持てない。年の離れた姉のように思えてくる。

「ねえ凜香」市村凜がいった。「プライドの高い半グレ集団どうしを、どうやって同盟にできたと思う？　匡太さんのカリスマ性だけじゃ不充分」

「調査能力があって、情報通だったあんたが、互いの仲を取り持ったって？」

「そう。匡太さんに貢献してきた。いまもね、かつての半グレ同盟の人たちに、将来を再構築してあげてるの」

「それが半グレ同盟の再結成？　マジでウケる。野放図ひとつさえ、まともに復興できなかったくせに」

「今度はちがう」市村凜は歩きだした。「明朝、学校はバックレて、篤志と一緒に来て。場所は篤志が知ってる」

「おい。どこに消えようってんだ。てめえの口車には乗らねえ」

「不良少女最高！　娘の躾《しつけ》ってやつ、いろいろ試したい。凜香、あんたを亀甲《きっこう》縛りにしてローソクの蠟《ろう》を垂らして、ヒイヒイいわせたい」

怒りが再燃する。凜香は市村凜の背に襲いかかろうとした。だが篤志に両手首をつかまれた。

凜香は怒鳴った。「なにしやがんだよ！　篤志兄も糞女《くそおんな》のいいなりかよ」

篤志が落ち着いた声で応じた。「行けばわかる」

15

結衣はセーラー服の夏服を着て、テグシガルパの市街地にたたずんでいた。

からりとした暑さではない。生ぬるい風が絶えず吹きつけ、未舗装の路面に砂埃《すなぼこり》を舞いあがらせる。湿気をはらんだ日本の夏に似ている。

いまは晴れているが、雨が多いらしい。低層のビルにこびりついたカビでわかる。人やクルマの往来が途絶え、ゴーストタウンのように静まりかえった街並みだけがある。ひどく不衛生で、瓦礫《がれき》の山だらけだった。南国らしい色彩鮮やかな塗装を施した建物は、かろうじて原形を留《とど》める場合でも、もはや落書きと亀裂だらけだ。無造作に生えた椰子《やし》の木も、雑草のなかに埋もれつつある。

むろんひとりきりではなかった。周りにはホンジュラスの軍警察と、自衛隊の特殊作戦群がひしめきあう。全員がトラックから降車したところだった。特殊作戦群は陸上自衛隊の通常装備、88式鉄帽2型をかぶり、迷彩服3型に防弾チョッキ3型を身につける。両手で携える銃はＭ４Ａ１アサルトカービン。ホルスターに9ミリ拳銃《けんじゅう》をおさめる。

自衛隊員に守られているとはいえ、荒廃した街角に泉が丘高校の制服で立ち尽くすとは、冗談もしくは悪夢に思えてくる。結衣は皮肉を口にした。「この襟とスカーフのせいで、水兵とまちがわれて撃たれそう」

ゴーグルとマスクで顔を覆った曾根田達彦《そねだたつひこ》二佐が、くぐもった声で告げてきた。「迷彩服を着てたんじゃ、襲撃に遭うや殺される。有識者の判断だ」「日本の高校生だとわかれば人質にとられる」「即座に射殺されるよりはましだろう。非戦闘員と一見してわかることは重要だ」曾根田は後方を振りかえった。「俺たちが守るから心配ない。先にドアを入れ」

軍警察の兵士がビルの鉄扉を押し開けた。結衣は歩きだした。特殊作戦群の隊員らが周りを固める。屋内に入ると薄暗い通路が前方につづく。角を折れた先、また鉄扉に行き着いた。警備兵が壁の受話器をとり、スペイン語で告げた。いますぐドアを開けろ《アブレラプエルタアオラ》。

結衣は疲労を感じていた。在日米軍の軍用機、貨物室も同然のキャビンで十時間以上、硬いシートに座りつづけた。フライト中の長い時間、ゼッディウムなるテロ組織について説明を受けたため、仮眠をとる暇さえなかった。アメリカのどこかの空軍基地に到着し、ふたたび別の軍用機に乗り換えた。

話によるとアメリカ軍も同行するはずが、大統領の承認待ちで動けないという。自衛隊のみでホンジュラスに到着し、滑走路でトラックに押しこまれた。空港をでると、いきなり道沿いは雑然とし、商店の軒先には小銃を手にした従業員がひとりずつ立っていた。大通りにはマクドナルドやルノーの看板も見えたが、市の中心部を外れたとたん、内戦状態のような光景がひろがった。ようやくトラックを降車し、いまに至る。

極秘の渡航だったが、パスポートを持ってくるよう指示されたのが、なんとも滑稽《こっけい》だった。中学のころ児童養護施設の韓国旅行を機に、パスポートを取得してあった。ツアーを抜けだし明洞《ミョンドン》の射撃場に通った日々が懐かしい。あの経験がなければとっくに死んでいた。

スマホと財布は没収された。パスポートも曾根田二佐に預けてあるため、結衣はなにも持っていなかった。近くに立つ隊員の腕時計をちらと見た。現地時間で午後三時四十二分。

扉が開いた。隊員らがうながす。結衣は歩きだし、扉の向こうに踏みこんだ。

コンクリート壁の広い空間に窓はなかったが、いたるところに白色灯のスタンドが設置してある。軍警察の兵士らがヘルメットを脱ぎ、そこかしこに座りこむ。結衣と自衛隊一行に、道化でも見るようなまなざしを向けてくる。

中央のテーブルには大勢の人間が群がっていた。濃い顔つきの男性ばかりだった。誰もがテーブル上の地図を指さしながら怒鳴りあう。議論というより口喧嘩《くちげんか》めいていた。

曾根田二佐が結衣の隣りに来て、ゴーグルとマスクを外した。冷静な三十代の面持ちがあらわになる。射るような目で結衣を一瞥《いちべつ》し、辺りを見まわした。ヘルメットを脱ぐと、黒い短髪が汗びっしょりになっていた。

「来い」曾根田が歩きだした。「淵野《ふちの》一尉もだ」

淵野の凛々《りり》しい顔には、うっすら髭《ひげ》が生えている。ほかの隊員らも後につづいた。結衣に対し、誰ひとり愛想をしめさない。日本を発《た》つ前、それぞれが自己紹介したときから、ずっとこんな関係だった。刑事と同じだと結衣は思った。結衣は架禱斗の仲間かもしれない、みな内心そう疑っている。不審な行動を見かけたら、ただちに撃殺しろと命じられた可能性もある。

テーブルに向かう途中、曾根田二佐は歩きながらいった。「俺たちはきみを信じるよう厳命されている。兄の愚行に気づき、校長を思いとどまらせようと、慧修学院高校を訪ねた。真っ当な規範に基づく行動だった。ひとまずそう思うことにする」

まるで結衣の心を察したような物言いだった。結衣はささやいた。「なんか引っかかる言い方」

「悪く思うな。俺は部下の命を預かってる。きみが協力してくれると期待してる」曾根田の目が結衣をとらえた。「まちがってても与野木農業高校のときみたいな真似はするな」

「なんの話ですか」

「洪水と化した地階のサリンプラントで、きみはＭＰ５Ｋを掃射しながら逃走したな。俺も現場にいた」

あのとき突入してきたのは、やはり特殊作戦群だったか。結衣が短機関銃で化学防護服どもを射殺したと知りながら、いままで黙っていたのだろうか。案外そういう人間は多いのかもしれない。

曾根田二佐は小声でいった。「ひとつ注意しとく。あんな動きじゃ危険地帯の戦争屋には勝てない。ゼッディウムに加わっているのは本物の兵士どもだ。俺だって怖い」

サリンプラントの守備隊も、ミャンマーの少年兵あがりの、プロの傭兵《ようへい》ばかりではなかったか。結衣はなにもいわず歩いた。

沈黙を反発と受けとったらしい。曾根田が付け加えた。「田代ファミリー相手の火遊びなど、非行少女と暴走族間の抗争に毛が生えたていどの、いわば小競り合いにすぎん。それでも不幸な生い立ちゆえ、仕方なかったと思ってやる。だが今後はもう勝手な振る舞いは許されない」

「生活指導の先生とは思わなかった」

「俺にも小一になったばかりの娘がいる。そんな口をきいたら、かまわず張り倒す」

テーブルに着いた。結衣は曾根田二佐と淵野一尉に挟まれ、地図を見下ろせる場所に立った。

空港で紹介されたホンジュラス人、軍警察のエスカランテ大尉が、議論中の上官に声をかけた。「ルエンゴ中佐。日本からの客が到着しました《コロネルルエンゴテネモスインビタドスデヤポン》」

ルエンゴと呼ばれた上官は、頭頂の禿《は》げた丸顔に口髭の中年男だった。怪訝《けげん》なものを見る目つきを結衣に向け、次いで曾根田二佐、最後に淵野一尉を眺めた。日本の自衛官らが敬礼したものの、ルエンゴは軽く会釈しただけだった。

「大尉《カピタン》」ルエンゴがしかめっ面でいった。「社交辞令に時間は割けん《バヤモスアルグラノ》。ゼッディウムはサン・ホセ川以南を制圧、コローニア・ロアーク全域を支配下に置いた《セディウムセアポデラロンデラソナアルスルデルリオサンホセイティエネンプレノコントロルソブレエルコロニアロアーク》」

エスカランテ大尉が神妙にうなずいた。「アニージョ・ペリフェリコを進軍しようにも《ノポデモスマルチャルアニージョペリフェリコ》、F-5が飛びまわっていて、容易に近づけません《ポルラカレテラデビドアラプレセンシアデルエフシンコ》」

淵野一尉はスペイン語がわかるらしい、曾根田二佐に通訳した。「ゼッディウムはサン・ホセ川の南を制圧したそうです」

曾根田がきいた。「どこだ？」

結衣は淵野より先に、地図の南端を指さした。「この辺り。北と西がサン・ホセ川、南と東は山に囲まれてる。攻めこむのは難しい地形。川よりも北を走ってる環状線道路が、アニージョ・ペリフェリコ。ナパーム投下の恐れがあるから、戦車も近づけない」

ふたりの自衛官は驚きのいろを浮かべた。曾根田は結衣を見つめた。「言葉がわかるのか？」

かつて六本木オズヴァルドを訪ねた外国人たちは、さまざまな言語を喋《しゃべ》った。うち中南米系とおぼしき商人と、優莉匡太は取引を繰りかえした。ドローガやコントラバンドという単語が頻出し、やがて結衣も、麻薬や密輸という意味だと理解した。英語に比べ、語順を変えて喋ることも多いが、ちゃんと通じるようだ。動詞が主語によって変化するため、主語を省略しても、動詞だけで意味が伝わるとわかった。ただ動詞の時制はやや複雑らしい。どこの国の言語か知らなかったが、中学生になってからスペイン語だと判明した。

地名は地図を見ればわかる。結衣は校舎の図面に目を移した。三階建てで出入口は一階正面のみ。結衣はいった。「ホンジュラス人の生徒は全員解放済み。軍警察は内《トドスロスエストゥディアンテスホンデュレニョスフエロンリベラドスポリシアミリタルポドリア》情をきいたはず。二階の全教室に日本人の生徒と教師が分散、ひと部屋につき敵兵が《ハベルコノシドロスデタイエスエストゥディアンテスイプロフェソレスハポネセスエンカダオラエンエルセグンドピソクアトロソルダドス》四人ずつ警備。雲英亜樹凪と桐宇翔季は三階」《デグアルディアエンカダハビタシオンアキナキライショウキキリュウエンエルテルセルピソ》

今度はホンジュラス人たちがどよめいた。エスカランテ大尉が目を剝《む》いた。「生徒《エスラ》の解放は極秘事項だ。《インフォルマシオンクラシフィカダ》なぜ知ってる!?」

ルエンゴ中佐も血相を変えていた。「校舎内の状況はゼッディウムと我々以外、誰も把握していないはずだぞ。まさか優莉架禱斗と通じてるのか?」

曾根田二佐が醒《さ》めた顔を向けてきた。「言葉はわからんが、きみの指摘が当たってたようだな」

結衣は日本語で曾根田に応じた。「父が考えたセオリーどおり。最重要の人質を最深部に置く。ほかの人質はそれより出入口寄りの、すべての部屋に分散させる。各部屋の四隅に兵を立たせ、片時も人質から目を離さない」

「一階にも敵がいるのか?」

「いるけどあまり多くない。攻めこむ側は階段を上らざるをえない。ゼッディウムにしてみれば、踊り場を狙撃《そげき》できる階上に銃座を据えるだけで、侵入者を皆殺しにできる」

「それも父親の知恵か？」

「いえ。実感した。校舎での戦闘は経験済みだから」

生意気だとからかうような態度を、曾根田はしめさなかった。「理屈は合ってる。兵法でいう拋磚引玉《ほうせんいんぎょく》からの調虎離山《ちょうこりざん》か」

「関門捉賊《かんもんそくぞく》も」結衣はいった。「囮《おとり》を餌にして誘いこむばかりじゃなく、退路を絶って殲滅《せんめつ》するつもり」

淵野一尉が眉間《みけん》に皺《しわ》を寄せた。「ずいぶんわかったような口をきくんだな」

結衣は鼻を鳴らした。「助言が不要ならそういえば？」

「優莉」淵野は苦々しげにささやいた。「ホンジュラス人の生徒が解放されたというのは初耳だ。なぜわかった？」

「ゼッディウムのボディアーマーのほかに、ターバンで顔を隠したゲリラ兵が大勢参加してる。先陣を切ってる以上、地理に詳しい現地民でしょ」

「マラスか？」

「映像で見るかぎり腕や首すじにタトゥーがない。マラスのメンバーはタトゥーをいれるって、ネットニュースに書いてあった。ゲリラ兵は一般市民だと思う。ホンジュラス人の子供を解放しなきゃ、一般市民の協力は得られない。生徒たちの親もいるだろうし」

「どうして市民がテロ組織に協力する？」

「知らない。現地の勢力をどう利用するかは、状況によって方策が変わる。父がそういってた。それより重要なことがある」

「なんだ？」

「解放された生徒はバスで避難したと思う。ゼッディウムがバリケードを築いていたとしても、すべての道路が物理的に完全封鎖されてはいない。少なくともどこか通行できるようになってる」

　曾根田二佐は淵野一尉に指示した。「ルエンゴ中佐に、環状線以外でベアトリス・スクールにできるだけ近づけるルートをきけ。民間車両を装って通行可能な道だ。我々が前線基地に利用できる建物も教えてほしい。とりあえずそこに移動したい」

　淵野がスペイン語でルエンゴに伝えるあいだ、結衣は曾根田に忠告した。「アメリカ軍の到着をまったほうが……」

「時間が経つほど機密保持が困難になる。俺たちはCNNのニュースに映るわけにいかん。武装しての海外派兵自体、極秘の案件だからな」

　軍警察の兵士がひとり、コードレス受話器を手に近づいてきた。「日本から連絡が《ウナヤマダデ》入ってる《ハポン》」

　受話器は曾根田に渡された。曾根田がぼそぼそと応答した。

　ふいに曾根田は声を張りあげた。「なんですって!?　ＵＲＬは？……ええ、メールで送信してください。こちらでも確認します」

　通話は終わったらしい。曾根田が隊員を振りかえる。ＰＣを、そう指示した。

　エスカランテ大尉が問いかけた。「なにかあったんですか《ロケパソ》？」

　考えるまでもない。結衣は日本語で曾根田にきいた。「クラウドファンディングで身代金を集めるサイトが出現した？　生徒ひとりずつに出資可能とか」

「おい」曾根田はまたも目を瞠《みは》った。「なぜそんなに正確にわかる？」

　ノートパソコンが運ばれてきた。受信したメールの本文にＵＲＬが記載してある。曾根田がタッチパッドに指を滑らせた。ＵＲＬにカーソルを合わせクリックする。

　画面には生徒たちの顔写真が並んだ。みな恐怖に表情を引きつらせている。目を泣き腫《は》らした女子生徒も多い。三年Ａ組から五十音順に表示されていた。それぞれに漢字とローマ字表記の名、金額の入力窓、送信ボタンが付いている。下方にスクロールすると、ひとりを除き、生徒全員が網羅されていた。例外のひとりはＢ組の久堀承平。

顔写真はなく、死亡《ムエルト》とのみ表示されている。

かつて父が口にしたアイディアのままだ。結衣は重苦しい気分でいった。「日本政府への要求とは別に、こういうサイトを作って一般公開すれば、人質の価値がわかる。金額が多く集まった人質は生かしておく」

淵野一尉がささやいた。「なら集まった金額の低い人質ほど……」

結衣はうなずいた。「殺される確率が高まる」

曾根田二佐が憤りの感情を漂わせた。「ふざけた真似を」

生徒ごとに表示される集金額が、すでに高騰し始めている。雲英亜樹凪は一億円を超え、数秒ごとに加算をつづける。桐宇翔季もほぼ同額だった。どの生徒にも数百万円の出資はある。保護者が無視できるはずがないからだ。すなわちこのサイトの存在は、もう広く知られている。ニュース番組が追随すれば、さらに爆発的に認知度が上昇するだろう。

テグシガルパで武力攻撃が発生、現地とは音信不通。現段階で日本向けに報じられている情報は、それだけに留《とど》まる。だがこのサイトにより、ゼッディウムのベアトリス・スクール占拠は公になってしまった。久堀承平という生徒の親も、おそらくわが子の死亡を知った。

淵野一尉がこわばった表情を曾根田二佐に向けた。「ルエンゴ中佐によれば、サン・ホセ川西岸にある教会なら、我々が潜伏するのに適しているそうです。夕刻ならヘッドライトを消して走れるので、まだ目立たないと」

曾根田がノートパソコンを畳んだ。「出発する。淵野。軍警察側に案内を頼め」

周囲がにわかに慌ただしくなった。淵野がスペイン語でルエンゴに趣旨を伝える。それを受けルエンゴが部下に指示を発した。兵士たちが無線に怒鳴りながら、方々に駆けていく。特殊作戦群の隊員らは装備の点検を開始した。

結衣はセーラー服のスカーフの結び目を整えた。これぐらいしかすることがない。黄昏《たそがれ》どきの移動は、夜間とは別の危険に晒《さら》される。曾根田も承知しているだろう。だがもう一刻の猶予もない。

16

テグシガルパの日没時刻は、東京とほとんど変わらない。午後五時すぎ、市街地はほの暗くなっていた。空を厚い雲が覆っているせいで、赤みを帯びた夕陽は地上に届かない。視野のすべてがただ光量を落とすばかりだった。街路灯は点《つ》かない。窓明かりもない。いずれ闇に包まれる。

結衣は自衛隊員らとともに外にでた。路上に用意されたのは、ひどく錆《さ》びついたバス二台だった。車体の前後にオレンジいろの旗を掲げている。これは治安の悪化した区画で住民を拾い、遠方に避難させるため軍警察が運行する車両の目印だという。かつてマラスによる暴動が激化したときにも、同様のバスが住宅地を巡回したらしい。武装集団が一般市民のゲリラ兵なら、このバスへの攻撃を控える、ルエンゴ中佐がそう説明した。

バスが二台連なる前後を、軍警察のＳＵＶが固める。住民救助用バスなのだから、護衛の車両がいてもふしぎではない。先導するＳＵＶが道案内してくれる、そんな利点もある。ＳＵＶのみ攻撃を受ける心配はないのか、曾根田二佐がルエンゴ中佐にそうたずねた。まず考えられないとルエンゴはいった。流れ弾がバスに当たるのを嫌い、ゲリラ兵は手だししないという。

結衣は一台目のバスに乗りこんだ。車内は日本の路線バスと同様、中央が通路になっていて、左右の窓際に座席が連なる。曾根田二佐は結衣に、なかほどの左手の席に座るよう指示してきた。ほかにも三人の隊員が、離れた席にそれぞれ座る。いずれも防弾ベストの上に大きめのポンチョ、ヘルメットの代わりに帽子をかぶり、避難民を装っている。

ほかの隊員らはみな、それぞれの装備とともに、通路の床に身を潜める。結衣の足もとは銃器類や迷彩柄のバッグで埋め尽くされた。前後は空席だが、シートの陰にも隊員がしゃがんでいる。曾根田二佐も近くにいた。

エスカランテ大尉と軍警察の兵士らが、いくつかのバッグを抱え乗車してきた。

「これらの荷物も預かってください《コヘスエスタスボルサス》。万が一にも交戦状態になったとき、我々が使用する武器弾薬の予備です。重いので車内に散らして配置してもらえませんか、なにせバスがおんぼろで」

淵野一尉は二台目のバスに乗車している。ここにはスペイン語がわかる隊員がいない。結衣は曾根田二佐にいった。「予備の武器弾薬を預かってくれって。重いから車内のあちこちに分散して」

曾根田は周りの隊員に指示した。「手伝ってやれ。優莉、すまないが教会までの所要時間を、大尉にきいてくれないか」

結衣はエスカランテ大尉を見つめた。「到着までどれぐらいかかりますか《クアントティエンポタルダラ》」

「三十分ってとこです《ウノストレインタミヌートス》」エスカランテは微笑した。「オレンジ旗のバスなら妨害も受けず、すいすい走れますからね」

危機的状況も日常茶飯事であれば、笑いが浮かぶようになるのかもしれない。エスカランテは兵士らとともに降車し、前方のSUVに去っていった。結衣は曾根田に目を向けた。曾根田が黙ってうなずいた。三十分《トレインタミヌートス》という単語はききとれたらしい。

ほどなくバスが動きだした。車列先頭のSUVにつづき徐行していく。バスの車内に照明はない。姿勢を低くした隊員らが暗がりに溶けこむ。外からは、結衣を含む四人の乗客が点在するのみ、そう見えるだろう。

もっとも油断はできない。結衣は曾根田二佐にささやいた。「車体が重量で沈んでることに気づかれるかも」

曾根田が小声で応じた。「気づくとすれば側面からの監視だ。優莉、道端に人影がいたら教えろ。建物の屋上は、むしろ俺たちから見える」

窓辺に座る隊員のひとりが告げた。「私も警戒します」

「頼む」曾根田が低くいった。「乗客を装ってる者は、それぞれ窓の外を見張れ。だがあまりキョロキョロするな」

外はかなり暗くなっていた。荒《すさ》んだ市街地にひとけはない。この辺りの店舗はすでに営業していない。銀行ですら無人だった。だが例外なく略奪被害に遭った痕跡《こんせき》がある。鉄格子の嵌《は》まった窓は、壁ごと破壊され、路上に倒れていた。暗い建物内がうっすらと見える。嵐が去ったあとも同様のありさまだった。

窓辺の隊員がぼそりと報告した。「住民がいます」

コンクリートの平屋建てとバラック小屋が隙間なく並ぶ。いかにも貧しい住宅街だった。たしかにガラスのない窓から、幼女が顔をのぞかせている。痩《や》せ細った高齢者がふらふらと道端をさまよう。バスを目にしても乗車を求めない。避難する意思がないのだろうか。

焚火《たきび》を囲む若者たちがいた。首筋や手の甲にタトゥーが見える。みなピアスだらけの顔でバスを睨《にら》みつけてくる。凄《すご》む態度に半グレに近いものを感じる。

結衣は曾根田二佐に伝達した。「マラスがいる」

「ゼッディウムとつながっていそうか？」

「たぶんちがう。略奪のために居残ってるんだと思う」

ここは秩序が崩壊した世界だった。さっき見た地図の、いまはどのあたりだろう。右も左もわからない。地獄とはこんなふうに不案内な場所にちがいない。

道の起伏が激しい。椰子《やし》の木が住居の屋根を突き破り生えている。遠くに立ち上る火柱は、焚火でなく火事ではないのか。外壁の落書きがいっそう増えてきた。さっきとは別のタトゥーの集団が、無人になった平屋から家具を運びだし、トラックの荷台に積みこむ。やはりマラスのようだ。

暗転しつつある空は、まだ藍《あい》いろを残すものの、夜の闇がひろがりだした。通路にしゃがんだ隊員らがもぞもぞと動く。みな暗視ゴーグルを装着している。

結衣は裸眼のままだった。ほとんど見えなくなった窓の外を眺める。この国なら容易に大規模テロを起こせる、そう発想する馬鹿な男がいた。その子供たちも馬鹿だった。長男が父の遺志を継ぎ、長女をクスリ漬けにし、郊外一帯を占拠し立て籠《こ》もる。いまやすっかり人殺しの次女も、いつの間にかここにいる。

自分で望んだこととはいえ、愚かな人生にちがいない。世界に迷惑をかける日本人一家。そろそろ馬鹿が馬鹿を殺し、お開きにするときだろう。相討ちで脅威がふたつとも消えてくれる、そんな結末なら、誰もがきっと歓迎する。

己れの存在する意義はそこにしかない。十八年は充分に長かった。いまさらふつうの人生に憧《あこが》れたりはしない。吹奏楽部でクラリネットを吹き、大学に入り、平穏なキャンパスライフを過ごしながら就活に励む。それはそうなるべく生まれた人がすればいい。

バスが急停車した。結衣はふと我にかえった。生活道路と呼ぶべき住宅地の一角だった。前方でＳＵＶのテールランプが赤く灯《とも》っている。なぜ停まったのかはわからない。SUVのドアが開いた。エスカランテ大尉と兵士たちが降車し、道端へと駆けていく。

バスの車内に緊張がひろがった。曾根田二佐がわずかに伸びあがり、窓の外を眺めた。「なんだ？」

結衣は闇に目を凝らした。エスカランテ大尉らは細い脇道に姿を消した。前方のSUVは道路の真んなかに放置され、バスの進路を塞《ふさ》いでいる。

最悪の状況は常に思い浮かぶ。それがさらなる狂気の連想につながる。結衣ははっとして、通路の暗がりを見下ろした。ひしめく隊員たちと目が合う。さっき持ちこまれたバッグがどこにあるのか判然としない。

曾根田二佐も通路を見まわした。同じ推測に行き着いたらしい。だが隊員に呼びかける暇さえない、そう思ったのだろう。曾根田はいきなり立ちあがると、全身で結衣をかばった。

車内に白色の閃光《せんこう》がひろがった。すでに隊員たちの肉体は、すさまじい爆速により消し飛んでいた。火球が膨張し、高熱を帯びた熱風とともに襲いかかる。しかし到達するより早く、曾根田が結衣に抱きついた。ふたりは窓ガラスを突き破り、車外に放りだされた。

空中で結衣は気づいた。曾根田は背に爆風を受け、結衣をかばう姿勢のまま、窓から吹き飛ばされた。ふたりはもつれあいながら落下した。路面に衝突する寸前、曾根田は身体を反転させ、結衣の下になった。結衣は身体を打ちつけることなく、曾根田の両腕に抱き留められ、すぐに横方向に転がった。

路上に仰向《あおむ》けになった結衣は、ただちに跳ね起きた。焼き尽くすような熱風が猛烈に吹きつける。巨大な火柱がバス全体を呑《の》みこんでいた。窓という窓から炎が噴きあがる。車体は黒く歪《ゆが》んだ形骸《けいがい》のみを残し、なおも燃え盛っていた。

脱出できたのは結衣と曾根田、ふたりだけのようだ。エスカランテ大尉は出発前、爆発物を車内に分散配置させた。一台目のバスを完全に破壊するためだ。ふたりを残し、乗員は全滅した。

揺らぐ炎が路面を紅いろに照らしだす。曾根田二佐は血まみれになり倒れていた。鉄骨が防弾ベストを刺し貫いている。口から血が流れだしていた。結衣はあわてて駆け寄り、近くにひざまずいた。

だが曾根田は濁った声を絞りだした。「離れてろ」

「でも……」

「固まっていれば狙われる」曾根田が半身を起こし、結衣を強く突き飛ばした。「来《く》るな！」

結衣は体勢を崩し、仰向けになって倒れた。勢いあまって後方に転がる。曾根田は脱力し、ぐったりと横たわった。

二台目のバスはいまのところ無傷だった。乗員が駆けだしてきた。淵野一尉の率いる隊員たちが、動揺をあらわにし曾根田二佐に走り寄る。

その瞬間、曾根田が遺《のこ》した言葉の意味を、結衣は悟った。「危ない！」

大声で呼びかけたが遅かった。曾根田を救おうと群がった淵野らは、爆発のなかに呑みこまれた。全員の四肢と装備品がばらばらになり、辺りに撒《ま》き散らされた。ロケットランチャーによる狙い撃ちだった。たぶん敵は建物の上にいる。

そう思ったのも束の間、爆風をまともに受け、結衣はまたも吹き飛ばされた。路上を激しく転がる。ようやく静止したのは、炎上するバスのわきだった。肌が焼けただれるほどの熱気が包みこんでくる。感覚が麻痺《まひ》しだした手足を、結衣は無理やり突き動かし、這《は》ってバスから遠ざかった。

銃撃音が耳をつんざいた。二台目のバスから隊員たちが飛びだしてくる。しかし降車するや狙撃《そげき》され、その場に倒れこむ。道沿いのすべての建物の屋上に、無数の銃火が閃《ひらめ》く。おびただしい数の敵が潜んでいた。

隊員たちも仰角に射撃しながら、路上に繰りだそうとする。だが驚いたことに敵勢は、隊員がバスから降り立つたび、確実に顔面を撃ち抜いていった。ヘルメットや防弾ベストに跳弾の火花は見えない。ほぼ一発必中で即死に至らしめる。なんという狙撃の腕だろう。もはや隊員らは順繰りに凶弾の的になるため、降車口から飛びだすだけでしかない。車内に居残ろうと、いずれバスごとロケットランチャーで粉砕される。

凄惨《せいさん》な光景に唇を嚙《か》んだ。結衣の近くにライフルの形状をした銃が落ちている。Ｍ４Ａ１アサルトカービンだとわかった。拾おうとつかんだものの、あまりの熱さに手をひっこめた。ためらってはいられない。グリップをしっかり握りしめる。てのひらの皮が剝《む》けそうだった。思わず涙が滲《にじ》みだす。それでも手放すわけにいかない。

二台目のバスから降車したのは、最後の数人だったらしい。瞬く間に射殺された。もう誰もいない。生き残りはいない。結衣はひとりきりだった。

隠れられる場所はない。退路も見つからない。路上にもボディアーマーが群れをなし、徐々に包囲を狭めてくる。

結衣は走りだした。仰角にアサルトカービンをかまえる。平屋建ての屋上に閃く銃火めがけ、ほとんど闇雲に掃射した。

だが次の瞬間、二台目のバスが爆発した。甲高い耳鳴りとともに、聴覚が失われたのを自覚する。爆風の竜巻に身体が舞いあがった。鉄製の破片が無数に降り注ぐなか、結衣は路面に叩《たた》きつけられた。

朦朧《もうろう》とする意識のなか、正気を保とうと躍起になる。結衣は意思に従わない身体を突き動かした。ふたたびアサルトカービンを拾い、片膝《かたひざ》を立てた姿勢でかまえる。燃えあがる二台のバスが、絶えず陽炎《かげろう》を立ち上らせる。そのなかをカーキいろのボディアーマーが何体も迫ってくる。揺らぐ炎に照らされ、敵の存在も闇のなかに明滅していた。

至近距離だ、外すはずがない。ひとりでもふたりでも殺してやる。結衣はトリガーを引き絞ろうとした。

ところがボディアーマーのうち一体が、異常な速度で間合いを詰めてきた。風圧を感じるほどの猛進だった。ボディアーマーは変則的な動きをしめし、両腕を激しく回転させた。拳法《けんぽう》の手技に似ている。一瞬ののち、アサルトカービンは結衣の手を離れていた。ボディアーマーが奪った銃を高々と掲げる。

結衣は息を呑んだ。右手でフォアエンド、左手はグリップをしっかり握っていた、そのはずだった。接近戦では銃を奪われるのを避けるため、左手の甲を上にし、包みこむように保持する。確実に対処したつもりだった。なのに敵は結衣の両手に隙を見てとったのか、瞬時に奪い去った。

武器を失ったと気づいたときには、もうボディアーマーの上段回し蹴《げ》りが繰りだされていた。装備の重量をまるで感じさせない敏捷《びんしょう》な動き。結衣は防御しきれず、側頭部から頬にかけ、強烈な蹴りをまともに浴びた。足が路面から浮き、結衣の全身は木の葉のように宙を舞った。また路面に衝突する。背骨が砕けそうなほどの激痛が走った。

ほとんど精神力だけを頼りに、なんとか身体を起こしにかかる。セーラー服のスカーフはちぎれ、スカートの裾が焼けていた。すりむいた膝は血で真っ赤に染まっている。

ボディアーマーが包囲するなか、やけに痩《や》せた長身の迷彩服が、結衣の目の前にたたずんでいた。

金いろのロングヘアが熱風になびく。だが色白の小顔には、いたって涼しそうな表情があった。緑いろの目。鷲鼻《わしばな》に狭い下顎《したあご》、女形《おやま》のような男だった。

軍用機のなかで顔写真を見せられた。ヴコール・ミシチェンコフ。三十二歳、ロシア人。ゼッディウムのリーダーみずからが攻撃部隊を率いていたのか。

そう知ればこそ、もう寝そべってなどいられない。結衣は路面を殴りつけ、反動で跳ね起きると、ヴコールめがけ突進した。周りのボディアーマーが即座に反応する。無数の銃口が結衣を狙い澄ます。素早く確実な動作、やはり桁違《けたちが》いの戦闘力を誇る集団だった。撃たれてもかまわない、結衣はその一心でヴコールに挑みかかった。

だがヴコールは片手をあげ、ボディアーマーらの手だしを制した。

ヴコールは防弾ベストの上にチェストリグを巻いている。軍用ナイフの柄がのぞく。腰には拳銃をおさめたホルスターもある。間合いさえ詰めれば、どちらか奪いやすいほうを奪える。長身の敵には低く潜りこめば隙を突ける。

ところがヴコールは腰を深く落とすや、片脚を大蛇のように繰りだしてきた。恐ろしく長い脚による正面蹴りだった。結衣の腹に軍用ブーツの底がめりこんだ。気管が詰まり、思わずむせた。鼻血を噴出すると同時に吐血した。結衣はその場にくずおれた。

重い蹴りが身体じゅうを痺《しび》れさせる。あらゆる筋肉の収縮が不可能になる。わずかでも力をこめようとすれば、耐えがたい痛みが襲う。

うずくまる結衣に、ヴコールが歩み寄ってきた。距離が縮まった。結衣の両腕は麻痺していたが、左脚の感覚は戻りつつあった。

背筋の力でのけぞり、身体を垂直方向に跳ねあげる。結衣は両太股《りょうふともも》でヴコールの胴体を蟹挟《かにばさ》みにし、身体をひねって重心を崩そうとした。ボビナムのドンチャン、ソムォイボンでねじ伏せにかかった。

だが結衣の脚はヴコールにかすりもしなかった。ヴコールの手は結衣の足首を掌握し、難なく身体ごと振りまわした。結衣は荷物のごとく乱暴に投げだされた。路面に跳ねると、砂埃《すなぼこり》をあげながら転がった。

血反吐《ちへど》が路上を赤く染める。まるで大人が幼児を相手にするようだ。この感覚は幼少期に味わった。優莉匡太にいたぶられた日々が鮮明によみがえってくる。背筋に走る悪寒も、とまらない震えも、十年前に戻ったかに感じられる。

曾根田二佐の言葉が脳裏をよぎる。あんな動きじゃ危険地帯の戦争屋には勝てない。ゼッディウムに加わっているのは本物の兵士どもだ。

ボディアーマー二体が結衣を引き立てた。ひとりが結衣の後ろ髪をつかみ、強く引っぱった。結衣は頭皮の痛みに耐えながら、夜空を仰がざるをえなかった。

するとヴコールがホルスターから拳銃を抜いた。コルトガバメント四十五口径だが、銃身が異様なほど長い七インチタイプだった。ヴコールは銃身を結衣の口にねじこみ、深く押しこんだ。結衣は息ができなくなり咳《せ》きこんだ。喉《のど》の奥を圧迫され、嘔吐《おうと》の衝動に駆られる。息苦しさのあまり涙が頬をつたった。

ボディアーマーの一体がいった。「殺さず連行しろと架禱斗が《カイトキエレケセラトライドビボ》」ヴコールは動じなかった。「戦闘中の死はかまわないと架禱斗もいってた《カイトノレインポルタリアシムエルトエンコンバテ》。こいつの目は気に食わない。ここで殺しとく」

とてつもない恐怖が全身を貫く。身をよじろうとしても筋肉が反応しない。ただ震えるばかりだった。気管が完全に塞《ふさ》がれ、呼吸の自由すらなかった。哀れなものを見下ろすヴコールの目だけがある。いまトリガーが引き絞られようとしていた。

鼓膜を破るような銃撃音が轟《とどろ》いた。眼前に青白く火花が散った。結衣の視野はブラックアウトし、なにも感じなくなった。

17

凜香は篤志の運転するSUVに同乗し、朝九時の木更津港に来た。貨物船の停泊もない埠頭《ふとう》は、ガントリークレーンが停止し、ひとけもなくひっそりとしている。

クルマを降りた。潮風が吹きつけてくる。篤志の案内に従い、凜香は倉庫の入口に近づいた。物音ひとつきこえない。篤志が鉄扉を横滑りに開けた。

内部は真っ暗だった。凜香は妙に思いながらも足を踏みいれた。篤志もなかに入ってから扉を閉めた。

目を凝らすと小部屋だとわかった。ここは単なる前室のようだ。篤志が奥の扉を開けた。眩《まばゆ》い光が飛びこんできた。重低音をともなうエレクトロニック・ダンス・ミュージックが、地響きも同然にリズムを刻む。たいした防音性能だった。ここが本当の倉庫の内部だった。

ホールのように広い空間には、色彩鮮やかな光線が躍っていた。まさしくクラブそのものだ。朝から始まったとは思えない。たぶんひと晩を明かし、まだ宴《うたげ》がつづいているのだろう。

コンテナや木箱が容積の半分を占めるものの、空いている場所にはソファやテーブルが並ぶ。コンクリートの床には虎の皮を剝《は》いだ敷物。露出度の高いドレスを着た女たちが酒類を運ぶ。ソファにふんぞりかえる黒スーツの男どもは、それぞれ女を侍《はべ》らせていた。

趣味の悪さは六本木オズヴァルドの再現だった。倉庫内を利用しているだけに、規模はより大きい。総勢二百人はいるだろうか。乱痴気騒ぎをどことなく懐かしく感じる。凜香が生まれ育ったのは、こんな店舗のバックヤードだった。あのころは大人たちが怖かった。六歳になるとビール運びを手伝わされる。白い粉を添えるのを忘れただけで折檻《せっかん》を食らう。

ひとりの男がふらふらと近づいてきた。酔っ払いのだみ声で絡んでくる。「凛香。おい、ひょっとして凛香じゃねえのか」

ブラックライトに照らされた男の顔を眺める。三十代半ば、いかにも半グレという感じの人相の悪さ。だがその目鼻立ちは記憶に残っていた。

凛香はきいた。「もしかして、キト兄ちゃんかよ」

「おお！　やっぱ凛香じゃねえか。おぼえててくれたか。久しぶりだなぁ」

女が通りかかった。トレーにビール瓶を載せている。凛香はとっさに手を伸ばし、瓶の首を逆手につかんだ。すかさず瓶でキトを殴りつける。瓶は粉々に砕けた。キトは痛そうに両手で頭をかばったが、胴体はがら空きだった。そこに思いきり蹴《け》りを浴びせた。キトは近くのソファに仰向《あおむ》けに倒れた。ソファに座っていた男女はどよめき、膝《ひざ》の上のキトを床に放りだした。

ほかの男たちが続々と駆けつける。凛香は割れたボトルを振りまわし、男たちがひるんだ隙を突き、次々と蹴りを食らわせていった。

篤志が腕をつかんだ。「やめろ凛香」

「放せ！」凛香はなおも暴れた。「どいつもこいつも見た顔ばかりじゃねえか。六歳までの恨みをいま晴らしてやる！」

額の禿《は》げあがった男が、げらげら笑いながら凜香の顔をのぞきこんだ。「恨みを晴らすかよ！　こいつは傑作だ！」

本名は知らないがブチ兄ちゃんと呼んでいた男だった。田淵《たぶち》とか池渕《いけぶち》とか、そういう苗字《みょうじ》なのだろう。凜香は篤志の手を振りほどくと、ブチの鼻っ柱に拳《こぶし》を浴びせた。鼻血が撒《ま》き散らされた。

「汚ねえ！」笑いながら叫ぶ別の男も記憶に残っている。あだ名はたしかゴン。当時は二十代だった。いまや三十半ば過ぎだ。顔つきは歳を重ねているくせに、あいかわらず馬鹿をやっている。

酔っ払いとヤク中ばかりだからだろう。どいつもこいつも笑いながら襲いかかってくる。凜香はここ最近の不満をぶつけるべく、大人たちを次から次へと叩《たた》きのめした。そのうち凜香自身もおかしくなり、笑わずにはいられなくなった。

こいつらは本気で凜香を殺そうとはしていない。本気になったところで殺せない。十五歳、数々の修羅場を潜り抜けてきた凜香からすれば、大人相手でも互角に渡り合える。向こうもそれを承知しているのだろう。わざわざ向かってきては、凜香に殴る蹴るの暴行を受ける。懺悔《ざんげ》か禊《みそぎ》のつもりか。暴力沙汰《ざた》にはちがいないが、オズヴァルドにはこんな馬鹿げた騒ぎが頻繁にあった。凜香は懐かしさと同時に喜びも感じていた。むかしはよくお父さんが中心になっていた。いまは自分がそれに代わっている。

見慣れない男が立ちはだかった。スキンヘッドで眉《まゆ》を剃《そ》り、目つきの据わった二十代半ば。笑いはなく仏頂面だった。篤志に匹敵するほどの背丈だが、身体つきは引き締まっている。スーツではなくストリート系のパーカーを着ていた。何者か知らないが、いま凜香の前に躍りでるとは、いい度胸をしている。凜香は男に挑みかかった。

ところが男は表情ひとつ変えず、右手の甲を水平に振り、凜香の頬を強烈にはたいた。凜香は弾《はじ》け飛び、近くのテーブルの上に背を叩きつけた。

どよめきと歓声が半々に沸き起こる。凜香は頬に痺《しび》れるような痛みをおぼえた。なんとか上半身を起きあがらせる。

スキンヘッドの眉なし男の周りには、やはりストリート系ファッションの二十代が集いだしている。元半グレ同盟のピークを超えた連中とちがい、新参の男たちは容赦のない殺気を放つ。

凜香はテーブルの上からアイスピックをつかみとった。それを唯一の凶器とし、ただちに敵陣へと駆けだす。「上等だゴラァ！」

そのときふいに音楽がやんだ。照明が白色灯に切り替わる。男たちが動きをとめた。

凛香も凍りついた。

倉庫内が静かになった。ひとりの女が近くのソファから立ちあがった。その女だけニットコーデの普段着だった。ショートボブに小顔、痩身《そうしん》。こうして見るとスタイルも悪くない。

市村凜がにやにやしながら近づいてきた。「凛香。気が済んだ？」

「この禿げに一撃食らうまでは」

「ゲンゾーとは仲よくしてよ。架禱斗の推薦で入った逸材なんだし」

ふと気づくと、ゲンゾーと呼ばれたスキンヘッドが、てのひらサイズの保冷剤パックを差しだしていた。

凛香はゲンゾーを見上げた。こういう男は凛香が手を伸ばすと、からかうように保冷剤を高々と上げ、けっして取らせまいとする。悪くすれば隙を突き殴打してくる。分が悪い。こいつはザコのレベルとはかけ離れている。よほどの奇策がなければ、怪我を負わせることさえ難しい。

しばし警戒していると、ゲンゾーは保冷剤を凛香の頬に押しつけてきた。凛香は保冷剤を手で押さえた。ゲンゾーは黙って引き下がった。

腫《は》れた患部が冷やされる。凛香の闘争心もクールダウンしつつあった。ゲンゾーたちはもう敵愾心《てきがいしん》をあらわにしていない。

　市村凜がいった。「凜香。見てのとおり、元半グレ同盟出身の奴らは、だいたい半分ぐらい。残りの半分は新規加入の即戦力」

「信用できるのかよ」

「この雰囲気、懐かしくない？　お母さんはあんたにいいたい。お帰りなさいって」

　複雑な思いが胸に去来する。もっと嫌悪感を抱くと予想していた。なのに拒絶する衝動が起きない。

　お帰りなさいと市村凜はいった。たしかに帰ってきた、そんな感じがする。このろくでなしの大人たちは、少なくとも凜香の存在を認めている。これほど多くの視線を注がれたのは、いつ以来だろう。軽蔑《けいべつ》のまなざしではない。特にかつての性悪どもを叩きのめしてからは、あるていど敬意を払われるようになった、そう思える。

　大人たちが畏怖《いふ》する父や架禱斗兄を、凜香はひそかに羨《うらや》ましく思ってきた。なりふりかまわず生きてきて、いま自分はその立場になりえたのだろうか。

　いや。特別視されているのは市村凜の娘だからだ。ならどうして六歳以前は丁重に扱われなかったのか。市村凜がほったらかしにしたせいだ。この女はいちどもオズヴァルドに姿を見せなかった。優莉匡太のほかの愛人たちと同様、わが子が虐待を受けていると知りながら、無責任に放置した。

　凜香は母親にささやいた。「わたしはあんたのもとに帰らない」

「なんでよ」市村凜の顔から表情が消えた。「誰になら心を許せる？　結衣？　あんた邪険に扱われてたじゃない。誕生日プレゼントを贈ったのに、ろくに感謝もしめされなかった」

　いらっとくる物言いだった。凜香は吐き捨てた。「ストーカーかよ」

「調査能力。ねえ凜香。あんたと結衣は優莉姓でしょ。匡太さんの子だとあきらかにしてる。成人するまで会えない。結衣が二十歳になっても生きてると思う？」

「結衣姉のもとには、ろくでなしのなかでも案外まともな奴らが集まる。あんたが集められるのは本当のろくでなしだけ」

「本当にそう？」凜は倉庫の奥に目を向けた。「ジニ」

　山積みになった木箱のわきに、黒ジャケットの男たちが立っていた。見た顔ばかりだった。驚いたことに、あのフェリーにいたパグェが勢揃いしている。

　リーダー格のジニが木箱の蓋《ふた》を開けた。つかみだしたのは自動小銃と手榴弾《しゅりゅうだん》だった。

　末期の田代ファミリーが入手できなかった銃器類。ここには豊富に貯めこんである。武装半グレ同盟の再結成といいながら、すでに父のころより強大な勢力だ。田代ファミリーの分裂後、傘下の半グレ集団を吸収したらしい。

凛香は篤志を見つめた。篤志はわずかに視線を落とした。

市村凛がつぶやくようにいった。「結衣には半グレ同盟を束ねる意思がない。みんな路頭に迷うでしょ」

「公安は、結衣姉が同盟再結成の核かもしれないって……」

「そうなってくれるのを内心期待してたでしょ? 凛香。姉妹どちらもカタギになんかなれっこないもんね。凛香は将来も半グレでいいと思ってたでしょ。そういうふうに生まれて、そういうふうに育ったんだし」

心がぐらついた。泣きそうになっている自分を悟り、凛香は怒りを母親にぶつけた。

「結衣姉がほんとに半グレ集団を組織しだしたら?」

「ない! 凛香。原宿を思いだしてよ。与野木農業高校も。結衣はあんたを殺そうとしたでしょ? あんたが権晟会に売られて、アメ公どもにマワされて、結衣はなにかしてくれた? 沖縄で会ったのは偶然でしかない」

周りで大勢の男たちがきいている。凛香は腹を立てた。「いまそれをいうんじゃねえよ」

「わたしがいまのあんたより若かったころ、荒くれ男たちにマワされた。凛香。あんたの気持ちはよくわかる」

「そいつらはどうなった？」

「何年か経って、匡太さんに頼んで、全員ぶっ殺してもらった」

　権晟会東京支部の奴らを血祭りにあげた、あの凄惨《せいさん》な夜を思いだす。母と娘、似たような人生を歩んできた。これが遺伝というやつか。

　ふと寂しさを感じた。凜香はささやいた。「あんたは殺人鬼じゃん」

「凜香もでしょ」

「誰のせいでこうなったと……」

「何者にも縛られない将来がまってた。匡太さんはあんたたちに自由を遺《のこ》したかった。権力に媚《こ》びずに生きられる自由を」

「架禱斗兄や結衣姉は目をかけられてただろうけど、わたしは……」

「匡太さんは七人の子にそれぞれ半グレ集団を継がせたがってた。架禱斗に出琵婁《デビル》、篤志にクロッセス、健斗《けんと》にＤ５」

「結衣姉は？」

「姉より自分のことが気にならない？　匡太さんはいってた。凜香は野放図の後継者にするって」

凛香は黙りこんだ。周りで大人たちが凛香の反応をうかがっている。キトもブチもゴンも凛香を注視していた。

なぜ自分は結衣の誕生日を祝おうとしたのだろう。求めていたのは、どこにでもいる姉妹のような関係、そこに尽きるのかもしれない。けれども結衣はおそらく、凛香と同じことを望んではいない。

ここはどうなのか。家族の絆《きずな》。将来。一般家庭とはちがう、ふつうではない。でもたしかに人と人とのつながりが重視されている、そう思える。

いいくるめられているのではないか。噂にきく市村凛の詐術の可能性もある。凛香は母親に目を向けた。

市村凛は視線を落とし、右手で軽く胸をさすっている。怪我の痕《あと》がうずくのかもしれない。娘の返事をまちながら、不安のいろをわずかにのぞかせる。

娘からの愛情を求めているのだろうか。母親として認められたがっているのか。気持ちはわかる。過去はさておき、結衣と姉妹のよりを戻したい、凛香もいちどはそう思った。そんな自分を顧みれば、市村凛の思いにも納得がいく。

安易に心は許せない。しかし自分自身を知りたい。凛香は母親にきいた。「あんたを刺したのって誰？」

市村凜が顔をあげた。憂いのまなざしが見つめてくる。「知ってどうするの」

「そいつ生きてる？」

「生きてる。のうのうと」

「とりあえずそいつはぶっ殺す」

「……お母さんのために？」凜の目が輝きだした。

「まだ生き方はきめない。でもあんたを……。お母さんを殺そうとした馬鹿は許せない」

「り」市村凜は涙を浮かべた。「凜香。お母さんって呼んでくれるの？」

「事実なんだからしょうがないじゃん。まず復讐《ふくしゅう》だけは果たす。それ以降のことは、そのときどう思うかによる」

凜が涙ぐんだ。幸せを噛《か》み締めるように、泣きながら笑っている。凜香のなかでさまざまな感情が渦巻いた。母がこんなにすなおな思いをしめすとは。

「……凜香」市村凜がささやいた。「わたしを刺したのは女」

「女？」

「探偵の探偵」

「なにそれ」凜香は思わず笑った。「面白すぎる女じゃん。殺しがいがある」

「油断しないで。ひと筋縄でいく相手じゃないし。結衣なら問題ないだろうけど、凜香は……」

凜香はむっとした。「結衣姉より劣ってるっていいたいのかよ」

「結衣にあって、あんたにないものがある。わたしは調査業の基礎を学んで、情報収集の技能を鍛えた。結衣はわたしと同居してた中一のころ、影響を受けた」

腑《ふ》に落ちないことがある。市村凜は半グレ同盟の再結成から、結衣を排除しようとしていたのか。敵とみなしているように思える。凜香はきいた。「結衣姉はどうなるんだよ」

「ホンジュラスから生きて帰ったら、結衣もきっとわかる。迎えてくれるのはわが家だけだと」

結衣はいまホンジュラスにいるのか。凜香は篤志を見つめた。篤志の真剣な目が凜香を見かえした。半グレたちも熱い視線を注いでくる。結衣が合流すれば、結束はさらに強まる。もし結衣が反発したら、そのときは……。

深く考えたくはない。けれども憂鬱《ゆううつ》ではない。凜香は思ってもみなかった興奮にとらわれていた。母の復讐を果たせる。ひさしぶりに血で血を洗う勝負に、自分の命を賭《か》けられる。

「教えなよ」凛香は催促した。「調査業の基礎とやらを。殺すべき女を殺してきてやる」

市村凛はもう泣いていなかった。無表情でうなずきながらいった。「あとでね」

白色灯が消え、ＥＤＭが大音量でリズムを刻む。暗がりに赤や青の光が躍りだした。男たちが歓声をあげ、凛香に群がった。一瞬の驚きの直後、凛香は男たちに高々と掲げられていた。宴《うたげ》のなか祝福されるように、倉庫内のパレードが始まった。

凛香は面食らったものの、しだいに愉快になってきた。狂気だ。ここにいるのは異常者ばかりだ。帰ってきた、いまはたしかにそう思える。

18

一瞬のうたた寝を、長いあいだ眠っていたように錯覚する。そんな感覚に近かったのかもしれない。

結衣は我にかえった。熱風が吹きつけてくる。まだ燃え盛るバス二台の近くにいる、そう気づいた。しかし結衣の身体はいま、急速に後方へと引きずられていた。ボディアーマーの仕業ではない。結衣を捕らえていた二体は、視界のなかを遠ざかる路面に転がっていた。のみならずヴコールまでが身体をのけぞらせ、何歩か後ずさっている。ヴコールの防弾ベストの胸部が凹《へこ》み、煙が立ち上っていた。

自分が撃たれたわけではない、結衣はそう悟った。誰かがヴコールを撃った。極度の至近距離だった。耳もとできいた銃声でわかる。目の前で散った火花は、防弾ベストの跳弾にちがいない。

視野の端にターバンがなびき、結衣の頬をしきりに撫《な》でる。何者かが結衣を羽交い締めにし、後方へ引きずる。その人物のターバンだろう。

もうひとりのゲリラ兵が結衣の斜め前方にいた。こちらはしっかりターバンを顔に巻いたまま、アサルトライフルを敵勢に向け乱射する。

だがヴコールと二体のボディアーマーは、銃弾をまともに食らっておきながら、わずかに体勢を崩したにすぎなかった。ボディアーマーが揃って起きあがり、ただちに銃を構え直す。ヴコールも仁王立ちになり、上目づかいに睨《にら》みつけてきた。七インチのコルトガバメント45が結衣を狙い澄ました。建物の屋上にいる敵勢も、いっせいに銃口を結衣に向ける。すべては一瞬のできごとだった。蜂の巣にされる運命は変えられない。

そのとき斜め前方のゲリラ兵が、アサルトライフルを放りだした。路面に横たえてあった円筒の束をつかみあげる。グレネードランチャーの砲身を十本ほども束ねた、そんな形状をしている。砲口を真上に向けトリガーを引く。発射された榴弾《りゅうだん》が全方位に向け、放物線を描きながら飛び、道沿いの建物の屋上に着弾した。

軒並みに爆発が起きた。轟音《ごうおん》と地響き、炎が夜空を赤く染めるなか、無数のボディアーマーらが転落してくる。ただし全滅にはほど遠い。半数の生き残りが早くも銃撃を再開する。だが狙いは逸《そ》れがちになっていた。

結衣を羽交い締めにするゲリラ兵は、右手のサブマシンガンを前方に突きだし、ヴコールと二体のボディアーマーめがけ掃射した。ボディアーマー二体が盾になりヴコールをかばう。二体ともよろめいたものの、やはり致命傷にはほど遠い。恐るべき防弾性能だった。とはいえ弾が貫通しないまでも、着弾時の衝撃は確実に与えている。敵は狙いを定めきれないようだ。わずかな時間が稼げた。

近くに四輪バギーが停まっていた。背後のゲリラ兵は結衣を抱きかかえたまま、バギーの荷台に転がりこんだ。もうひとりは運転席に乗った。バギーが走りだしたとき、後方から銃声が轟《とどろ》いた。敵勢が一斉射撃してくる。驚異的な狙撃《そげき》の腕を誇る敵の弾が命中しない。ゲリラ兵が煙幕を焚《た》いたせいだとわかった。視野が濃霧に閉ざされているうえ、車体のライトはいっさい点灯していない。バギーは被弾を避けるためか、激しく蛇行運転した。強烈な風圧に全身が晒《さら》され、車外に放りだされそうになる。

きわどかった。ゲリラ兵ふたりの熟練の技、周到な準備と不意を突く奇襲。数秒で決着がつく危険な賭けだった。もっとも結衣にしてみれば、身柄が別の勢力に移った、ただそれだけでしかない。即座に殺されるか、なぶり殺しにされるか、わずかな運命の差があるのみか。

やがて銃声は遠ざかった。バギーは直進に転じた。荷台におさまったゲリラ兵が、ほどけかかったターバンを完全に取り払う。

日本人だった。四十代半ば、ミュージシャンのような長髪、痩身《そうしん》。結衣は絶句した。以前に見た顔だった。

磨《ま》嶋《じま》悠成《ゆうせい》。宇都宮で会った。フェリーにもいた。田代ファミリー傘下の武装半グレ、紅豹《べにひょう》隊の元幹部だ。

運転席の男もターバンをほどいた。ステアリングを切りながら振りかえる。角張った下顎《したあご》に無精髭《ぶしょうひげ》。同じく紅豹隊の弥《や》藤貴典《とうたかのり》がいった。「よくわかったろ。おまえが経験してきたみたいな、ガキの遊びレベルじゃねえんだ」

ふたりはターバンと防弾ベストでゲリラ兵に化けていた。ゼッディウムと行動をともにする武装集団と、外見上はまったく同じだった。それゆえ敵陣の真っ只《ただ》なかに飛びこめたのだろう。

どういう経緯でふたりがホンジュラスにいるのか、結衣にはわからなかった。だが救出されたのはまちがいない。そう思ったとき、急速に意識が薄らぎだした。極度の緊張から解放されたせいか、ただ安堵《あんど》したがゆえか。

自然に目が閉じたとき、運転席の弥藤が呼びかけた。「おい結衣！」

間近で磨嶋の声がささやいた。「寝かせてやれ。まだ十八の小娘だ」

子供あつかいするなと憤りたくなる。しかしいまはそんな気力も残っていなかった。思考が重く鈍化する。深い井戸の底にでも沈んでいくように感じる。とてつもなく暗く寒い。それでも地獄よりははるかにましだった。

19

うっすらと目が開いた。結衣が見上げる天井に、回らないシーリングファンがあった。羽根が蜘蛛《くも》の巣にまみれている。

微光がおぼろに照らす。枕元に置いてあるランタンの明かりだった。ＬＥＤ式ではなく、小さな火が揺らいでいる。それでも室内のようすはわかる。暗がりに目が慣れたせいかもしれない。

記憶の一部がよみがえってくる。強烈な輝きを放つ光源を見た、そんな気がする。あれはなんだったのか。炎か。いや爆発だった。銃火も閃《ひらめ》いた。稲光と雷鳴を思わせるような銃撃が、いつ果てるともなくつづいた。

にわかに緊張がこみあげ、結衣の全身はびくっと痙攣《けいれん》した。上半身を起きあがらせる。女と目が合った。髪の長い、大人の女の顔。ホンジュラス人だと一見してわかる。年齢は三十前後か。女は結衣の反応に驚いたようだ。手にはピンセットがある。先端に血のついたガーゼが挟まれていた。

鈍重な痛みがじわりと襲ってきた。起きあがったときにシーツを撥《は》ね除《の》けたせいで、結衣の全身があらわになった。自分が下着姿なのを知った。地肌は痣《あざ》と擦り傷だらけだ。だが大小のガーゼがテープで貼りつけてある。上腕には包帯も巻かれていた。

激痛が意識に上る。結衣は呻《うめ》きながら横たわった。女がシーツを結衣の身体にかぶせてくれた。そのときドアのきしむ音がした。靴音がこだまする。

男の声が日本語でささやいた。「起きたか」

結衣は声のしたほうに目を向けた。迷彩柄のズボンに軍用ブーツ。上半身はランニングシャツに、たくましい筋肉が浮きあがっている。

弥藤は壁にもたれかかり、結衣を見下ろした。女は身をかがめ、タイル張りの床に散らばったガーゼや、脱脂綿の切れ端をかき集めた。それらをゴミ袋におさめ立ちあがる。黙ってドアから立ち去った。

思わずため息が漏れる。結衣は喉《のど》に絡む声できいた。「どこなの」

「場所か？」弥藤が鼻を鳴らした。「ピラール・カスティリョ。サン・ホセ川流域の村だ。ゼッディウムが占拠する地域の端。住民はほとんど残っていない」

「ベアトリス・スクールまでどれぐらい？」

「二キロってとこだ」弥藤はじれったそうな声を発した。「優莉結衣。ここでなにしてる。なぜ自衛隊の特殊作戦群と一緒にいた？」

「あなたたちこそ、なんでホンジュラスにいるの」

「俺と磨嶋はメキシコに逃げてた。ゼッディウムが大挙してホンジュラスに移動するときいて、仕事のクチがないかと、俺たちもこっちに来た」

「仕事って……」

「傭兵《ようへい》稼業だ。ホラ吹きだと思うか？　日本で半グレの抗争なんかに関わったのは、田代ファミリーの金払いがよかったからだ。世界じゃ民間軍事会社からＩＳまで、三万人以上の日本人が物騒な仕事に就いてる」

嘘だとは思わない。戦場での動きを見て納得した。弥藤も磨嶋も奇襲とはいえ、ゼッディウムと互角に渡りあった。結衣がかつて経験したことがないほど、凄絶《せいぜつ》かつ狂気に満ちた修羅場だった。あれが本当の戦争なのだろう。

弥藤が察したようにいった。「サッカーの日本勢が健闘してるといっても、ワールドクラスで戦うとなると、トップの国々とは雲泥の差だ。おまえが知る海外の傭兵なんて、せいぜい田代勇太《ゆうた》が率いたミャンマーのはぐれ兵だろ。本場の奴らはちがう」

「甲子園球場でよく似たボディアーマーを殺してやった」

「動きにくいからってネックプロテクターを外してた間抜けどもだ。装備は密輸できるだろうが、根っからのプロの目からすれば、まるっきり素人集団でしかなかった」

ボディアーマーがネックプロテクターを装着せずにいた。結衣だけが知るはずの状況だった。だがもう驚くには値しない。

結衣はささやいた。「田代夫妻が逃亡するフェリーの船内で、あなたたちを見かけたとき、ようやく真実に気づいた」

沈黙があった。弥藤は頭を掻《か》きながらいった。「船内の吹き抜けロビーは、身を隠すところがなかったからな。おまえの視界に入った」

「わたしや凛香や篤志。パグェや武装半グレたち。ガキがイキッて暴れてるだけなのに、誰も死なずに済んだ。ずっと援護してくれてた？　甲子園球場でも……」

「勘ちがいすんな。そんな暇じゃねえ」

「チュオニアンにもいた。あのときから身を隠しながら助けてくれた」

「……最初はそんなつもりじゃなかった」弥藤の声が低くなった。「葛飾《かつしか》の工場跡地で、おまえを拉致《らち》する作戦行動に参加してた。俺も磨嶋も、田代ファミリーに雇われてたからだ。兵隊を大勢殺したおまえに、田代勇太が腹を立ててな。おまえが吸入麻酔薬で寝てるあいだ、殺してやるって息巻いてた。あいつを抑えるのに大変だった」

「なんで殺させなかった？　チュオニアンでも雇い主に背いたんでしょ。なぜ？」

「なぜだ？　ガキらを何百人もさらってきて、残酷な実験の末、全員殺すなんてよ。とてもつきあいきれねえ」

　素人の高校生が戦場で孤立し、初めてアサルトライフルを手にしたのだ、少なからず犠牲は覚悟していた。なのに誰も死ななかった。そこにはれっきとした理由があった。

　チュオニアンで結衣の背後に立った敵が、何者かに狙撃《そげき》された、あの生々しい瞬間をおぼえている。結衣は誰かに命を救われた。ほかの児童生徒らを襲おうとする敵も一掃された。あれがなければ傭兵部隊を相手に、全員が生還できたはずもなかった。

弥藤がいった。「角間《かくま》良治《りょうじ》は田代ファミリーに膳立《ぜんだ》てを依頼した。俺と磨嶋はチュオニアンに行かざるをえなかった。だが田代ファミリーはシビックから資金調達を受けてた。ただの仲介にすぎねえ。そうわかったとき、従属するのが馬鹿らしくなった」

「田代ファミリーに刃向かった結果、犠牲を払ったでしょ。凜香がいってた。磨嶋って人……」

ふいに別の男の声がぼそりと告げた。「関係ない」

結衣は驚いた。部屋の隅の暗がりに人影が座っていた。磨嶋の物憂げな横顔がそこにあった。

「いや」弥藤は首を横に振った。「関係なくはない」

気配を消していた磨嶋に、結衣はいままで存在を悟ることさえなかった。だがもう意識せざるをえない。

胸が詰まりそうになる。磨嶋が田代ファミリーに楯突《たてつ》いた、そのきっかけはチュオニアンだった。少年少女への横暴を見逃せず謀反を起こした。田代ファミリーは報復のため、磨嶋の恋人と子供を殺した。

磨嶋が静かにいった。「もう済んだことだ。おまえが田代槙人《まきと》を殺したからな」

フェリーで援護してくれたからだ。結衣は虚空を見つめた。「あなたたちは命の恩人」

「よせ」磨嶋は冷静な声で制した。「ここじゃチュオニアンみたいにはいかない。アメリカ軍の助けは来ないからな」

「どうして……?」

弥藤が近くに置いたスポーツバッグをまさぐり、タブレット端末をとりだした。それを手に歩み寄ってくる。画面が結衣に向けられた。

生徒別に身代金を募る、例のクラウドファンディングのサイトが表示されている。トップに英文のメッセージがあった。諸外国が軍隊を送りこめば、人質を全員殺す。そんな内容だった。

磨嶋がつぶやいた。「国連の安全保障理事会が紛糾してると報道があった。日本の宮村政権も沈黙してる。特殊作戦群の全滅は世間に明かせない。自衛隊の海外武装派兵は、現憲法下ではありえないからだ」

結衣は思わず目を閉じ、深くため息をついた。

発砲騒ぎだけでも大事件になる日本で、武装勢力を気どる輩《やから》どもが現れようと、たかが知れている。その事実をいまになって痛感する。結衣も幼少期に教わった知識と、射撃場での訓練だけで、なんとか乗りきれた。それでも充分ではなかった。チュオニアン以降、弥藤と磨嶋の援護がなければ、多くの命が失われていた。

ふたりの援護がなかったときも、プロが味方してくれた。清墨《きよずみ》学園では公安の刑事ふたり、与野木農業高校では特殊作戦群。ラングフォード社兵器試験場ではＮＣＩＳの捜査官。いずれも結衣ひとりだけで凌《しの》げたわけではない。

目を開けたとき、視野がぼやけていた。ふたたび目を閉じるのは適切ではない。涙が頬をつたうのを、弥藤や磨嶋に見られたくなかった。

弥藤はタブレット端末を小脇に抱えた。「結衣。おまえひょっとして、特殊作戦群にオブザーバーとして同行したのか？　諏訪野猛が優莉架禱斗だと判明し、意見でも求められたのか」

結衣は弥藤を見つめた。「いつ架禱斗のことを……」

「ここに来てからだ。ヴコール・ミシチェンコフと一緒にいる、あいつの姿を見かけた。きけば奴が資金提供者らしい。それでようやくわかった。まさか架禱斗がシビックだったとはな」

「架禱斗の顔を知ってたの？」

「俺たちが田代ファミリーに雇われてたころ、槇人さんからよくいわれてた。優莉架禱斗に注意しろってな。奴はしょっちゅう槙人さんの近くに現れた。俺たちは架禱斗のことを、田代ファミリーを苦しめる、ただの抗争相手だと思ってた」

磨嶋がいった。「架禱斗こそシビックだと、田代槙人が知ってたかどうかはわからない。だがいまにして思えば、架禱斗がつきまとってたのは、ただ借金返済を求めるためだったんだろう。事情を知らない俺たちは番犬がわりに、しょっちゅう架禱斗にけしかけられてた」

結衣は問いかけた。「架禱斗を殺そうとした？」

弥藤と磨嶋が顔を見合わせた。ふたりとも深刻な面持ちをしている。

「奴はな」弥藤が低くささやいた。「優莉匡太よりずっと残忍だ。頭の回転が速く、腕も立つ。兵士として最高に鍛錬を積んでいて、まったく隙がない。奴が本気になれば、俺たちはいつでも殺されてた。現実の世界で人間兵器なんて言葉が当てはまるのは奴だけだ」

磨嶋がゆっくりと立ちあがった。「しかもあいつにはシビックの巨大資本がある。本気で日本の主権を奪おうとしてるともきいた。政府を骨抜きにし、事実上シビックの支配下に置くつもりだ。日本を皮切りに、そんな国家を増やしていくのがライフワークだと」

父の抱いた誇大妄想そのままだ、結衣はそう思った。状況ははるかに悪い。優莉匡太半グレ同盟は日本を震撼《しんかん》させたが、せいぜいテロや無差別殺人を日常化できたにすぎない。架禱斗は海外に飛びだし、もっと大物に成長している。

だがそこまでする理由はなんだ。結衣はつぶやいた。「なんで架禱斗は……」

「父親の復讐《ふくしゅう》だろう」磨嶋が結衣を見下ろした。「優莉匡太はエセ法治国家の日本に殺された。架禱斗は強くそう信じている。子供たちも全員、その犠牲になってると……。不況とはいえ、いまだ経済的に恵まれてる金満国を敵にまわすには、まず莫大《ばくだい》な資本が必要だと思ったようだ。それでシビックを創始した」

結衣は皮肉に思った。兄は闇社会のスティーブ・ジョブズだった。子が親を超えることを目標とするなら、架禱斗は忌まわしいことに、それを充分に果たしている。

いま自分にできることはなんだろう。思いはひとつしかない。結衣はいった。「ベアトリス・スクールに行く」

弥藤の眉間《みけん》に深い縦皺《たてじわ》が刻まれた。磨嶋の冷やかな目が睨《にら》みつけてきた。

「なんだと?」磨嶋が低い声できいた。

「架禱斗をぶっ殺して、慧修学院高校の生徒を助けださないと……」

なにかが視野のなかで光を放った。ほんの一瞬のできごとだった。磨嶋の握る銀いろの刃《やいば》が、結衣の首すじにあてがわれていた。

思わず息を呑《の》んだ。結衣は身じろぎひとつできなかった。

磨嶋は冷静にささやいた。「俺が少し指先に力をこめれば、頸動脈《けいどうみゃく》が切断される。わかるな？」

現実を受け容《い》れろ、磨嶋の目がそううったえている。

弥藤と磨嶋はプロだった。敵にまわっていたら、結衣はとっくに殺されていた。ゼッディウムも彼らと同等の水準にある。ヴコール・ミシチェンコフに至っては手も足もでなかった。

火遊びだと曾根田二佐がいった。その言葉の意味が重く胸にのしかかる。武装半グレ集団どうしの抗争という小競り合い。いままでは井のなかの蛙《かわず》にすぎなかったのか。

また涙が滲《にじ》んでくる。震える声で結衣はうったえた。「だからって尻尾《しっぽ》を巻いて帰れない」

「馬鹿いえ」磨嶋が顔を近づけてきた。「ガキは箱庭でイキってればいい」

「さっきのサイトを見てよ。みんな罪もないのに殺されようとしてる。ほっとけない」

「おまえと無関係の学校だ。人質は赤の他人ばかりだ」

「智沙子もいる！」結衣は泣きながら怒鳴った。「あの子はもう充分に辛《つら》い目に遭ってる。これ以上苦しめたくない！」

磨嶋の虹彩《こうさい》のいろに、わずかな濃淡の変化が生じた。ナイフが結衣の首筋を離れていく。「智沙子だと？」

結衣は泣きじゃくるのを抑えられなかった。「田代ファミリーにいたのなら知ってるでしょ。ずっとあの女に……田代美代子に弄《もてあそ》ばれてた。ペットとして飼育してるなんて、ふざけた話を……。田代槇人にも乱暴された。智沙子は喋《しゃべ》れない。小さいころからずっとそうだった。せっかくお父さんから遠ざけられたのに、あんな奴らのせいで……」

言葉が嗚咽《おえつ》にしかならない。自分の弱さの表れが悔しくて遣《や》る瀬なかった。幼少期を振りかえっても、いちども架禱斗を殺せた機会が思い浮かばない。架禱斗はいつも圧倒的な存在だった。かぎりなく父に近かった。いまも蛮行を見過ごさねばならないのか。田代ファミリーがシビックから資金提供を受けていた以上、すべての元凶は架禱斗なのに。

弥藤の声が当惑の響きを帯びだした。「おい磨嶋。結衣がベアトリス・スクールに行きてえってんなら、行かせてやりゃ……」

「なにいってる」磨嶋が憤りのいろを浮かべた。「白兵戦も接近戦術も、ほとんど独学の付け焼き刃だ。理にかなってない動きが多すぎて、たちまち命とりになる。銃刀法に守られた国での、素人どうしの喧嘩《けんか》ならお山の大将を気どれるだろう。だがここじゃ通用しない」

結衣は震える声を絞りだした。「通用するようになってみせる」

沈黙が降りてきた。弥藤が諭すようにいった。「磨嶋。結衣はそもそもプロの訓練を受けてない。でも筋がいいってのは、おまえも認めてたじゃねえか。機転もきく。女の腕力のなさを知恵でうまくカバーできる。なにより銃声を怖がらない」

磨嶋の醒《さ》めた目が結衣を見下ろしてくる。「集団にレイプされながら指を一本ずつ切り落とされるとき、この瞬間を思いだして後悔する」

臆《おく》しがちな思いを無理やり拒絶し、結衣は磨嶋を見かえした。「たとえそんな目に遭っても、後悔なんかしない」

「なんでそこまでする？」

結衣は黙りこんだ。戦後最悪の馬鹿の子供に生まれた。馬鹿な一家のなかで自分だけは、ほんの少しでもまともなところがある、そんなふうに信じたかった。その証明のため、馬鹿の血筋を根絶やしにする。むろん自分自身も含めて。

磨嶋の目には怒りのほかにも、さまざまな感情が織り交ざっていた。結衣にはそう見えた。

互いにひとことも喋らなかった。思いのすべてはもう伝えた。なにもできないことはわかっている。無知蒙昧《もうまい》を露呈した子供の癇癪《かんしゃく》、大人はそんなふうにしかとらえない。それでも譲れないこともある。自分ひとりの問題ではない。大勢の命がかかっている。

やがて磨嶋が身を退かせた。「少し寝ろ」

「だけど……」

「いいから寝ろ」磨嶋はランタンを持ちあげた。レバーをつかんでホヤを浮かし、息を吹きかける。明かりは瞬時に消えた。

暗がりのなか、磨嶋の後ろ姿が戸口に向かう。弥藤も後につづく。

結衣は呼びとめた。「まって」

だが磨嶋は足をとめず退室した。立ちどまったのは弥藤だった。

なにをいうべきかわからない。あまりにも不安が大きすぎる。けれども結衣は問いかけた。「素人と玄人のちがいって？」

「自分本位に生きることだ」弥藤がいった。「他人のことなんか考えるな」

弥藤も部屋をでていった。ドアが閉じた。今度こそ無明の闇が室内にひろがった。

切実さをともなう緊張が解け、結衣は体力の限界を感じた。なにも見えない。目を閉じているのに等しい。失神するも同然に気が遠くなっていく。休息なんか必要ない。無に引きずりこもうとするな。いますぐにも跳ね起きて外に飛びだしたい……。

20

窓をふさぐ木板の隙間に、わずかに青みがかった空を見てとった。夜明けが近い。

結衣は目覚めていた。ゆっくりと身体を起こす。背中がずきずきと痛む。それでもいくらか動けるようにはなった。あとは慣れるしかない。

ベッドのすぐわきにカゴが置いてあった。セーラー服が畳んでおさめてある。あのホンジュラス人の女がやったことだろう。弥藤や磨嶋との関係はわからないが、協力者にちがいない。ここの住民かもしれない。ゼッディウムの支配地域にも、案外多くの人々が居残っている可能性がある。

セーラー服のスカーフはちぎれていた。上着もあちこち裂け、スカートも破れ、みすぼらしいほどにぼろぼろになっている。血のにおいも染みついていた。だがほかに着るものがない。結衣はセーラー服に袖《そで》を通した。布が皮膚に触れるだけで、傷口に電流が走る。脚もすでに生傷だらけだった。スカートのほうが生地にこすれることなく、ズボンよりいくらかましだと感じる。

ノックもなしにドアが開いた。磨嶋が大きなバッグを携えていた。結衣を見るなり、怪訝《けげん》な表情になった。「おい、冗談だろ。その服ででかけるつもりか。これを着ろ」

床に放りだされたバッグに、結衣は身をかがめた。姿勢を変えるだけで激痛に襲われる。だが磨嶋の前では平然とした態度を装った。バッグの中身は迷彩服だった。

磨嶋が同じく迷彩柄の防弾ベストを差しだした。「着替える前に試せ。サイズを見る」

ずしりと重い。セラミックの抗弾プレートが鱗《うろこ》か甲羅のように表面を覆っている。被弾した場合、セラミックの割れる速度は弾速より遅いため、弾の勢いを殺す効果がある。とはいえ重装備どころではない。化学繊維に包んだ瓦板《かわらいた》を、胴体に隙間なく貼りつけるようなものだった。

着用自体が苦痛をともなう。防弾ベストに両腕を通し、前面のマジックテープを留めた。想像以上に動けない。まっすぐ立つのすら困難で、絶えず前後左右にふらついた。

磨嶋が呆《あき》れ顔になり、ため息とともにいった。「やっぱり着なくていい」

結衣は防弾ベストを脱ぎ捨てた。もう身体が軽くなったように感じる。磨嶋がドアの外に顎《あご》をしゃくった。結衣はセーラー服姿のまま、磨嶋につづき部屋をでた。

コンクリートの平屋建てだとわかる。粗末な造りだが、補修されたタイル張りの床に、人の営みが感じられる。キッチンとダイニングルームを兼ねた部屋で、ホンジュラス人の女が幼い男の子を抱いていた。やはりこの家の住民らしい。女と目が合うと、結衣は黙って頭《こうべ》を垂れた。

短い廊下の行く手に玄関のドアがある。その手前に銃器や弾薬が置いてあった。弥藤が椅子に腰かけ、膝《ひざ》の上のスナイパーライフルを整備している。防弾ベストに迷彩柄のズボンを身につけていた。口の端にくわえたタバコをくゆらせる。

弥藤はこちらを見るなり、面食らった顔になった。「なんだよ？　栃木の高校に通学すんじゃねえんだぜ。防弾ベストは？」

磨嶋が銃器の品定めにかかった。「弾を防いだところで、どうせ百キロの鉄槌《てっつい》で殴られたのと同じ衝撃を受ける。結衣の細い身体じゃ骨折するだけだ」

「だからってセーラー服はめだつだろ。せめて迷彩服ぐらい着させろよ」

「爆発を避《よ》けて走るうちに砂埃《すなぼこり》をかぶる。全身土いろになって、迷彩よりずっと辺りに溶けこめる」磨嶋はそういいながらも、みずからは防弾ベストを身につけた。結衣に小ぶりなアサルトライフルを一丁押しつけてくる。磨嶋がいった。「H&KのG36C。使い方はわかるな？　敵の銃だから弾も入手しやすい」

ポリマー素材でわりと軽い。銃身が短く、キャリングハンドルの上に長いレイル、骨組みだけのフォールディングストック。使い勝手がよさそうだった。

すると磨嶋が銃身をつかんできた。「前から思ってた。姿勢がまるで教練を終えたばかりの新人歩兵だ。ストックの肩当てや、腰を落とす姿勢は重要じゃない。胸と腰のあいだにかまえろ。リラックスして立て」

幼少期に教わったこととちがう。しかし結衣はいわれたとおりにした。

「そうだ」磨嶋がうなずいた。「細かく教えてる暇はない。これからベアトリス・スクールに着くまで、徒歩で二キロ、実戦でコツをおぼえろ」

弥藤がタバコを指先につまみとった。「磨嶋。いきなりは無理だぜ？」

「黙って遠くから援護してろ。俺は結衣と一緒に行き、あるていどは守る。だが目的地の一キロ圏内に入ったら、たぶん猛攻を食らう。結衣が自分で動けるようになってなきゃアウトだ」

「マジか」弥藤の目が結衣に向いた。「できんのかよ？」

「やる」結衣はそう答えた。

「よし」弥藤が立ちあがった。ドアを開けると、薄暗い無人の街角がひろがっていた。スナイパーライフルを携えながら、弥藤が道路の向こう側に走る。建物の外壁にある鉄梯子《てつばしご》を上りだした。

磨嶋は結衣と同じG36Cを構えていた。「行くぞ。ついてこい」

返事をまつようすもなく、磨嶋の後ろ姿が路上に繰りだした。結衣もそれを追った。藍《あい》いろの空は、まだ朝焼けに至らない。荒廃した街並みに犬が吠《ほ》える声がこだまする。ひとけはない。錆《さ》びたクルマが道路を塞《ふさ》ぐように、斜めに放置してあった。磨嶋が瓦《が》礫《れき》のなかを突っ切っていく。かなりの速さだった。結衣はほぼ全力疾走で後につづいた。

起床してすぐ戦場に放りだされるとは、やはり常軌を逸した世界だった。それでも拒絶できない。十代にして大量殺戮《さつりく》魔になり、地獄に堕《お》とされる。因果応報と自分でも思う。

磨嶋が走りながら告げてきた。「結衣。銃口ごと身体の向きを変えるのはよせ。基本には忠実だが、ここの奴らはそれで警戒しきれない。動きを目にとめたらまず伏せろ」

「わかった」

「足もとの瓦礫を見ろ。百メートル先から狙撃されたとき、どの素材ならどれぐらいの厚みで凌《しの》げる？」

「鉄筋コンクリートで十五センチ、無筋で三十。煉瓦《れんが》で四十五、石造で六十」

「この国じゃ二十五、四十、五十五、七十だ。材質それ自体が脆《もろ》い」

遮蔽《しゃへい》物の耐久力について、見極めを変える必要がある。これまで自分の勘に頼りすぎていたのかもしれない。幼いころに刷りこまれただけに、熟考せずとも判断できることが多かった。だが磨嶋のいうとおり、それでは本物の戦場で生き延びられないのだろう。

ふいに磨嶋が振り向き、結衣の襟もとをつかむや、瓦礫のなかに引き倒した。磨嶋も結衣に重なるように突っ伏した。

ほぼ同時に、至近でコンクリートの塊が粉々に砕け散った。銃声が耳をつんざく。一秒前に結衣が立っていた場所に、確実に着弾した。

磨嶋が鋭くささやいた。「ぼけっとするな！」

結衣は鳥肌が立つのをおぼえた。銃声はごく近い。なのに敵の動きを視認できなかった。見える範囲に脅威はなかったはずだ。

遠方からスナイパーライフルの発射音がこだまする。弥藤が反撃を開始した。敵兵の銃声が移動する。弥藤の狙撃《そげき》に応戦しながら、どこか遮蔽物に退避したようだ。

近くで磨嶋が指示した。「第三匍匐《ほふく》はわかるな？　つづけ」

地面を這《は》いながら匍匐前進する。左手に銃を保持し、右肘《みぎひじ》で身体を支える。太股《ふともも》から右の腰まで引きずる。スカートが裂け、皮膚がすりむけた。痛みに耐えながらも、磨嶋に引き離されまいとがむしゃらに進んだ。より摩擦の少なそうな地面が近くにのぞいているが、そちらのルートは選べない。遮蔽物が厚さ三十センチ強の無筋コンクリートだけしかない、基準を下まわっている。

一瞬の叫びとともに、近くの銃声がやんだ。弥藤が敵を仕留めたらしい。狙撃で片がつくからには、ボディアーマーではなく、武装集団のゲリラ兵だったようだ。

磨嶋が動きをとめた。「敵に弥藤の位置がばれた。むろん俺たちもだ。弥藤には直射砲弾が撃ちこまれる。俺たちには手榴弾《しゅりゅうだん》だろう。その後、ボディアーマーが仕留めたかどうか確認に来る。三体ひと組だ」

敵の接近まで、まだ少し間がある、磨嶋はそう判断しているとわかる。結衣はきいた。「ボディアーマーはどうやって倒す？」

「同じ場所に十発以上撃ちこめば、さすがに耐えられないだろうが、そこまで悠長にしてる敵でもない。射撃しようと狙い撃ちすれば先手をとられる。だから腰撃ちと抱え撃ちの中間しかないと思え」

命中させる前提でない撃ち方だった。結衣は不安をおぼえた。「どこに当てれば……」

「肘や膝に突起があるだろ。あらゆる関節を曲げ伸ばししても、肉体が露出しないよう、プロテクターが延長してある。よって弾は受けつけないが、動くには邪魔な部分だ。敵が膝を曲げたら、そこに石を投げこめ。突起にひっかかって膝が伸ばせなくなる」

「本気？」

「敵がバランスを失ったら接近戦でプロテクターをもぎとれ。首がいちばん外しやすい。そこに躊躇《ちゅうちょ》なく弾を撃ちこめ」

「もっと簡単な方法はない？」

「いま話したのが最も容易なやり方だ。臨機応変、とっさの判断で乗り切るしかない。三体のうち、俺が相手にできるのは二体までだ。一体はどうしてもおまえが……」

磨嶋が表情をこわばらせた。ふいに結衣の肩を突き飛ばす。結衣も即座に反応した。瓦礫のなかから飛びだし、地面を蹴《け》って跳躍した。空中で身体をねじることで空気抵抗を減らし、より遠くへと飛ぶ。

着地する寸前、さっき結衣と磨嶋の這っていた場所が、噴火のごとく炸裂《さくれつ》した。いつの間にか手榴弾を投げこまれていた。衝撃波をもろに食らい、結衣は吹き飛ばされた。大小のコンクリート片が落下するなか、結衣の身体は地面に叩《たた》きつけられた。

砂嵐のなか、遠くに轟音《ごうおん》をきいた。いまの爆発音の反響かと思ったが、新たな地響きをともなっている。弥藤のいる辺りに砲弾が撃ちこまれた。磨嶋の読みどおりだった。ならここにも間髪をいれず敵が接近してくる。

そう思ったとき、カーキいろのボディアーマーを目にした。三体が突進してきた。もう距離がない。結衣はあわてて辺りを見まわした。アサルトライフルが離れた場所に落ちている。

ボディアーマーが結衣に気づいているのはあきらかだった。いずれも手にしたサブマシンガンの銃口を結衣に向けている。すでに狙いは定まっていた。

だが三体の胸部に、同時に火花が散った。アサルトライフルの掃射音が響く。磨嶋の銃撃を受けたのだろう。三体が体勢を崩したとみるや、結衣は自分のアサルトライフルに飛びついた。地面に転がりながら武器を拾う。身体を起こすと、ボディアーマーの二体が磨嶋に襲いかかるべく進路を変えた。磨嶋が絶えず撃ちつづけ、二体の注意を引きつけたようだ。一体のみが残り、結衣に向かってきた。銃口はまだわずかに逸《そ》れている。

結衣は右足を大きく踏みだし、敵に対し身体を横に向け、高めの腰撃ちで銃撃した。体重を前にかけるのは、フルオート掃射の反動を抑えこむためだった。磨嶋の助言が正しいことを知った。ボディアーマーは一か所への命中を避けるべく、横方向に駆けだした。胸と腰のあいだで撃てば、敵の素早い移動を追える。

ところが可能性を感じられたのは、わずか数秒にすぎなかった。ボディアーマーは重装備をまるで感じさせない、軽妙な動きで結衣の狙いを翻弄《ほんろう》した。地面すれすれに跳び、急速に間合いを詰めてきた。はっと息を呑《の》む間もなく、ボディアーマーの銃尻《じゅうじり》が結衣の顔面を強く殴りつけた。結衣は耳鳴りをおぼえながら地面に倒れこんだ。

無防備なまま横たわっているわけにいかない。結衣は跳ね起きた。ボディアーマーが視界から消えた。次の瞬間、まるで予期しなかった方向から打撃が浴びせられた。のけぞった結衣に対し、またしてもあらぬ位置から水平蹴りを腹に食らう。結衣は嘔《おう》吐《と》しながらその場にうずくまった。

「結衣！」磨嶋の声が耳に届いた。

ぼんやりと顔をあげる。磨嶋は二体のボディアーマーと激しく争っていた。ほとんど挟み撃ちにされながらも、接近する一体を素早く銃撃し後退させ、もう一体に向き直る。結衣を援護するのは不可能な状況にちがいない。

　自力で起きあがるしかない。結衣はふらつきながら膝《ひざ》を立たせた。ところが黒い影が猛然と迫った。ボディアーマーの右腕が結衣の顎《あご》をしたたかに打った。結衣の足は地面から浮きあがり、視野に明け方の空がひろがった。しかし背中から落下するより早く、ボディアーマーは後方にまわりこみ、結衣を膝で蹴りあげた。背骨が砕けそうなほどの激痛が走る。なおもボディアーマーの拳《こぶし》が水平に殴りつけた。吹き飛ばされるや、そちらの方向から、もうひとつの拳が浴びせられる。結衣はその場でふらふらと回転した。胃の内容物に血液がまざり、口のなかを満たした。息苦しくなり、激しくむせたとき、後頭部を強打された。結衣は瓦礫《がれき》のなかに叩き伏せられた。

　脳震盪《のうしんとう》を起こしたのかもしれない。めまいが生じ、思考が鈍りがちになっている。それでも結衣は必死に身体を起こした。ひざまずいた状態で敵を見上げる。ボディアーマーが両手でサブマシンガンを俯角《ふかく》に構えていた。銃口が結衣に向けられようとしている。だがそれゆえボディアーマーの肘が曲がっていた。

　いましかない。結衣の手にはまだアサルトライフルがあった。銃身が地面に落ちているため、敵を狙うのは不可能だった。それでもフォアエンドを関節の突起の下に挟める。結衣は素早くアサルトライフルを振りあげた。

しかしボディアーマーはそれを予期していたかのように、片手をサブマシンガンから放すや、結衣のアサルトライフルをひったくった。ボディアーマーが両手の銃を振りかざし、結衣の頬を左右から連続して殴りつけた。全身の感覚が麻痺《まひ》し、一気に脱力した。結衣はぐったりと横たわった。

ボディアーマーが結衣を見下ろしつつ、ふたつの銃口を向けてきた。ヘルメットと一体化したゴーグルとマスクで顔を覆っていて、表情はわからない。だがくぐもったスペイン語が嘲《あざけ》るようにいった。「ああ《ジャ》、なるほどな、双子か《ベオゲメラス》。あの麻薬中毒のビッチにそっくりだ。歯ごたえもなきゃ、犯す価値もねえ」

智沙子のことが思い浮かんだ。幼いころの記憶でしかない。鏡を見ているようなその姿も、当時は違和感なく受けいれられた。ほかの兄弟姉妹とちがい、病弱ゆえか父の関心を引かなかった。おかげで教育という名の虐待を受けずに済んだ。

それでも智沙子は顔いろが悪く、咳《せ》きこんでばかりいた。だいじょうぶ？　結衣はそうきいた。智沙子は寂しげに笑った。なにも喋《しゃべ》らなかった。失語症だと後で知った。

ボディアーマーが身をかがめ、ふたつの銃口を結衣の頬に強く押しつけてきた。

「アジア人の女は不細工だな。見るからに薄汚くて不愉快だ。害虫は始末しとかねえとな」

意識が朦朧《もうろう》としだした。夢を見ているように、まるで異なる情景が目に浮かびつつある。

下校の時間だった。夕焼け空にそびえ立つ、何棟ものタワーマンションが見える。ボブのショートヘアに丸顔、クラスメイトの濱林澪《はまばやしみお》が笑顔できいた。吹奏楽部。入部、考えてくれた？

がらんとした地歴室に、澪とふたりで机を並べた。ほかに生徒はいない。澪がきいた。じゃ結衣ちゃん。さん？　どっちがいい？

結衣は答えた。澪さんとか澪ちゃんより、澪ってほうがいいやすいよね。

澪がおずおずといった。じゃあ結衣……。なんか照れる。

ふたりは笑いあった。いまとはまるで異なる環境に、あのときは身を置いていた。平穏な日常に近づけるのではと、かすかな希望を感じた。あれが普通でいられた最後のときだった。市村凜のアパート、甲子園球場。忌まわしい記憶を抱えていても、これからは高校生らしく暮らせるかも、そう思える温かさに触れた。

運命は変わらなかった。あの直後、生徒たちの悲鳴が校舎じゅうに響いた。武装勢力の無慈悲な殺戮《さつりく》が始まった。どうしてみな、苦しみと恐怖のなか、死なねばならなかったのだろう。親に恵まれ、ひたすら愛されて育ってきたのに。

　身勝手な暴力が世を絶望に追いやる。父はその代表格だった。優莉匡太の影響はいまも残る。そんな手合いは生かしてはおけない。誰にも人の幸せを奪う権利なんかない。父の身近にいたからこそよくわかる。あの男の遺伝子を受け継いでいるがゆえ、強く思う。けっして許せない。

　結衣の意識は急速に覚醒《かくせい》に向かった。頰にふたつの銃口がめりこんでいる。トリガーが引かれようとしていた。ボディアーマーは片膝を地面についている。立てたほうの膝は、関節部の突起が上がっている。

　瞬時に結衣は地面に身体をこすりつけ、横っ飛びにわずかに移動した。目の前に銃火が閃《ひらめ》き、銃声が甲高い耳鳴りのなかに消えた。また聴覚をほぼ喪失した。あらゆる音が籠《こ》もってきこえる。着弾の地面から無数の土片が跳ねあがった。結衣の左手は手近な石をつかんでいた。上半身を起こすや、ボディアーマーの膝、突起の下に石を挟みこんだ。

　ボディアーマーがただちに銃口を結衣に向け直す。しかし立てた膝が戻らなかった。ふらつき体勢が崩れる。

すかさず結衣は跳ね起きた。絶叫に等しい自分のわめき声をきいた。聴覚が戻った。銃口を避け、ボディアーマーの背後にまわり、両太股《りょうふともも》で胴体を締めあげる。効果がないのはわかっている、ただ敵に抱きつき密着するためだった。ボディアーマーが身体をねじり、結衣を振り払おうとするが、片膝の関節が伸ばせず前のめりになった。

ネックプロテクターのロックは固い。尖《とが》った物がなければ外せない。結衣は拳を握った。人差し指の第二関節から、指輪のダイヤを突きださせる。ロック部分の孔《あな》にねじこみ、力ずくで引きちぎるように外した。あらわになった首すじ、頸動脈《けいどうみゃく》にダイヤを強く押しつけ、深々とめりこませる。この世で最も硬い物質を、ガラス切りのように水平に滑らす。太い血管を切り裂く、たしかな手応《てごた》えを感じた。

直後、鮮血が勢いよく噴出し、結衣の顔にぶちまけられた。ボディアーマーは断末魔の叫びを発し、両手を振りかざした。その腕が結衣を殴りつける。結衣は激痛とともに尻餅《しりもち》をついた。

だがすぐに猛然と起きあがった。目の前でボディアーマーがのけぞっている。その腕からアサルトライフルを奪った。銃口をボディアーマーの胸部に突きつけ、結衣はトリガーを引き絞った。腹の底から怒鳴った。「死ね！」

至近からフルオート掃射を一か所に浴びせた。しばらくは胸部のプロテクターを貫通できなかった。だが徐々に凹《へこ》みだし、やがて火花を放ちながら亀裂が生じた。そこから内臓が飛び散り、赤い液体が噴きあがった。ボディアーマーの全身が痙攣《けいれん》する。結衣は叫んでいた。なおもアサルトライフルを撃ちつづけた。排出された薬莢《やっきょう》が地面に散らばる。ボディアーマー胸部の亀裂は、いまや大きな穴となり、白い肋骨《ろっこつ》がのぞいていた。

アサルトライフルの振動がやんだ。弾を撃ち尽くした。大の字になったボディアーマーはぴくりともしない。おびただしい量の血液が流出している。辺りに赤い水たまりができていた。

静寂のなか、結衣は倒したボディアーマーを見下ろした。人を殺した気がしない。甲殻類に似たなにかが死んだ。ぼんやりとそう感じた。

顔をあげると、磨嶋がおぼつかない足どりで近づいてきた。迷彩服はぼろぼろになり、防弾ベストも傷んでいる。後方にボディアーマー二体が倒れていた。苦戦したのはあきらかだったが、なんとかケリはついたらしい。

磨嶋は結衣の前まで来ると、足もとに目を落とした。どこか感慨深げな表情が浮かぶ。

遠くから怒鳴り声がきこえた。銃声が響く。結衣の全身に緊張が走った。ボディアーマーではない、ターバンで顔を隠したゲリラ兵が四人、こちらに向かってくる。だが磨嶋は片手をあげ、結衣の動きを制した。心配しなくていい、磨嶋のまなざしがそううったえている。

スナイパーライフルの銃声がこだました。ゲリラ兵たちは次々に撃ち倒された。弥藤だった。どうやら無事のようだ。磨嶋が大きく手を振った。沈黙が辺りを包んだ。磨嶋はため息まじりにささやいた。「住民にもボディアーマーの殺し方を教えた。だが誰も成功しなかった。殺せたのはおまえが初めてだ」

褒めているのだろうか。結衣がただちに死ぬと予想していたものの、意外にも第一関門を突破した。そんな物言いに思える。

なんの感情も生じない。酸っぱいにおいは、自分が吐いた物のせいか、あるいは死体がぶちまけた内臓ゆえか。

血まみれの自分を悟りながら、空虚さを引きずり歩きだす。結衣はつぶやいた。

「行かなきゃ」

磨嶋が歩調を合わせ、予備の弾倉を差しだす。結衣の手は自然に動き、空《から》の弾倉を外し、地面に放りだした。受けとった新たな弾倉を装着する。

吹きすさぶ風のなか、クラリネットの音いろをきいた気がした。澪にきかせたブラームスのソナタ第1番へ短調。穏やかな旋律が耳に届く。しかしそれは一瞬にすぎず、荒れ果てた大地の静寂に消えていった。

21

雲英亜樹凪は冷たい床の上に、仰向《あおむ》けに横たわっていた。いまにも崩れそうな天井を見つめ、ただ無気力に思った。たぶん殺される。

十字架からは下ろされたものの、激痛が限界を超し、四肢が痺《しび》れたままになった。意識もはっきりしない。ときおり昏睡《こんすい》状態におちいりそうになる。気絶しないのは、そうなりかけるたび、岡崎寧々と野沢芳治がさかんに呼びかけるからだ。起きて、しっかりして。武装集団が、亜樹凪と桐宇を眠らせるなと厳命した、それが理由だった。

寧々は野沢とともに、亜樹凪の近くにひざまずいていた。ずっと泣きつづけている。自分のせいだと亜樹凪は思った。わずかに顔を傾ける。隣りで仰向けになった桐宇翔季を眺めた。

制服にできた無数の裂け目から、地肌の蚯蚓腫《みみずば》れがのぞく。出血している箇所も少なくなかった。亜樹凪自身も同じありさまなのだろう。桐宇には久保田瞳と鴨川怜香が寄り添っていた。武装集団は二階の生徒らから、ふたりずつ介添えの希望者を募った。四人は亜樹凪と桐宇の世話をするため、この三階に招かれた。

ほかに教師が二名呼びだされた。これも本人たちの希望により、B組担任の真木祥子と、D組担任の萩原が出向いてきた。ふたりの教師は近くで正座している。もっとも冷静さを保ててはいない。祥子のほうは過呼吸状態に近く、ときおり萩原がなだめるように声をかける。生徒にまで気をまわす余裕はないようだ。

ベアトリス・スクール校舎三階、がらんとした空間に、ほかに教師や生徒はいない。迷彩服とカーキいろの甲冑《かっちゅう》がさかんにうろつく。死体はとっくに運びだされたものの、床には血痕《けっこん》がひろがっている。

さっきスペイン語の会話をききつけた。二階にはもう誰もいない。人質は全員外に連れだし、半径五百メートル以内に分散させたという。それぞれ建物の屋上に約三十人ずつ固めたらしい。人工衛星から見えるようにしておけば、空爆を避けられる、兵士のひとりがそう話していた。

生徒ひとりずつの顔写真も撮影された。サイトに掲載し、それぞれの身代金をクラウドファンディングで募るらしい。集金額の安い者から順に三十人ずつのグループに分け、校舎から遠方に配置する。支配地域の中心に近づくほど、価値のある人質の集まりになるという。なんと惨《むご》たらしい策略だろう。

桐宇がつぶやきを漏らした。「ここで死ぬんだな」

久保田瞳が涙ながらに首を横に振った。「そんなこと……」

萩原教諭が身を乗りだした。「桐宇君。それはまちがいだ。絶対に生きて帰れるよ」

励ましのはずが、恐怖に声が震えている。桐宇も皮肉に感じたらしい、力なくささやいた。「先生より、若い僕らのほうが正しいよ」

「……そうなのか？」

「老人はなんでも信じる。中年はなんでも疑う。若者はなんでも知っている」

困惑ぎみの沈黙がひろがる。亜樹凪は小声できいた。「誤解してない？」

桐宇がたずねかえした。「なにが？」

「オスカー・ワイルドの言葉でしょ。桐宇君、額面どおり受けとってる？　あれはね、若者は根拠もない自信にとらわれてるって意味の揶揄《やゆ》」

「ほんとに？」

「ほんと」亜樹凪は寧々を見上げた。「ね？」

寧々が戸惑いのいろを深めた。遠慮がちに小さくうなずいた。

桐宇のため息がきこえた。「なんだ。みんな同意見だったのか。教えてくれればいいのに」

「ごめんね」と寧々が詫《わ》びた。

「僕はさ」桐宇が嗄《か》れた声でつぶやいた。「ピアノの一芸で慧修学院に入れたようなもんだ。落ちこぼれなのに批判しちゃいけない空気がある。先生たちが率先してそうしてる」

真木祥子教諭があわてぎみに否定した。「そんなことない……。桐宇君はピアノのコンサートで忙しいでしょ。そのぶん配慮しなきゃいけないと思ってるだけ」

「なにもかも僕のせいだな」桐宇が目を閉じ、物憂げにささやいた。「無知なのにこんな誘いに乗った。みんな僕の巻き添えを食ったようなもんだ」

ちがう。亜樹凪は悲嘆に暮れながらそう思った。たしかに彼のような有名人は、襲撃側も人質として重視していた。それも想定の範囲内だった。

絶望に胸が引き裂かれそうになる。亜樹凪の視界は涙に揺らぎだした。「桐宇君のせいじゃない。ここに来たのはぜんぶわたしのせい」

寧々が辛《つら》そうに目を瞬《しばたた》かせた。「出発前にもそういってたよね。自分を責めないで。雲英さんに責任はない」

「そういう意味じゃないの」亜樹凪は哀感とともに語気を強めた。「誰も死なないはずだった」

微妙な空気が漂いだした。一同の当惑がしだいに疑心暗鬼を深めていく、その変化を肌身に感じた。

桐宇が戸惑いの視線を投げかけてくる。「雲英さん。……どういう意味だ？」

「おい《オジェ》」ターバンで顔を隠した武装兵が、銃を手に近づいてきた。「さっきからなに《デケエスタバ》を勝手に喋ってる《スアブランド》」

亜樹凪は痛みに耐えつつ上半身を起こした。武装兵にスペイン語でいった。「あな《ソロオ》たたちは利用されてる《スエスタンウティリサンド》だけ。ゼッディウムの人にきいてよ。シビックからいくらもらったかを」

兵士たちが動きをとめた。カーキいろの甲冑が揃って亜樹凪を見つめてくる。瘦身《そうしん》の迷彩服が、ひとりこちらに背を向け、床に座っている。化粧水を顔に塗りこんでいたらしい。長い金髪を掻《か》きあげ、ゆっくりと立ちあがった。

ヴコールと呼ばれていた男だった。亜樹凪を振りかえる。髭《ひげ》の一本すらない、肌艶《はだつや》のある色白の顔が歩み寄ってきた。寧々がすくみあがる反応をしめす。ほかの生徒や教師も同様だった。

死への恐怖は絶えずついてまわる。だがいまは臆《おく》するより、憤りの感情のほうが強かった。亜樹凪は震える声でうったえた。「さっきここにいた架禱斗って人、シビックでしょう。ロシア語で話しててもわかる」

ヴコールが近くに立った。緑いろの虹彩《こうさい》が亜樹凪を見下ろす。宝石のような眼球だと亜樹凪は思った。輝きに魅せられれば無限の価値を感じる。反感を抱けば俗悪の象徴。亜樹凪は軽蔑《けいべつ》しかおぼえなかった。

「賢《インテリヘンテ》いな」ヴコールがスペイン語でつぶやいた。「名門私立《プレスティヒオサエスクエラ》」

亜樹凪の胸のうちを衝撃が揺さぶった。ヴコールはシビックなる存在を否定しなかった。やはりそうなのか。父がいったことはすべて事実だった。

脳裏を父の顔がよぎる。麻布の邸宅で見る面持ちをしていない。父の印象はずっと、雲英製作所のパンフレットやポスター、テレビCMにでてくる顔に固定されている。公に見せる姿のほうが、屈託のない笑いを浮かべていた。そちらこそが本当の父だと思ってきた。

留守にしがちな父が、ときおり家に戻ったとき、表情を和ませなかったわけではない。ただし親が子に向ける情など微塵《みじん》も感じなかった。娘というより自社の製品を見るような目つきだった。亜樹凪にとっても、父と称するその男性は、著名人の雲英健太郎でしかなかった。

父と同じく、亜樹凪も公のため自分を取り繕うことを、幼少期から学ばされた。慧修学院の幼稚舎に入ったその日からスタイリストがついた。カメラの前で表情筋をこわばらせてはならない、四歳の時点でそういいきかされた。息を吐き、瞬《まばた》きを堪《こら》えながら、自然に笑みを湛《たた》える。父にうりふたつの笑顔の亜樹凪が、新聞や雑誌に掲載される。そんな日々が成長とともにあった。会ったこともない人々から好感を抱かれたかもしれない。けれども世間が自分を見る目には、虚飾ばかりが映っていた。

母は父に楯突《たてつ》くことがなかった。父はいつもビジネスマンでありつづけた。亜樹凪には常に、清楚《せいそ》な姿のみを見せるよう強要した。教養と知性も欠いてはならない。将来の結婚相手は家族できめることだから、男とつきあうべきではない。授業が終われば、迎えのクルマが来る。放課後はいつもまっすぐ家に帰るのみ。

父の思惑どおり、世間が亜樹凪の虚像を愛したがゆえ、雲英グループの広告塔として存在価値をみいだされた。二〇一七年三月期、原子力開発関連の子会社が経営破綻《はたん》、雲英グループは巨額の損失を計上、債務超過に陥った。家計が火の車なのはあきらかだったが、そんななかでも明るく振る舞え、父からそう厳命された。娘の笑顔ひとつで、株主ひとりをつなぎとめられる、父は母にそう話していた。

雲英グループが経営を立て直したとき、経済界は奇跡の復活と持て囃《はや》した。だが亜樹凪は真実を知っていた。父が電話する声をよく耳にした。シビックという海外団体からひそかに資金援助を受けている。国際的規模の闇金融のような組織らしい。

父は亜樹凪に対し、極秘のはずの内情を隠そうとしなかった。晴れた日曜の午後、父は亜樹凪を庭先に呼びだした。親子の間柄でも、いつもあらたまった会話しかない。それが雲英家の日常だった。

父は亜樹凪を見るなりいった。「頭のいいおまえのことだから、真実には早々に気づくと思う。だから先にいっておく。ホンジュラスでは一大事が起きる」

亜樹凪は不安をおぼえた。「一大事って……なに？」

「このところ世界を騒がしてるようなテロというか、野蛮な揉《も》めごとだ。不安を抱くかもしれないが、おまえやクラスメイトに被害は及ばない。心配するな」

あまり報じられていないが、ホンジュラスの国民に反日感情が芽生えたのには、れっきとした理由がある。雲英製作所は、ライバルの日《ひ》立《たち》製作所や川崎重工業と同様、軍需産業に手を染めている。よって軍の装備が不充分なホンジュラスに対し、現地支社を通じ、多くの兵器類を貸し付けようと躍起になっていた。むろん巨額のレンタル料を永続的収入とすることが目的だった。

　だがホンジュラスの海軍基地建設が、どれも米軍の支援を受けていたように、アメリカの軍需産業もホンジュラス市場を狙っていた。このためアメリカのニュースメディアは、雲英製作所を貶《おとし》めるべく、兵器類の貸し付け取引を暴露した。テグシガルパ市民は反発し、今回の武力蜂起の引き金となった。

　混乱は現地の軍備増強につながる、父はそういった。それ以上はなんの説明もなかった。そのとき亜樹凪は真実を悟った。慧修学院高校によるホンジュラス訪問は、現地の平和ぶりをアピールする目的で実施されるのではない。むしろ逆に、武装集団が跋扈《ばっこ》する危険地帯だと喧伝《けんでん》し、兵器類の貸し付けを正当化しようとするものだ。

　雲英グループの令嬢が危険な目に遭ったとなれば、国際世論もホンジュラス政府を非難する。同政府は雲英グループに負い目ができ、優先して取引をおこなわざるをえない。ただし亜樹凪ひとりの訪問では、マスコミに意図を見抜かれる。よって慧修学院高校三年全員の訪問とした。桐宇翔季のような有名人がほかにいれば、世間の関心も分散される。

　ターバンで顔を隠した男たちは、ただ家族を守ろうとしているにすぎない。マラスまでもが自国の平和のため戦っている。とはいえ彼らの手に大量の武器弾薬が渡ったのは、ゼッディウムが武力蜂起を後押ししたからだ。雲英グループと同じく、シビックから資金提供を受けているゼッディウムが。

いまヴコールなる白人が近くに立ち、亜樹凪を見下ろしている。亜樹凪は鞭打《むちう》ちの拷問を受け、ひとりで腰を浮かすことさえできない。桐宇も同じありさまだった。生徒にはもう死者もでた。危険は及ばないと父はいった。だがこれが現実のすべてだった。

亜樹凪は泣きだす衝動を抑えられなかった。「あなたたちはやりすぎてる。こんなことをして、取引なんてレベルでおさまると思う？　これは父が望んでた状況じゃないはず」

ヴコールの緑いろの目には、依然なんの感情も浮かんでいない。電球のなかの光点を眺めているだけ、そんな気にさせられる。人としての心を通わせられない。この男は心など持っていないのか。

低い口笛がかすかにこだました。ヴコールとカーキいろの甲冑《かっちゅう》の群れが、ドアのほうに目を向けた。

かなり離れた戸口に、やはり痩《や》せた体型の迷彩服が立っていた。優莉架禱斗が悠然と歩いてくる。

異様な気迫が冷気となり、周りの温度を下げる。亜樹凪は血管まで凍りつきそうになった。黒髪を長めにした中性的な青年は、ヴコール以上に無機的で、蠟《ろう》人形のような印象を漂わせる。

優莉匡太の次女、結衣はいちどだけ慧修学院高校を訪ねてきた。亜樹凪はその姿をちらと見ただけだが、ただおとなしい同学年の少女に見えた。だが長男の架禱斗はまるで別人だった。教師ふたりは死を覚悟したような顔をしている。誰も存在を無視できない。目を逸《そ》らせばその瞬間、魂を引き抜かれてしまいそうだ。

架禱斗が近くまで来た。ヴコールと言葉は交わさない。それでもヴコールは架禱斗の意思を理解したらしい。カーキいろの甲冑に目で合図する。

甲冑が二体、亜樹凪に歩み寄るや、揃って身をかがめた。亜樹凪は耐えがたい苦痛に悲鳴を発した。甲冑が無理やり引き立てようとする。

一体の甲冑が手を伸ばし、亜樹凪の口を塞《ふさ》いだ。もはや呻《うめ》き声しか漏らせない。亜樹凪は架禱斗の目の前に、向かいあうように立たされた。手足の自由はきかない。甲冑らがしっかりと掌握している。

機材が運ばれてきた。キャリーバッグほどのサイズだった。窓辺に設置されたパラボラアンテナと配線で接続してある。架禱斗が機材に手を伸ばし、受話器をとりあげた。衛星電話らしい。ボタンを押すとダイヤルトーンが響き渡った。音声がスピーカーに切り替わったとわかる。

呼びだし音がこだまする。ほどなく電話がつながった。ささやくような声が応じた。

「雲英だが」

亜樹凪は息を呑《の》んだ。まぎれもなく父の声だった。

架禱斗が日本語で淡々といった。「念のため確認しとく。人質は全員帰らない。あんたの娘も含めてだ。それでいいな？」

この場に居合わせる生徒は、亜樹凪を除き五人。ほかに教師がふたり。誰もが固唾《かたず》を呑んで見守る。みな恐怖に顔をひきつらせていた。亜樹凪も生きた心地がしなかった。父のひとことを耳にしたくない。

雲英健太郎の声が厳かに告げた。「証拠が残っては困る。まかせるといったはずだ」

足場の感覚が喪失し、ふいに落下したかのようだった。

田代勇次に関する報道をきくたび、自分にも当てはまるのでは、何度となくそう思った。彼は父親に利用された挙げ句、最期は見捨てられた。いまあきらかになった。うちも同じだ。シビックと関係を持つ企業経営者は総じてこうなのだろう。悪魔に魂を売り渡している。子供など道具あるいは商品のひとつでしかない。

架禱斗は無表情のまま受話器にきいた。「娘と話すか？」

「いや」雲英健太郎の声が、わずかに当惑の響きを帯びた。「そこにいるのか？」

甲冑の手が亜樹凪の口を塞いでいる。亜樹凪はひとことも喋《しゃべ》れなかった。

「いない」架禱斗が応じた。「ほかのところだ」

「まだ生きているのか？」

「気になるか？」

「……ならない」

ふん。架禱斗が軽く鼻を鳴らし、受話器を戻した。通話は切れた。兵士らが機材を遠ざける。

やっと把握できた。亜樹凪は悲哀とともにそう思った。テグシガルパで市民の武力蜂起があっただけでは、兵器類貸し付けの取引は確約されない。雲英亜樹凪や桐宇翔季を含む、慧修学院高校三年全員が犠牲になってこそ、国際世論はホンジュラスの軍備増強を支持する。アメリカも今度ばかりは横槍《よこやり》をいれられない。円借款を多く抱えるホンジュラスが、日本への賠償の一部相殺を条件に、雲英製作所からの兵器類借り入れに同意する。

架禱斗が目で合図した。亜樹凪の身柄を拘束する甲冑が指示に従う。ようやく手を亜樹凪の口からどけた。

　亜樹凪は声にならない声を絞りだした。「なにもかも父の利権でしかない……」

「出資してる俺も儲《もう》かる」架禱斗が亜樹凪を一瞥《いちべつ》した。「日本の政財界に影響力を増すことは、シビックの目的達成におおいに近づく」

　いきなり悲鳴が耳をつんざいた。久保田瞳がへたりこんだまま目を剝《む》き、顔面を紅潮させていた。甲高い声で怒鳴った。「なんなの⁉　結局、雲英さんのせい？　わたしたちみんな殺されるの？　こんなの嫌！　なんでいつも雲英さんばっかり！　わたしたち、振りまわされてばかりじゃん！　帰してよ。いますぐ家に帰して！　お母さ……」

　目も眩《くら》む閃光《せんこう》が視野を覆い、鼓膜を破らんばかりの銃声が轟《とどろ》いた。ヴコールの手にした、異様に銃身の長いオートマチック拳銃《けんじゅう》が、瞬時に火を噴いた。久保田瞳の顔面は、号泣した表情のまま弾《はじ》け飛び、肉片を撒《ま》き散らした。露出した頭骨の一部だけが、制服の首から上に、わずかに残されていた。

　誰も叫ばなかった。鴨川伶香は友人の顔があった辺りを、ただ愕然《がくぜん》と眺めている。教師ふたりはのけぞっていた。桐宇はひたすら凍りついている。寧々も野沢も絶句し、石化したように固まっていた。霧のような血液が降り注ごうとも、みな身じろぎひとつしない。

亜樹凪はなにも考えられなかった。強すぎる衝撃を感情が受けとめきれない。ヴコールが手のなかで拳銃を回し、ホルスターにおさめた。事務的なスペイン語で架禱斗にいった。「そろそろ日本政府の支払い期限だろ」

「急ぐ必要はない」架禱斗は軽い口調で応じた。「払えないのはわかってる」

ふたりは亜樹凪に目もくれず立ち去った。カーキいろの甲冑が亜樹凪を乱暴に放りだす。亜樹凪は床につんのめった。甲冑二体は頭部を失った死体の腕をつかみ、引きずりながら遠ざかる。

亜樹凪は周りに目を向けた。誰も近づこうとしない。寧々と野沢はそれでも、亜樹凪への気遣いを垣間《かいま》見せる。少なくとも亜樹凪はそう感じた。桐宇は視線を落としていた。ふたりの教師は露骨に後ずさった。怜香は泣き腫《は》らした目に憎悪をこめ、亜樹凪を睨《にら》みつけてきた。

死に等しい絶望だけが隙間なく取り囲む。亜樹凪はうつむき、両手で顔を覆った。地上から消えてしまえるのなら、いますぐそうしたい。

22

宮村邦夫総理は官邸地階の危機管理センターにいた。日本時間は深夜零時。きょうもむろん徹夜だろう。

円卓から立ちあがったのは来客を迎えるためだった。列席する大臣もみな宮村に倣った。

雲英グループＣＥＯにして雲英製作所社長を兼任する、雲英健太郎が対策本部会議室に入ってきた。五十歳になったばかりだが、ふだんの印象とは大きくかけ離れている。鋭く射るようなまなざしには、憂いのいろしか浮かんでいない。きちんと櫛《くし》を通し七三に分けるはずの黒髪も、いまは乱れがちだった。憔悴《しょうすい》しきった顔で辺りを見まわし、宮村に目をとめた。悲痛な顔で問いかけてくる。「娘の状況は……」

政務秘書官の工藤が雲英にいった。「まずこちらにお掛けください。ゼッディウム側が映像通信を申しいれてきています。総理が話しますので、どうか冷静に」

雲英健太郎が大臣らに一礼し、円卓の肘掛《ひじか》け椅子に浅く腰かけた。「事実なのですか？　ゼッディウムのトップが優莉匡太の長男というのは」

宮村総理は大臣らに着席をうながした。自身も座りながら雲英にささやいた。「正確には、ゼッディウムに資金を提供したシビックなる組織の創始者です」

「そのシビックというのは、いったいどんな……」

背後に立つ工藤が口をはさんだ。「申しわけありません。詳しいことはまだ、民間のかたには……」

雲英は絶句する反応をしめしたものの、慌てぎみに宮村にうったえてきた。「亜樹凪と慧修学院高校三年のみなさんのため、なんでも協力させていただきます。どうか前向きにご検討を」

黙るしかない。宮村にはなにもいえなかった。父親としての切なる願いは理解できる。しかし雲英健太郎は三千億円という要求額を知らない。以後二か月ごとに二千億円を支払う義務を課せられることも。

情報に疎いのも無理はない。政府は情報収集に努める、公式発表はそれだけに留《とど》まっている。だが事実は隠しきれない。身代金のクラウドファンディング募集という、ふざけたサイトのせいだった。国内マスコミはCNNの請け売りばかりで、ゼッディウムがベアトリス・スクールを含む一帯を占拠、そう報じている。

ただし優莉架禱斗やシビックについては、噂すらでていない。内閣が徹底して箝口《かんこう》令《れい》を敷いている。架禱斗とのやりとりについて、けっして公にはできない。広く情報提供を募ったと見なされれば、人質が殺害される恐れもある。

強化ガラスの向こう、情報集約室で職員がうなずく。それを見て工藤が円卓に向き直った。「通信がつながりました。モニターに映像がでます」

正面のモニターを正視するのが怖い。前回の映像通信は男子生徒の射殺で始まった。宮村はひそかに腰が引けていた。

国難が起きるたび、耐えてじっとしていれば、そのうち事態が打開される。政府はそれ以外の対処法を知らない。あまり思いきった判断は下したくなかった。辛抱強く交渉するしかない。対話する姿勢は国際社会からも善処と見なされる。いまはそのスタンスをとる以外にない。

映像が表示された。宮村は身を硬くした。優莉架禱斗の澄ました顔が映っている。コンクリート壁の前に座っていた。やはり屋内のようだ。

「期限だ」架禱斗が無表情にいった。

宮村は身を乗りだした。「要求額が莫大《ばくだい》すぎる。三千億円など、とても用意できない。もう少しまってもらえないだろうか」

雲英が言葉を失ったようすで宮村を見つめてきた。想像を絶する金額だったにちがいない。

架禱斗はなんの感情もしめさなかった。「約束は約束だ。人質は全員殺す。今後似たような大規模テロが、頻繁に日本人を襲うことになる」

ふいに雲英健太郎が発言した。「まて！　金のほかに、なにか方法はないのか」

「ほかの方法か」架禱斗はおっくうそうに切りだした。「なら……」

宮村は面食らった。思わず大臣らを見まわす。列席者もみな総理を見かえした。誰もが意外に感じている。架禱斗がここにきて、身代金以外の条件を提示する気になるとは。

「総理」架禱斗はいった。「支払いを猶予してやってもいい。条件がいくつかある。日本政府は今後、シビックの存在を公にしないまま、裏では関係を維持する。俺の名をだすな。優莉架禱斗は九年前に消えた。七年以上行方不明なら失踪《しっそう》宣告により、死亡と認定できる。ただちにそうしろ。国際指名手配犯の諏訪野猛とは結びつけるな」

「要求はそれだけか？」

「黙ってきけ。日本時間できょう午前九時までに、緊急事態法を可決し、国民にその旨公表しろ。かつて民主《みんしゅ》党が法案を提出した、緊急事態基本法とは異なる。非常時に全権を委任される緊急事態庁を設置すること」

「全権とは……」

「内閣総理大臣の権限や、国民の基本的人権にも優先する、いわば超法規的機関だ。緊急事態庁長官以下、主要ポストはシビックが任命するが、その事実は世間に発表しなくていい」

堀野秀子法務大臣が血相を変えた。「まってください。それでは非常時に国会を差し置き、緊急事態庁が政治のすべてを掌握することになります。国民が納得するはずがありません」

架禱斗はしらけた顔になった。「コロナウイルスが蔓延《まんえん》するまで、権力者がこんなに頼りにならないとは、誰も思っていなかった。いまはちがう。政府が緊急事態庁の発足を宣言しても、反対する国民はいない」

「適切な人員が配置される前提ならばです」

「そのようにしたと発表すればいい。内閣が責任をもって人選したといえ。実際にはシビックが顔ぶれを選ぶ。ＰＤＦで緊急事態法の条文を送る。内容を一語たりとも変えず可決しろ」

宮村は焦燥に駆られた。「不可能だ」

「いや可能だ」架禱斗は譲らなかった。「諸外国では実現している。国家の非常時に、通常の法律や指揮命令系統をストップし、危機対応の専門部署に権限を集約させる法だ」

「政府が全権を手放す法などありはしない」

「いまのおまえたちを見ろ。なにかが起きてから、大臣が集まり対策を協議するのみ。せいぜい特措法に基づく緊急事態宣言に留まる。対応が後手にまわり、誰が責任者なのかも不明。国民はみな緊急事態庁の発足に賛同する。とりわけ慧修学院高校三年が全員死亡となれば」

「よせ！　人質を殺害したら、要求にはいっさい応じられん」

「今後のテロ頻発と引き替えにしてもか？　すみやかに緊急事態法を成立させれば、人質の処刑はまってやる」

「ことはそんなに簡単ではない。危機対策の専門部署なら、政府でも何度か検討してきた。成立しなかったのにはそれなりの理由がある」

「つまらん理由だろう。与党の族議員が各省庁の利益を優先し、政策立案より予算配分に関心をしめす。省益の奪いあいのせいで中央省庁の縦割りばかりが強まる。閣僚どもは自分たちの権限が脅かされる新法を望まない」

「それだけが理由ではないんだ」宮村は思わず語気を強めた。「国民はみな戦時下のような悪しき強制を忌み嫌う。緊急事態庁が同じことをやろうとすれば、絶対に受容されない」

「ちがう。非常時にはおまえら内閣より、専門機関のほうが頼りにできると、国民は考える」

「私たちは国民の信頼獲得に努めている」

「自分たちをよく見ろ。都合の悪い資料は即座に破棄する隠蔽《いんぺい》体質に満ちている。世界価値観調査では、政府を信頼できると答えた日本人は四人にひとり。先進国では最下位。内戦状態のリビアやイエメンと同水準だ」

頭の回転が速い。政治にも詳しい。二十代半ばの犯罪者となめてかかると、とんでもない目に遭う。宮村は畏怖《いふ》せざるをえなかった。この男は本気で政府を無力化し、実権を奪うつもりか。

架禱斗が冷静につづけた。「雲英亜樹凪や桐宇翔季が殺されそうになっている。なにもできない政府に大衆は失望してる。総理、支持率低下が気にならないか？　緊急事態庁を発足させれば持ち直す」

「だからといって全権を委任は……」

「全権委任以外に選択肢はない。それを明文化した条文で法が成立、こちらの人選で緊急事態庁が設立されるなら、人質が助かる可能性もある。期限はこっちの午後六時だ。急げ」

架禱斗が画面の外に目で合図した。映像は消えた。

円卓を重い沈黙が包んだ。閣僚でない雲英健太郎ひとりだけが、おろおろと列席者を見まわす。

幾田警察庁長官が唸《うな》った。「優莉架禱斗め。父親とは比較にならないほどの化け物に成長してる」

冬木財務大臣は拒絶をあらわにした。「馬鹿いうな。ただの詐欺師という点では変わっていない。奴は最初からこれが目的だったんだ。途方もない額の身代金を突きつけ、絶望を味わわせてから、次は内閣に可能なレベルに要求を変えた。私たちが思わず飛びつくことを期待してたな」

年配の衣笠外務大臣が眉間《みけん》に皺《しわ》を寄せた。「二十四歳の若造が、オンラインの非合法ビジネスを急成長させ、政府を脅かすまでになっただと？　ありえん」

閣僚内では若手にあたる寺坂文科大臣が首を横に振った。「世界の経済を牛耳るIT富豪は、ほとんど二十代で成りあがったんです。彼らと架禱斗とのちがいは、犯罪者であることを公にしているかどうかだけです」

堀野秀子法務大臣が遠慮がちに発言した。「そのう。要求を呑《の》まない以前に、緊急事態庁の設立自体はありうるのでしょうか。アメリカにはたしかにそういう専門部署が……」

瀬賀防衛大臣が遮った。「大統領制の国と、わが国はちがう。なにごともトップの一存で決められるわけじゃないんだ」

衣笠外務大臣が難しい顔になった。「それは事実誤認に近い。アメリカはある意味、わが国ほどの中央集権制ではない。前大統領が移民を閉めだそうとしても、議会や裁判所が制止したじゃないか」

「ああ」瀬賀は不快そうに顔をしかめた。「わが国なら国会も最高裁も、政府の方針に逆らえるほどではないという話か。アメリカのほうが立派な民主主義国家だって？」

「日本の立法や司法が頼りにならないといってるわけじゃない。ただアメリカの場合、州政府にも高い自主性を認めている」

「都道府県の首長は国に頭が上がらんしな。我々だけの決定で緊急事態庁が成立しうる。皮肉なものだ。優莉架禱斗は日本の構造的欠陥を知り尽くしている。要求を呑ませられると確信しとるんだ！」

閣僚らが騒然としだした。宮村総理は沈黙を守った。防衛大臣の指摘どおりだ。たしかに架禱斗は日本における、安全装置の機能不全を的確に見抜いている。

「論外だ！」冬木財務大臣が吐き捨てた。「非常時を理由に、あらゆる市民生活が超法規的に規制されてしまう。政府の実権もすべて奪われる。緊急事態庁なるものの独裁じゃないか！」

それが架禱斗の狙いだ。巧妙なやり方だった。日本のような先進国において、高度に発達した政治や経済のシステムを破壊するのは現実的ではない。よってクーデターで政権を倒すのではなく、なにもかも従来のまま存続させ、ただ新たに緊急事態庁を発足させる。それだけで事実上、国家の主権を掌握してしまう。国民もいまの風潮なら緊急事態庁を歓迎する。全権委任がどんな意味を持っているか、深く考えることもなく。

架禱斗は支配者として君臨するつもりだからこそ、最初から正体を明かした。武装半グレ同盟のリーダーを気どりながら、しょせん逃亡者にすぎなかった優莉匡太とはちがう。架禱斗は国家を相手に堂々と渡り合い、永続的な闇の権力の座を獲得しようとしている。

雲英健太郎が激しくむせだした。ハンカチを口に押し当て、さかんに咳《せ》きこむ。

工藤政務秘書官がのぞきこんだ。「だいじょうぶですか」

「ええ、平気です……」雲英が宮村を見つめてきた。「総理。政府の方針がどうなるかわからないが……。むやみに反対もできんのなら、譲歩してはどうでしょう」

「緊急事態庁を発足させろというんですか。優莉架禱斗の人選で」

「政治家が閉めだされるのなら、信頼できる民間人を加えるよう、彼に頼んでみては？　たとえば私です」

宮村は耳を疑った。「雲英さんが緊急事態庁のメンバーに名を連ねるのですか？　危険ですよ。周りは全員、優莉架禱斗の息がかかった者たちでしょう」

「彼もあるていどの条件なら呑むのではないかと……」

堀野秀子法務大臣が当惑ぎみにきいた。「時期尚早では？　娘さんの安否もわからないのに」

雲英が表情を硬くした。「むろん亜樹凪の無事を祈ってます。すみません、いまなにかできるとすれば私だけかと思いまして……。家内はショックで倒れ、病院に搬送されました。もうどんなことでもしてやろうと」

大臣らに同情の空気がひろがるなか、背後に立つ官僚が発言した。「要求を呑めば人質の安全が保証されるわけではありません。緊急事態庁の設立を公表したら、彼らに従ったことになります」

別の官僚がうなずいた。「いちど緊急事態法を成立させれば、たとえ人質が殺されても、もう緊急事態庁の設立は撤回できません。被害が拡大したにもかかわらず、危機管理の専門部署の設立をキャンセルするというのは、おかしな話だからです」

冬木財務大臣が苦々しげにつぶやいた。「じつは優莉架禱斗からの要求だったとは、国民に明かせない。交渉失敗で人質が死んだと非難を受ける。シビック抜きの緊急事態庁も設立できん。要求を無視すれば、日本は今後テロ攻撃にさらされてしまう」

雲英健太郎が目を潤ませた。「総理。いったいどうなさるのですか」

宮村は無言でうつむいた。八方塞《ふさ》がりだった。不運だ。歴代総理の誰がこれほどの危機に対処できたというのか。静観して荒波がおさまるのをまつこともできない。嵐はこれからやってくるのだから。

23

桐宇翔季は朦朧《もうろう》としかけた意識のなか、未舗装の道をひたすら歩きつづけた。つまずくたび突っ伏しそうになる。周りを固める屈強そうな男たちが、さも厄介そうに桐宇の腕をつかみ、転倒を阻止する。男たちはターバンで顔を覆い、迷彩服に防弾ベストを着た、現地民の武装兵だった。ほかにゼッディウムのカーキいろのボディアーマーが、前方に二体、後方に三体。いずれもサブマシンガンやアサルトライフルを携える。

ひどく蒸し暑いものの、直射日光は受けていない。上空は厚い雲に覆われていた。ひと雨くるかもしれない。正午前というのに暗澹《あんたん》とした眺めだった。どこまで歩こうとも、住民の貧しい暮らしぶりは変わらない。道端に軒を連ねる家屋は、色彩のみ鮮やかに塗装されていたが、粗末な造りを隠しきれていない。崩落したばかりとおぼしき建物が目につく。椰子《やし》の木々が枯れ果てていた。遠方に黒煙も立ち上る。ほぼゴーストタウン化した廃墟《はいきょ》のような市街地を、桐宇はただ歩いていった。

スペイン語は付け焼き刃ていどだったが、ベアトリス・スクールで雲英亜樹凪の発した言葉は、あるていど聴きとれた。ホンジュラスでなにが起きたかも、おおよそ理解できた。住民の不満が募った原因は雲英製作所にある。ただし武力蜂起にまでエスカレートしたのは、ゼッディウムが住民を扇動し、銃器類を提供したからだ。

桐宇は渇ききった喉《のど》から声を絞りだした。「あなたたちも家族のために命を賭けて《セケエスタイスルチャンドポルブエスト》いるんでしょう《ロスファミリア》。行きすぎた暴力は良心が咎めませんか《ペロエスケオスバイスムイレホス》」

「きこえねえな《ノメインポルタ》」ターバンの男が銃口を突きつけてきた。「黙ってろ《テカヤス》、ガキ《カブロン》。殺す《テ》

《マト》ぞ」

　いまは無言で歩くしかなかった。れっきとした動機があるにせよ、一線を踏み越えたのちは、ただの野蛮人となるらしい。

　いや。最初から殺戮《さつりく》者になりうる乱暴者だけが、武装集団に名乗りをあげたのではないか。迷いを抱えるような人間は、そもそもこんな内乱に加わらない。そうも思えてきた。

　行く手にはなぜか人だかりがしていた。丘の上の開けた一帯に住民が群れている。ホンジュラス人の年配者や子供、女性ばかりだった。広場にはコンクリート造の小屋が数軒。ほかに櫓《やぐら》も建っている。近隣住民の集会場なのかもしれない。

　ベアトリス・スクールから半キロほど歩いただろうか。居残る住民の多さから察するに、ここの支配体制は学校周辺ほどきつくない。それでも遠方に、ジープで移動するカーキいろのボディアーマーが見える。占領地帯はより広範囲におよぶのだろう。

　広場の住民たちがいっせいに後ずさる。アップライトピアノがまた野ざらしになっていた。

　桐宇は力なく鼻を鳴らした。ピアノを粗末にしてばかりだ。というより、以前はこの国にも音楽があったのだろう。

機内でCAにきかされた言葉が、虚《むな》しく胸のうちに響く。ホンジュラスで危険な都市は、コルテス県のサン・ペドロ・スーラであり、首都テグシガルパの治安はわりと良好ですよ。

　こんなに大規模な武力蜂起は、誰にも予想できなかった。いまや内戦状態だった。桐宇は戦場の一角に取り残された。地獄と地続きだと強く感じる。

　群衆が遠巻きに見守る。迷彩服らが撮影機材を運んできた。校舎で記者を装っていた連中だ、桐宇はそう気づいた。偽報道陣がビデオカメラを三脚に据え、ピアノに向ける。

　ターバンで顔を隠した男が、桐宇を銃で狙った。「弾け《トカ》」

動画配信が可能なインフラが生きているとは思えない。架禱斗も衛星電話を使っていた。ビデオカメラによる撮影は録画にすぎないのだろう。桐宇はささやいた。「ピアノを弾いてる僕が撃たれる映像か。バズるだろうな」

　背後に怒号をきいた。ターバンの男がアサルトライフルの銃尻《じゅうじり》で、桐宇のうなじを殴りつけた。桐宇は地面につんのめった。

　もはや痛みもなにも感じない。ただ苦しみと吐き気があるのみだった。顔をあげると、群衆と目が合った。みな一様に無表情だった。ピアノの前に、ひどく傷んだ木製の椅子が置かれた。

ボディアーマーは散開し、広場の周辺を警戒するように立っている。迷彩服が桐宇の襟の後ろをつかみ、ピアノの近くまで引きずっていった。

桐宇は椅子にしがみつき、ゆっくりと身体を起こした。まだ神経が麻痺《まひ》しきってはいなかったらしい。胴体が引きちぎれそうに思えるほどの激痛が走る。感覚を喪失しているのは、むしろ両手の指だった。いまピアノが弾けるとは思えない。

ようやく椅子に腰かけた。鍵盤《けんばん》を見下ろす。短い人生の最後、目に映ったのは、やはりこの光景だったか。

ターバンで顔を隠した迷彩服のひとりが、すぐ近くに立ち、銃口で狙い澄ましてくる。血走った目が無言のうちに、早く弾けとうったえる。

桐宇は両手の指を鍵盤に這《は》わせた。ふしぎなものだ。弾くのは不可能と思えたのに、指先が鍵盤に触れたとたん、感覚が戻った気がする。

どんな曲を弾くか、考えるまでもなかった。指は自然に動きだした。モーツァルトのレクイエム、ニ短調。第8曲、ラクリモーサ、涙の日。

いままで何度となく弾いた曲だが、まるで異なってきこえる。厳かな旋律が心に響く。半音ずつ上っていくモーツァルトの絶筆。感傷的でありながら透き通った音いろを、ジュースマイヤーの加筆が引き継ぐ。葬送曲ではない。みずからが死を意識してこそ表せる。哀しみはすでに超越している。ただ孤独だけがここにある。

群衆が静かに聴きいっている。ある意味で最高のコンサートかもしれない。音楽はきっとこの地に残る。人々の心に。それが混沌《こんとん》とした時代を振りかえる布石となるだろう。ピアニストになった意義はある。たった十八年の人生でも。

かすかな金属音を背後にきいた。銃口が桐宇の後頭部に近づく。いよいよ最期か。両手はレクイエムを奏でつづける。指先が震えても音は外せない。あの世でモーツァルトが、青二才と笑うかもしれない。それでも音楽家として生きた誇りは捨てられない。

恐怖が絶頂に達する。譜面のなかでいちばん高い音を響かせた。間髪をいれず銃声が轟《とどろ》いた。桐宇はびくついた。

撃たれてはいない。背後に立つ迷彩服が、ターバンから血を噴出させ、ばたりと地面に倒れた。

けたたましい銃撃音が連続して鳴り響く。群衆が悲鳴をあげ、散りぢりに逃走していった。周りの迷彩服が次々に撃ち倒される。ビデオカメラも粉々に消し飛んだ。

不意を突いて突撃してきたのは、やはりターバンで顔を隠した迷彩服の男、ただひとりだけだった。アサルトライフルを発砲するうち、ターバンがほどけた。あきらかにホンジュラス人ではなかった。日本人だろうか。髪が長く痩身《そうしん》で、頬のこけた男。年齢は四十代と思われた。

　ボディアーマーがいっせいに反撃を開始した。フルオート掃射の跳弾が男を追いまわす。男は地面を這い、さらに転がっていき、窪《くぼ》みに身を隠した。

　なおも銃撃がつづく。桐宇はすくみあがるしかなかった。いつ流れ弾が当たるかわからない。ピアノの前に座っていたのでは、どこにも身を隠せない。

　そのとき一陣の風のごとく、灰いろの影が迫ってきた。迷彩服でもボディアーマーでもない。周囲に溶けこんで見えるのは、全身が泥にまみれているからだ。赤い斑点《はんてん》は返り血か。よく見れば驚いたことにセーラー服だとわかった。長い髪をなびかせながら猛然と接近してくる。携えているのはやはりアサルトライフルだった。目の前で地面を蹴《け》り、高々と跳躍した。

　桐宇は背後に立つボディアーマーに気づいていなかった。セーラー服がボディアーマーに飛びかかったとき、ようやくその存在を悟った。

　まるで獲物を食らう猛獣のようだった。無駄のない迅速な動きで、セーラー服がボディアーマーに絡みつく。見たこともない体術を軽々と駆使し、両脚でボディアーマーの頭部を挟みこむと、瞬時にテイクダウンをきめた。地面に突っ伏したボディアーマーの首をひねるや、ネックプロテクターが弾《はじ》けるように外れた。そこに銃口を押し当てトリガーを引き絞った。銃声とともに血飛沫《ちしぶき》があがる。ボディアーマーは脱力した。

　二体のボディアーマーが発砲しながらセーラー服に迫った。しかしセーラー服は物《もの》怖《お》じせず、身体を低くしながら突進していき、一体の懐に深く潜りこんだ。みずから地面に仰向《あおむ》けになり、敵の銃を蹴りあげるや、ボディアーマーの胸部に二発の銃弾を浴びせた。よほど的確に弱点を見定めたのか、意外にもプロテクターが一枚、鱗《うろこ》のように剝《は》がれ落ちた。ボディアーマーが動揺しているのがわかる。セーラー服はすかさず敵の心臓に銃弾を撃ちこんだ。

　絶命したボディアーマーがセーラー服の上に倒れかかる。セーラー服は巧みにその陰に隠れ、もう一体のボディアーマーが撃った弾を防いだ。だが敵は俯角《ふかく》で銃撃しつつ距離を詰めていく。死んだボディアーマーの下敷きになったセーラー服は、容易に抜けだせない。

　セーラー服を撃とうとするボディアーマーの頭部に、突如として火花が散った。命中の衝撃を受け、上半身を大きくのけぞらせる。さっきの男が窪みから飛びだし、ボディアーマーを銃撃していた。それだけの隙が生じれば充分のようだ。セーラー服は身軽かつ柔軟だった。鈍重なボディアーマーの胴体を両太股《りょうふともも》で挟み、身体ごとひねって引き倒す。重心を完全に見極めていたらしい。ボディアーマーの着脱方法も、すでに熟知していると思われた。突っ伏したボディアーマーの背に、セーラー服は軍用ナイフの刃先をあてがった。柄を回転させるや、またも鱗が剝がれた。振りあげたナイフが勢いよく突き立てられる。ボディアーマーは絶叫とともに全身を痙攣《けいれん》させた。手足を投げだし、ボディアーマーが動かなくなった。

　セーラー服が桐宇に視線を向けてきた。泥と返り血が顔を覆い尽くし、地肌がほとんど見えない。それでも大きくつぶらな目があった。

　桐宇ははっと息を呑《の》んだ。この目は報道で見たことがある。架禱斗にもわずかに似ていた。父親が共通しているからだ。

　優莉結衣は立ちあがるや、一瞬にして桐宇との距離を詰めてきた。桐宇の胸倉をつかむと、椅子から地面へとねじ伏せた。結衣自身もうつ伏せになった。ほぼ同時に椅子が粉々に砕け散った。

　ボディアーマーがさらに二体、銃撃とともに迫り来る。だが男が割って入った。敵に応戦するものの、反撃が途絶えた。弾を撃ち尽くしたらしい。

結衣が起きあがり、短い棒状の物体を投げた。「磨嶋さん！」

磨嶋と呼ばれた男は、敵前でも動じることなく、巧みな足捌《あしさば》きで被弾を逃れつづけた。もっとも敵を翻弄《ほんろう》できるのは、ほんの一、二秒にすぎない。たちまち狙いは定まってしまう。しかしそうなるより早く、磨嶋はアサルトライフルの弾倉を投げ捨てた。結衣から受けとった新たな弾倉を叩《たた》きこむ。磨嶋は素早く銃撃し、二体のボディアーマーの体勢を崩した。まだ致命傷を与えてはいないものの、敵の銃口はいずれも逸《そ》れている。わずかな隙が生じた。

結衣は磨嶋に加勢すべく駆けだした。振り向きもせず桐宇に怒鳴った。「小屋のなかに逃げて！」

無数の銃弾が激しく飛び交う、ここは戦場の真っ只《ただ》なかだった。ぐずぐずはしていられない。桐宇は死にものぐるいで立ちあがった。数メートル先にコンクリート造の小屋がある。戸口にドアはない。桐宇は全力疾走でなかに駆けこんだ。

がらんとした室内だった。桐宇につづき、ターバンで顔を隠した迷彩服もひとり、小屋のなかに逃げこんできた。結衣の猛攻に恐れをなしたらしい。だが即座に後頭部を撃たれ、小屋の床につんのめった。肩にかけていた迷彩柄のバッグが投げだされた。

外では銃撃戦が継続している。桐宇は薄暗い部屋の片隅にうずくまった。両手で耳をふさいだ。床に突っ伏したままの死体が目に入る。ターバンが血にまみれていた。敵の屍《しかばね》だったが、ひどく恐ろしくなり目を閉じた。

銃声はまばらになっていたが、今度は打撃音が断続的に響いてくる。殴る蹴るの攻防に転じたらしい。膝《ひざ》が震えて立てない。結衣は小屋に隠れろといった。なら外にでるのは賢明ではない。

そのときふいに、ピアノの音が耳に届いた。シ、ラ、ソと鍵盤《けんばん》が叩かれた。それっきり音は途絶えた。

桐宇は目を開いた。死体のわきに放りだされたバッグを見た。桐宇は立ちあがると、後先も考えずバッグに駆け寄った。戸口の外に視線を向ける。結衣はピアノを背に尻《しり》餅《もち》をついていた。ボディアーマーに胸倉をつかまれている。ピアノを鳴らしたのは彼女にちがいない。磨嶋は離れたところで、もう一体のボディアーマーと争っていて、結衣を助けられずにいる。

ほとんど反射的に、桐宇はバッグのジッパーを開けた。なかにはパイナップル型の球体がぎっしりおさまっていた。手榴弾《しゅりゅうだん》だとわかる。桐宇はうちひとつをつかみだし、戸口に駆け寄った。結衣に投げながら怒鳴った。「受けとれ！」

結衣が片手で手榴弾をキャッチした。瞬時にピンを抜くと、ボディアーマーの脚にしがみついた。立ち膝の姿勢をとったボディアーマーは、膝をガードする突起部が浮きあがっている。その隙間に手榴弾が挟みこまれた。結衣は横に転がり脱した。ボディアーマーはすかさず結衣を追おうとしたが、片膝が伸びず体勢を崩した。

直後、ボディアーマーは全身を破裂させた。ピアノも爆発に呑まれ、瞬時に砕け散った。血まみれになった無数のプロテクターが、辺り一面にばらまかれた。ばらばらに分解した骨や内臓が、あちこちで燃えてくすぶる。

磨嶋も対峙《たいじ》しているボディアーマーを仕留めるところだった。やはりプロテクターの一部をもぎとり、そこに銃弾を撃ちこむ。ボディアーマーがぐったりと弛緩《しかん》した。

静寂が戻った。磨嶋の鋭い目が結衣に向いた。結衣が敵を倒したと知り、ようやく磨嶋も安堵《あんど》したのか、深くため息をついた。

戦闘は終わった。敵は全員死体と化した。何人かは原形を留《とど》めていない。

桐宇はバッグをつかみあげた。ずしりと重い。それを片手に提げながら小屋をでた。

磨嶋が身をかがめ、敵の死体から武器弾薬を奪う。「急いで移動しよう。付近の敵が集まってくるまで、そう長くかからない」

結衣はアサルトライフルを携え、辺りを警戒するように目を配っていた。その顔が桐宇に向けられた。

泥と返り血ばかりではない、頬や顎《あご》を擦りむき、みずからも出血している。セーラー服はいたるところが裂け、ほとんどボロ着も同然だった。

そんなありさまでも、同じ学年の女子生徒にすぎない、そう感じさせる素朴さを漂わせる。なんとも奇妙だった。さっきまで獰猛《どうもう》な獣だったのに、いまはおとなしい猫のように見えてくる。

架禱斗の妹ではあっても、仲間とは思えない。命懸けで助けてくれた、その事実に疑いの余地はない。

結衣は左手を伸ばし、桐宇の腹部にそっと触れた。「痛む？」

なんのことかわからず、桐宇は自分の身体を見下ろした。結衣のことばかり気にかけていたが、桐宇自身も無残なものだった。ワイシャツが破れ、蚯蚓腫《みみずば》れに血が滲《にじ》んでいる。

それでもいつしか痛みなど忘れていた。桐宇は腹をさすった。「平気だよ」

「そう」結衣の目は桐宇の提げたバッグに移った。「ありがとう」

磨嶋も振りかえりバッグを一瞥《いちべつ》した。桐宇をじっと見つめてくる。「バッグに手榴弾が入ってると、よく気づいたな」

「気づいたわけじゃなくて……」桐宇はいった。「ピアノの音」

「あん？」

「B、A、Gのコードだった。バッグ」

ああ、と磨嶋はわずかに感心する素振りをしめした。「そういうのは、俺じゃ思いつかねえ」

結衣のまなざしが桐宇をまっすぐにとらえた。「桐宇翔季君だよね」

桐宇はうなずいた。「きみは……。優莉結衣さんだろ？　さっきまでお兄さんと一緒にいたよ」

地肌がすっかり隠れるほど泥まみれでも、表情がこわばったのは見てとれる。結衣は虚空を眺めるような目できいた。「どこにいた？」

「ベアトリス・スクールの三階。ヴコールってロシア系の軍人と一緒だった。雲英亜樹凪さんは、まだそこに捕らえられてる。僕らはみんな外にだされた」

「外に？」

「三十人ぐらいずつ、あちこちに分散されてる」

磨嶋が立ちあがり、結衣に歩み寄った。「学校から半径五百メートル圏内だろう。建物の屋上に人質を集めておけば、人工衛星で確認できる。この一帯の空爆は不可能になる。ISもよく使う手だ」

桐宇は磨嶋にきいた。「僕を真っ先に助けようとしてくれたとか……？」

「ピアノの演奏がきこえたから、こっちに来ただけだ。みんなきみに気を取られてた。おかげで奇襲もうまくいった」

そうですか。桐宇は虚無とともにささやいた。そんなものかもしれない。この先も特別待遇など期待できないだろう。ピアノの腕で神童と持て囃《はや》された日々は、もはや過去の記憶でしかない。

結衣はボディアーマーの死体のわきにしゃがんだ。器用な指づかいでプロテクターを剝《は》がしとる。下の服のポケットをまさぐった。折りたたまれた地図をとりだす。プロテクターのあらゆるロック部分の解除法を心得ているらしい。桐宇はいった。

「慣れてるね」

「ここに来るまでに、多少は」結衣は地図を広げた。

磨嶋が鼻を鳴らした。「学ぶ素質がなきゃ、もう死んでた」

結衣は憂鬱《ゆううつ》そうに首を横に振った。「地図にチェックはない。人質の集められた場所はわからない」

「当然だろうな」磨嶋が結衣を見つめた。「それぞれの部隊が任意に場所をきめるだけだ。情報を本部に集約させたりもしない。漏れれば奇襲が可能になっちまうからだ。

ゼッディウムがそんなへまをするはずもない」

桐宇ははっとした。「人質の集合場所？　ここからいちばん近いところならわかる」

結衣が驚きのいろを浮かべた。「ほんとに？」

「途中まで何人かと一緒だった。そのうちばらばらになって、行き先はほとんどわからない。でも最後に通りかかった平屋の屋上から、生徒たちの声がきこえた」

磨嶋が冷静にいった。「結衣。人質の救出を図ったところで、どこにも逃がせない。周辺の敵も集まってくる。生徒らに多くの犠牲者がでるのは避けられない。それよりベアトリス・スクールにできるだけ接近するべきだ」

結衣が不満げに見かえした。「みんなを見捨てろって？」

「そうだ。桐宇君のような重要人物なら別だがな。今後の状況を左右するだろうし、ふたりぐらいならなんとか匿《かくま》える。だが桐宇君、雲英亜樹凪は校舎の三階にいるんだろ？」

戸惑いが深まる。桐宇はうなずくしかなかった。「たしかに僕のいう平屋の屋上には、D組の岡崎さんぐらいしか知り合いはいない。だけど……」

ふいに結衣が目を瞠《みは》った。「岡崎寧々さん？　ほんとに？」

「……ああ。彼女の泣く声がきこえた。集団のなかだったけど、まちがいなく岡崎さんだよ。僕は耳だけは自信がある」

結衣は磨嶋に向き直った。「救出に行く」

「よせ」磨嶋がぴしゃりといった。「その子はいったい何者なんだ？」

「感じがいい子だった」

「それだけで助けようってのか」

「女子高生は気分で友達をきめる」

「馬鹿なことをいうな。ひとりだけ救いだす気か」

「いえ。その場にいる全員を助けなきゃ」

「無理だといってるだろ。遠足みたいに三十人をぞろぞろ連れて逃げられるわけがない。チュオニアンのお遊戯とはわけがちがうんだぞ」

「なんとか方法を考える！」

磨嶋はじれったそうな顔になったが、議論の時間はないと悟ったらしい。ほどなく折れる態度をしめした。「仕方ない。俺のほうは先行して情報を探ってくる」

「また会える？」

「撃ち合ってる音のほうに向かえば再会できるだろ。だが気をつけろ。まだ弥藤も追いついてない。援護はありゃしない」

「わかった」結衣はうなずいた。立ち去りかけた磨嶋に、結衣は声をかけた。「昨晩いた女の人だけど、誰？」

「あの家の住人だ。夫を亡くした。ゲリラ兵になってたからな。俺が殺した」

「彼女はそれを……」

「知らない。いまでも夫の帰りをまってるだろう。死体が持ってた免許証を頼りに、あの住所を訪ねた。友人だといってな。彼女は俺たちが軍警察から逃げてると思ってた」

　桐宇にはわからない話だった。だが結衣はため息とともに視線を落とした。

「結衣」磨嶋が静かに語りかけた。「戦場で人を欺くことに躊躇《ちゅうちょ》するな。武蔵小杉高校ではそうだったろ。なのにおまえは少しずつ変わってきた。ここじゃそれが命とりになる」

「わかってる」結衣は深刻な面持ちでささやいた。「でも……」

　遠方から男たちの怒声がきこえてきた。クルマのエンジン音も接近しつつある。

　磨嶋が動きだした。「行け。救出が無理だと悟ったら、それ以上のことはするな」

　結衣はアサルトライフルを携え、丘を下りだした。

「まってよ」桐宇はあわてて追いかけた。「手榴弾《しゅりゅうだん》のバッグ、持って行かなくていいのか？」

「いらない」結衣は足をとめなかった。「手榴弾のなかには起爆用のダミーが交ざってる。バッグがこっちの手に渡ったと知れば、無線で爆破する。持ってたらひとたまりもない」

「マジで……。ほかに有意義な物はなかったのかな、通信機とか」

「電波で居場所がばれる」結衣は路地に飛びこんだ。「岡崎さんたちがいる平屋は？」

「そこを右に入ろう」桐宇は結衣に並んだ。「距離はわりとあるけど……」

角を折れたとたん、まっすぐ行けるはずもない、そう気づいた。前方のはるか先に人影が見えた。結衣が桐宇の腕をつかみ、脇道に引っぱりこんだ。

桐宇は心臓が張り裂けそうだった。どうやら敵には見つからずに済んだらしい。結衣が黙って進行方向を指さし、目でたずねてくる。桐宇はうなずいてみせた。

結衣がふたたび駆けだした。桐宇は後を追った。アドレナリンのせいか、体力が戻ったように感じる。いまのうちだけかもしれないが、自分に疑いを抱きたくない。真実を自覚したとたん、この場にへたりこんでしまいそうだ。

24

結衣はどしゃ降りの雨のなかを歩いた。アサルトライフルのG36Cを携え、絶えず辺りを警戒しながら、ゆっくりとした歩調で路地を進む。桐宇も寒そうに身を縮こまらせ、結衣の後につづく。むろんふたりともずぶ濡《ぬ》れだった。

スコールは日本のゲリラ豪雨と変わらない。いきなり滝のように降りだし、勢いがいっこうに衰えない。靴音が敵の耳に届きにくくなる、その一点だけは好ましい。だが逆のこともいえる。不意打ちを避けるためにも、むやみに先は急げない。

桐宇がきいた。「それ、雨に濡れても撃てるのか？」

「当然」結衣は応じた。

「そっか」桐宇はため息をついた。「僕はなにも知らない。音楽のこと以外は」

「わたしも音楽はかじっただけだった。サックスが金管楽器だと思ってたし」

「よくある誤解だよ。見た目が金属だからね。音をだすとき唇を振動させるのが金管。振動させないのが木管。吹奏楽部でもまちがってる人はいる」

「しょせん入部なんて無理だった」

「……その言い方からすると、吹奏楽部に入りたかった？」

「クラリネットは練習した……。入部したかったわけじゃない。ただ友達に勧められた」

「へえ。そのうちセッションしたいね」

「冗談でしょ」

「いま戦場にいるきみと僕が逆の立場になる。それも悪くない」

　軽口を叩《たた》けるとは、思ったより度胸がある。若くして世界的なピアニストともなれば、あるていど心臓も鍛えられるのだろう。ここまで何度か死体を目にしたが、桐宇はもう取り乱すこともなくなった。もし生きて帰れたら、のちにＰＴＳＤに苦しむかもしれない。しかし少なくともいまは冷静さを保っている。

　結衣はここまでの道中、桐宇が説明したことが気になった。「さっきの話だけど、雲英亜樹凪さんの父親がシビックとつながってたって……」

「ああ。本当だよ。雲英健太郎氏が電話にでて、きみのお兄さんと話してた」

「亜樹凪さんはショックを受けてた？」

「その場にいる全員がね。僕もだ。とんだとばっちりだけど、彼女を恨む気にはなれない。あくまで父親の責任だし」

またしても親の犠牲か。己れのエゴに子供を利用する大人は、優莉匡太に限らないようだ。馬鹿な男は自分を狼にたとえたがる。勇気がある孤高の存在といいたいのだろう。だが本当の狼は妻をたいせつにする。雄は妊娠した雌のために餌を獲《と》ってくる。生まれてきた子にも餌をあたえ、一緒に遊ぶ。雲英健太郎は、優莉匡太や田代槇人と同じ、動物以下の存在でしかない。

桐宇が歩きながらいった。「僕らを人質にして、きみのお兄さんはなにを要求する気かな」

「緊急事態庁の設立でしょ」

「なんだって？」

架禱斗がシビックの運営者なら、身代金など眼中にない。富を手にしたら次は権力獲得に走る。やはり優莉匡太の夢だった。有事の際に全権委任を受ける部署を発足させ、そこの実権を握る。政府転覆を謀るより、ずっと効率よく政治の主導権を奪える。架禱斗は父が思い描いた理想の未来図を、完璧《かんぺき》に実現するつもりか。

ふいに桐宇が足をとめた。民家の窓に目を向ける。ガラスのない窓の奥に、ひとけは感じられない。

結衣はたずねた。「どうかした？」

「なにか音がする」

耳を澄ましたものの、雨音以外にはなにも聴きとれない。結衣は窓のなかを警戒した。「どんな音？」

「一定の高さの羽音みたいな……。機械的だ。モーターかもしれない」

彼の聴覚がとらえたのなら事実だろう。無視はできない。結衣は家の外壁に身を這《は》わせた。「窓の前に立たないで。こっちに来て」

桐宇を導きながら、結衣は戸口に向かった。ここにもドアはない。そっと家のなかに踏みこんだ。

台所兼食堂だったらしい。いまはがらんとしている。家具を運びだした形跡があった。住人が引っ越したか、もしくはマラスが根こそぎ盗んでいったか。

窓辺に歩み寄る。たしかに虫の羽音に似たノイズが、かすかに耳に届いた。タイル張りの床に、文庫本サイズの木板が落ちている。そこに小さなスピーカーと電子基板、電池ボックスが貼りつけてあった。

結衣は前髪から滴り落ちる雫《しずく》を拭《ぬぐ》った。「モスキート音発振機。暑い国じゃめずらしくない」

桐宇がほっとする反応をしめした。「ネズミを追い払うためか？」

装置を拾いあげる。スイッチは四段階になっていた。結衣はささやいた。「猫や鳥でしょ。設定が19・5キロヘルツから23・5キロヘルツになってる。ネズミなら17・5キロヘルツ以下じゃないと効果がない」

「きみは知識が豊富だね。慧修学院にも入れたんじゃないのか」

「私立なんて無理。苗字《みょうじ》を書いただけで落とされる」

結衣はスイッチをオフにした。モスキート音が消え、雨音だけが窓から吹きこんでくる。装置を軍用ナイフとともにスカートベルトに挟み、セーラー服の下に隠した。

桐宇が妙な顔をした。「そんな物を持ってくのか？」

「考えがある」結衣は戸口に向かいだした。「岡崎寧々さんたちがいる平屋まで、あとどれぐらい？」

「すぐ近くだけど……」桐宇の声がふいに緊迫の響きを帯びた。「まった」

家をでる寸前、とっさに足がとまった。結衣は問いかけた。「なに？」

桐宇は耳を澄ます素振りをした。「誰か来る。四人か五人」

胸のうちに緊張がひろがった。外に駆けだすのは危険だ。だがこの路地に詳しいゲリラ兵だった場合、モスキート音が途絶えているのに気づき、不自然に思うかもしれない。

装置をとりだそうとしたが、結衣も足音をききつけた。極めて近い。桐宇の肩をつかみ、その場に伏せさせる。結衣は小声で伝えた。「死んでるふりをして」

ふたりとも制服はぼろぼろ、全身血まみれだった。横たわっていれば死体に見えるだろう。

いまさらモスキート音発振機をオンにし、窓辺に滑らすのは賢明とはいえない。タイル張りの床にノイズが盛大に響いてしまう。

桐宇がそれこそ蚊の鳴くような声できいた。「もし家に入ってきたら？」

床に横たわった結衣の視界には、寝そべる桐宇の右手がある。結衣はささやいた。

「入ってきた人数、右手の指で教えて」

「五人以上だったら？」

結衣は黙っていた。そんなに大勢が乗りこんできたら、完全に疑われていることを意味する。どうせ生き延びるのは不可能だった。

足音が近づいた。桐宇が目を閉じ、ぐったりと脱力する。結衣もそれに倣いながら、薄目を開けていた。戸口に視線を向けるわけにはいかないが、桐宇の右手を注視する。

何人かが外を通り過ぎていった。だがほどなく床に靴音が響いた。誰かが入ってきた。ひとりではない。

桐宇の右手の指が一本ずつ伸ばされる。ひとり、ふたり、三人、四人。そこまででとまった。四人はもうこちらに目をとめているだろう。

結衣はアサルトライフルを身体の下に敷いていた。跳ね起きて四人を倒すのは現実的ではない。しかも岡崎寧々たちが囚《とら》われている平屋が近い。銃声が轟《とどろ》けば敵勢が駆けつけてしまう。

四人はなにもいわず室内をうろつきまわった。靴音が戸口へと移動したようだ。桐宇の右手が指を一本曲げた。ひとり退室したらしい。三本の指を伸ばした状態が保たれる。室内に三人。まだ音を立てず始末できる人数ではない。とはいえ幸いなこともある。三人の足どりが軽い。ボディアーマーとは思えない。

靴音がまた減ったように感じられる。桐宇の伸ばす指は二本になった。ふたつの靴音がこちらに歩み寄ってくる。ふたりとも近くに立った。結衣と桐宇を揃って見下ろしている。金属音がかすかにきこえた。拳銃《けんじゅう》のスライドを引いた。いまにも撃とうとしている。

結衣は軍用ナイフを抜くや跳ね起きた。ふたりは迷彩服のホンジュラス人だったが、ゲリラ兵ではない。ただし知った顔ではある。いずれも拳銃を手にしていた。ふいに結衣が立ちあがったことに驚いたらしい。揃って愕然《がくぜん》とした表情を浮かべる。

軍用ナイフでひとりの喉《のど》を掻《か》き切った。気管ごと深々と切断し、発声を不可能にする。もうひとりの口を手でふさぎながら、脇の下にナイフを突き立てた。腋窩《えきか》動脈を正確にとらえた。やはり叫びはあげさせない。大量の血液が噴出した。ほんの十秒足らずで、てのひらに感じる息が途絶えた。結衣は敵の身体を床に放りだした。

桐宇が目を開けた。おろおろしながら立ちあがった。「敵じゃないぞ。軍警察じゃないか？」

「そう」結衣はうなずいた。「軍警察。でもかまわない。こいつらは敵」

ルエンゴ中佐とエスカランテ大尉だった。特殊作戦群を罠《わな》に嵌《は》めたクズどもだ。先頭車両から逃げだしたのはエスカランテだが、ルートを指定したルエンゴも共犯だろう。ゼッディウムの仲間でなければ、支配地域をうろついたりはしない。

死体になったエスカランテが握る拳銃は、グロック17だった。結衣はそれをもぎとった。マガジンを抜き十五発の装弾をたしかめる。人質のいる場所を急襲するには、拳銃のほうが動きやすい。アサルトライフルはここに残していく、そうきめた。

結衣は戸口に近づいた。雨は依然として降りしきっている。背後の桐宇にたずねた。

「目的地までの進路は？」

「でて右、ふたつ目を右。その先に行けば、たぶん声がきこえると思う」

「ついてきて」結衣は豪雨のなかを駆けだした。

地面がぬかるんでいる。さっき立ち去ったふたりの足跡は、もう見当たらない。しかし敵の拠点のひとつが近いのなら、そこに向かった可能性もある。

桐宇に教わった通りに角を折れる。敵の姿はない。さらに前進していき、ふたつ目の角をまた折れた。遠方は霧で真っ白になっている。

左手で拳銃のグリップを握り、右手で包みこむ。本来なら目と銃口を同期させ、身体ごと向きを変える必要がある。だが教科書どおりのやり方は通用しない、磨嶋からそう学んだ。拳銃は両手で握るが、胸もとに引き寄せ、視野を広くとる。動くものに対し、ただちに銃口を向けてはならない。構えれば発砲までのあいだに撃たれる。動きをとめるのも好ましくない。かといって逃げるのは論外だった。姿勢を低く保ち、一気に距離を詰めるべきだ。

雨音にすすり泣く声が交ざってきこえた。結衣は足をとめた。

桐宇がささやいた。「そこだ。一軒先」

結衣は足音をしのばせ慎重に前進した。頭上に目を向けた。平屋の屋上、フェンスのない縁ぎりぎりに女子生徒の群れが立っている。こちらに背を向けていた。みな寒さに震えながら身を寄せ合う。

一階の戸口にドアはない。なかをのぞきこむ。雨合羽を着たゲリラ兵がふたりいた。いずれもターバンを取り払っている。ホンジュラス人の男たちだった。ひとりは立っていた。肩から吊《つる》したストラップにサブマシンガンをぶら下げている。もうひとりは椅子に腰かけ、雨合羽を脱ごうとしていた。このふたりがさっきまで、ルエンゴ中佐やエスカランテ大尉と行動をともにしていたのだろう。

結衣は桐宇に耳打ちした。「ぴったり後ろについてきて。わたしがひとり目を斬りつけたら、そいつの口を手でふさいで。叫ばれちゃ困る」

「な」桐宇は動揺をしめした。「そんなの無理だよ」

「口を手でふさぐだけ。その時点ではもう、向こうには殴りかかる力すら残ってない」

返事はきかなかった。結衣は軍用ナイフを握り、立っているほうの敵に突進した。こちらを向いた男が、ぎょっとしてサブマシンガンをかまえる。反応は素早かった。防弾ベストに覆われた上半身には、いっさいの隙もない。

だが最初からそちらは狙っていなかった。結衣は姿勢を落とし、軍用ナイフで敵の大腿《だいたい》動脈を水平斬りにした。

男が絶叫を発する、その寸前の気配があった。桐宇が飛びつき、手で男の口をふさぐ。結衣はもうひとりに向き直った。椅子に座っていた男が、あわてぎみに銃に手を伸ばす。

　これまでの結衣なら、手刀で銃を横に払ったのち、敵の頸動脈《けいどうみゃく》にナイフを突き立てる。そのやり方は戦場で通用しないと思い知った。みずからが弾丸になれ、磨嶋がそう指南した。結衣は膝《ひざ》のバネでまっすぐ跳躍し、敵の喉もとを直接突きにかかった。一瞬の踏みこみだけに、刃先がブレることは許されない。それでも結衣の両手が伸ばしたナイフは、敵の首の真んなかに深々と刺さった。

激しく痙攣《けいれん》した男が、血飛沫《ちしぶき》をあげながら白目を剥《む》く。気管が潰《つぶ》れ声はでない。椅子ごと後方に倒れかけたが、結衣はとっさに背もたれをつかんだ。男はのけぞったまま絶命した。

　結衣はもう男の顔など見ていなかった。戸口の外、屋上につづく階段。あらゆる方向を警戒していた。

　ふしぎなものだ。けさ出発した直後は、磨嶋にどやされるばかりだった。一撃で勝負をきめる集中力など養えるだろうか、そんな疑問がついてまわった。生きるか死ぬかの戦場を突破するうち、自然に身についていった。

　雨合羽の下をまさぐった。男のポケットにライターオイル缶があった。中身は充分に入っている。結衣はそれを手に振りかえった。

桐宇は涙ぐみながら、男の死体をなおも抱え、手で口をふさいでいる。結衣は歩み寄ると、桐宇の肩を軽く叩《たた》いた。もう死んでいる、無言でそう伝える。桐宇がため息とともに力を抜いた。うっかり物音を立てたりはしない。聴覚に敏感な音楽家らしかった。

結衣は階段を上りだした。雨が降りかかってくる。屋上に階段塔はなく、頭上に出口がぽっかり開いていた。すぐ近くに生徒たちがずぶ濡《ぬ》れでたたずむ。

女子生徒のひとりがうつむいている。結衣と目が合った。はっとする反応をしめしたが、結衣は人差し指を唇にあて、沈黙をうながした。

出口からわずかに顔をのぞかせた。屋上のようすをうかがう。三十人ほどの生徒がひしめきあっている。女子のほうが多い。教師はいなかった。ボディアーマー二体が、アサルトライフルを手にうろつきまわる。抵抗が皆無のせいか、多少の油断がみられる。

人混みのなかは身を隠しやすい。結衣は屋上にでるや、生徒らに紛れながら迅速に移動した。付近の生徒が結衣に気づくより早く、一体のボディアーマーに迫る。ライターオイル缶の針状のノズルを伸ばす。ボディアーマーのヘルメットとゴーグルは一体化しているが、ゴーグルの角度が可変式のため、眉間《みけん》にわずかな隙間がある。結衣は大胆に踏みこむと、ボディアーマーの眉間にオイル缶のノズルを突き立てた。

　ボディアーマーが空を仰いだときには、もう結衣は姿勢を低くし、生徒たちの足もとに転がっていた。額にオイル缶が刺さったままのボディアーマーが、地団駄を踏みながら叫び声を発する。オイルが目に入ったからだ。のみならずプロテクターの下にまんべんなく広がり、服に染みこんでいく。

　もう一体のボディアーマーが、仲間の声に驚き、そちらに向き直った。すでに結衣は新たな敵の懐に飛びこんでいた。軍用ナイフをプロテクターの隙間に突き刺し、柄を反時計まわりにひねる。ロックが外れた。プロテクターが浮きあがる。ボディアーマーが肘《ひじ》打ちを食らわそうとする寸前、結衣は拳銃《けんじゅう》をプロテクターの下に突きつけ、トリガーを引き絞った。がら空きの胸部を撃ち抜いた。ボディアーマーはもんどりうって倒れこんだ。

　女子生徒たちの悲鳴が耳をつんざく。オイル缶が額に刺さったボディアーマーが、乱射の構えをみせたせいもあった。結衣は拳銃をそちらに向け、日本語で怒鳴った。

「どいて！」

　生徒らがいっせいに飛び退いた。敵は結衣より早くアサルトライフルで銃撃してきた。やはり素早さでは敵が勝っている。それでも狙いは外れた。敵の弾は結衣の頬をかすめて飛んだ。

すべて予測済みだった。オイルの目潰しを食らった以上、狙いが定まるまで一、二秒かかる。結衣はライターオイル缶を狙い澄まし、拳銃のトリガーを引いた。

オイル缶が弾《はじ》け飛んだ瞬間、火花が散った。引火し、プロテクターの下に炎が燃えひろがる。ボディアーマーは絶叫とともに暴れだした。すべての関節から真っ赤な火柱が噴出する。女子生徒たちが悲鳴をあげ、男子生徒らはどよめきながら、いずれも逃げ惑った。

誰かに抱きつかれては迷惑だった。結衣は駆け寄ると軽く跳躍し、後ろ回し蹴《げ》りをボディアーマーに食らわせた。ボディアーマーは屋上から外に飛びだした。一階の路地に落下し、地面に叩きつけられるや、爆発とともにばらばらになった。焼けただれた中身の肉体が大の字に横たわる。

結衣は屋上の縁に立ち、死体を見下ろした。視線を辺りに向ける。銃声も悲鳴も広範囲にきかれただろう。すぐに新たな敵勢が駆けつける。

屋上は喧噪《けんそう》に包まれた。桐宇が上ってきたからだった。女子生徒らが泣きじゃくり桐宇にすがりつく。結衣にも男女半々に生徒たちが群がってきた。誰もが必死に助けを求めてくる。手がつけられないほどのパニック状態になった。

混乱のなか、ひとりの女子生徒が伸びあがり、こちらに手を振った。岡崎寧々が声を張りあげた。「優莉さん！」

結衣は人混みを掻《か》き分け、寧々に近づいた。「岡崎さん。怪我はない？」

寧々が大粒の涙を滴らせながら、結衣に抱きついてきた。「よかった。優莉さん。あのね、あの……。あなたのお兄さんが……」

「もうきいた。とにかく落ち着いて」

「助けて！　ここから連れだして。家に帰りたい！　日本に」

ほかの生徒たちも同じことを叫びだした。みな興奮状態で結衣に押し寄せてくる。強く圧迫され、ひどく息苦しくなった。身じろぎひとつできない。

「静かに！」結衣は怒鳴った。「みんな、とにかく冷静になって」

生徒たちがびくっとし、わずかに後ずさった。

桐宇も呼びかけた。「落ち着いて。騒がしくしてると、敵の接近がわからない」

なんとか沈黙が訪れた。結衣はセーラー服の下から、モスキート音発振機をとりだした。スイッチをいれる。18から38キロヘルツのあいだに設定を切り替えた。耳障りな高音が鳴り響く。周りの生徒らが顔をしかめた。

結衣はいった。「この音、きいたことがあるでしょ。ゴミが散乱しがちな公園に、若者のたむろを禁止するため、自治体が設置してる」

寧々が戸惑い顔で見つめてきた。「優莉さん……。練馬区に住んでるわたしは知ってるけど、みんなは……」

ああ。名門私立の高校生か。なら説明を変える必要がある。結衣は声を張った。

「この周波数は十代にしかきこえない。次にこれを耳にしたら、わたしが近くにいると思って。絶対に顔いろを変えたり、キョロキョロしないで。やがて連続して五回、音がでたり消えたりする」

結衣はボリュームを調整し、音量を五回上下させた。「五回目の音をきいた瞬間、その場に伏せて。先生が一緒にいたら、無理にでも押し倒して」

「まって」寧々が狼狽《ろうばい》をしめした。「次ってなに？　ここから連れだしてくれるんじゃないの？」

「それは無理」結衣はいった。「間もなく敵が来て、あなたたちを別の場所に移動させる。たぶんほかの生徒たちと合流することになる。だから隙を見て教えてあげて。みんなが情報を共有するの。この音がきこえたら準備。五回目で伏せる」

ほかの女子生徒が泣き叫んだ。「そんなぁ！　もう捕まるのなんて嫌だ。解放してよ。お願いだから一緒に連れてって」

生徒たちがまた騒ぎだした。かえって混乱に拍車がかかったようだ。結衣は当惑せざるをえなかった。とても鎮められそうにない。

桐宇が大声で呼びかけた。「取り乱すな！　慧修学院の生徒だろ！」

屋上はにわかに静まりかえった。恐れおののくまなざしが、いっせいに桐宇をとらえる。

反応に困惑したらしい。桐宇は気まずそうにささやいた。「そのう。怒鳴ってすまない。だけどいまは優莉さんのいうとおりにしよう。一帯は占領されてる。どこにも逃げられない」

女子生徒のひとりが泣き崩れた。あちこちで嗚咽《おえつ》が漏れた。男子生徒らも声を押し殺し、ひたすら涙にくれる。

寧々の目も赤く染まっていた。隣りの女子生徒を抱き締め、震える声で結衣に告げてきた。「優莉さん。信じてる。きっとなんとかしてくれるって」

結衣は静かにいった。「襲撃が何者の仕業かきかれたら、どこかの軍人だったって答えて。この音のことは、あいつらには秘密」

伝えるのはそれだけだった。結衣はモスキート音発振機をセーラー服の下に戻した。

桐宇をうながし、ただちに階段を駆け下りる。女子生徒たちは桐宇を引き留めようとしたが、桐宇はその手を振り払い、結衣の後につづいた。

やむをえないことだった。桐宇がここに留《とど》まるのは不自然だ。あくまで敵兵が倒れただけ、そんな状況を作らねばならない。

死体がふたつ転がる一階を抜け、雨の降りしきる路地を横断した。結衣は桐宇とともに、向かいの建物の戸口に飛びこんだ。やはり無人だった。窓辺に身を潜める。

桐宇がささやいた。「逆上した奴らが、みんなを撃ったりしないか」

「人工衛星からは雲のせいで見えないとしても、高高度カメラが捉《とら》えた可能性はある。屋上の人質が目に見えて減っていけば、米軍が突入に踏みきる」

「そういう前例があったのか」

「中東でね。集団人質事件では、人命を優先する行動にもかぎりがあるとするのが、アメリカの方針。ゼッディウムもそれを恐れ、当面は大量殺戮《さつりく》を控える」

「ひとりかふたりが殺されるぐらいならありうるってことだな」

そうならないことを祈るだけだった。これが敵にとって予測不能な事態であれば、兵力削減のため拠点を数か所に絞りこむだろう。広範囲に人質を散らしたことの弊害に気づき、逆にそれぞれの拠点の距離を狭めだす。アードラースヘルム戦術に基づき、きっとそんな対処がなされる。

クルマの音がきこえた。結衣は窓からわずかに顔をのぞかせ、外のようすをうかがった。

トラックが二台連なり、路地に滑りこんできた。降車したボディアーマーとゲリラ兵たちが、建物のなかに入っていく。女子生徒らの悲鳴があがった。ほどなく屋上にいた生徒たちが、ぞろぞろと一階の戸口からでてきた。ゲリラ兵が銃で脅しながら、トラックの荷台に乗るよう指示する。寧々の姿が目にとまった。ひどく怯《おび》えている。全員が憔悴《しょうすい》しきったようすで、二台のトラックに分乗する。人質を収容し終えると、トラックは発進した。

結衣は建物から駆けだした。二台のトラックは行く手で左右に分かれた。それぞれ別の拠点にいる人質と合流させる気だろう。ここの見張りが死んだ以上、新たな監視要員を置くより、人質を割り振るほうが合理的にちがいない。

桐宇が併走しながらきいた。「どっちを追う？」

「どっちでもいい」結衣は全力で走りつづけた。「敵の拠点が減っていけば、人質はいずれまとまる」

25

磨嶋は首にかけたストラップにアサルトライフルを吊《つ》るし、身体の前に水平に保った。銃を下ろしたのには理由がある。瓦礫《がれき》だらけの廃墟《はいきょ》の一角、小ぶりな教会の前を通りかかったからだ。ゼッディウムも信仰心は厚い。ここだけは残したのだろうか。

雨はやんでいた。壊れたドアの奥に祭壇が見える。磨嶋は右手で十字を切りだした。

予想どおり不穏な気配を察する。磨嶋は左手に握った拳銃《けんじゅう》を、瞬時に八時の方向に突きだし、トリガーを引き絞った。銃声が轟《とどろ》き、薬莢《やっきょう》が宙に舞った。そのころにはもう、磨嶋は新たに三時の方向を狙っていた。ふたたび銃撃する。二か所の呻《うめ》き声は、ほぼ同時にきこえた。瓦礫からのぞくゲリラ兵の頭を、ふたつとも撃ち抜いた。いずれも静かに倒れた。吹きすさぶ風の音だけが耳に届いた。

磨嶋は拳銃をホルスターにおさめた。聖堂の内部が見える位置だ、待ち伏せがないほうがおかしい。立ちどまってアサルトライフルを下ろせば、十字を切るタイミングを見計らい、敵が狙撃《そげき》してくる。セオリーどおりだった。カトリックが多いゼッディウムのボディアーマーでなく、地元のゲリラ兵だと思っていたが、そこも当たっていた。

あらためて十字を切ったのち、磨嶋は歩きだした。自然に歩が速まり、小走りに転ずる。銃声は遠くまで響いた。じきに敵勢も駆けつける。

いまなにを祈ったのだろう。恋人の杏里沙《ありさ》はとっくに死んだ。田代ファミリーに殺された。まだ幼かった息子の遥翔《はると》も。杏里沙は教会での挙式を夢見ていた。磨嶋はたぶん無理だといった。神に愛されているはずがない。皮肉な話だった。勘はいつも的中する。

未舗装の路面は泥濘《ぬかるみ》と化していた。いたるところに水たまりがある。なるべく踏まずにおく。水の音を立てないためだけではない。防水地雷が仕込んである可能性が高いからだ。

行く手の建物はほとんど崩壊し、しかも黒く焦げていた。ナパームが投下されたエリアの端に達した。ベアトリス・スクールが近い。

結衣は無事だろうか。戦場で別れておきながら、いまさら身を案ずるとは愚の骨頂かもしれない。だが結衣もわかっているだろう。戦力を分散させなければ、敵を攪乱《かくらん》できない。ひとかたまりになっていたら、ロケット砲を撃ちこまれるだけで一巻の終わりだ。わずかふたりか三人しかいない軍隊でも、戦術の基本は外せない。

詭弁《きべん》を自覚する。しょせん薄汚い傭兵《ようへい》だった。どうあっても結衣の命を守ろうとまでは考えない。保身が第一、そうでなければ生き延びられない。

　そもそも田代槇人をなぜ自分の手で殺《や》らなかったか。裏社会にも一定のモラルがある。雇い主の殺害はタブーだ。そんな噂が広まれば、新たな雇用のクチがなくなる。だから結衣を徹底的に支援し、結衣に田代一家を殺させた。弥藤も同じ考えだった。

　戦場にセーラー服でさまよいこむ、まだ十八歳の世間知らず。そんな結衣に殺戮を代行させる。最低の大人だ。教会の前で十字を切る資格すら疑わしい。

　半壊状態の平屋のわきに鉄条網ができていた。まだ新しかった。ナパームの投下以降に設けられたのはあきらかだ。

　きな臭い。周囲は瓦礫の山ばかりのため、鉄条網を切断し突破するのが近道に思える。しかし柵型《さくがた》鉄条網の足もと、地面すれすれに這《は》わせた低鉄条網が見てとれる。靴がひっかかって立ち往生したところを狙撃する気だ。狙撃手の位置は……。

　磨嶋は鉄条網に駆け寄り、横っ飛びに転がった。崩れかかった平屋の窓から、ゲリラ兵の顔がのぞいた。磨嶋は身体を起こすやアサルトライフルで先制攻撃した。すばやくセミオートで狙い撃つ。ターバンから赤いものが弾《はじ》け飛んだ。敵兵を仕留めた。

　いきなり至近の盛り土が噴きあがった。なかからゲリラ兵が飛びだした。泥のなかに潜んでいた。ナイフを振りかざし磨嶋に襲いかかる。だが磨嶋はそちらに顔を向けず、アサルトライフルの弾倉を交換していた。始末は相棒にまかせた。

スナイパーライフルの銃声がこだました。泥だらけのゲリラ兵は、磨嶋のすぐわきでのけぞり、横倒しに泥濘に埋もれた。

ほどなく足音が近づいてきた。弥藤がぼやき声を響かせた。「なんでも俺に頼ろうとするな」

「悪い」磨嶋は歩きだした。「おまえが盛り土に狙いをつけてるのは知ってた」

弥藤は浮かない顔できいた。「結衣をほっといていいのか」

「ピアニストの彼氏を連れてちゃ、そう動きまわれない。せいぜい後方攪乱に徹してくれればいい」磨嶋はコッキングレバーを引いた。内部に詰まりがちな泥を、弾とともに排出させた。「俺たちは架禱斗を捜しだして殺す」

26

結衣は空を仰いだ。雲の切れ間から陽光が射す。人工衛星がどれだけ地上を観察できるかわからないが、高高度飛行のＵＡＶが撮影することもありうる。人質の集合箇所が減少していく過程が、きっと誰かの目にとまる。

雨あがりだった。未舗装の地面はぬかるんでいて、トラックのタイヤ痕《こん》をたどるのに支障はない。路地の行く手にトラックが駐車している。

細い脇道の奥に、桐宇が隠れている。結衣はぎりぎり届く声できいた。「そっちはどう？」

桐宇が一本入った路地をのぞいた。「誰もいない」

結衣は身を翻し、脇道に飛びこんだ。グレネードランチャーが装着されたM16アサルトライフルを携えている。最新の戦利品だったが、重いせいで運搬に難儀する。桐宇とともに裏路地に飛びだした。敵の拠点との距離を詰めるべく全力疾走する。

すでに拠点をふたつ潰《つぶ》した。敵勢はその都度トラック数台をまわし、収容した人質を分乗させ、既存の拠点へと運んだ。結衣と桐宇は、うち一台を追っていき、行く手の拠点を次の標的にした。

敵側の浮き足だった態度から察するに、この奇襲は予想していなかったらしい。アードラースヘルム戦術に従い、兵の犠牲を補うため、複数あった拠点をベアトリス・スクール付近に集約させていく。一か所が抱える人質の数はかなり増えたにちがいない。

例によってドアのない戸口から、家のなかに踏みこむ。窓の向かいにはトラックが見えている。結衣は階段を上った。

平屋の屋上に、わずかに顔をのぞかせた。誰もいない。だが道を挟んだ向かいの建物、屋上には大勢の生徒たちがいた。みな身を寄せ合っている。密集した状態だった。規模は当初の三倍、百人近くはいるだろうか。

桐宇が階段を上ってきた。結衣は桐宇にささやいた。「慧修学院三年って、全員で何人？」

「二百一人」

犠牲者がどれだけでたかは不明だが、学年のほぼ半分がここにいるようだ。すると拠点は、ぜんぶで二、三か所に減少したかもしれない。いまのところ奇襲は効果をあげている、そう考えて支障はないだろう。架禱斗が本気で状況を分析し始める前に、拠点をひとつでも多く潰さねばならない。

モスキート音発振機は、桐宇が手にしていた。「スイッチをいれるか」

「ええ」結衣は重く大きな銃を屋上に持ちあげた。「音量を最大にして、一緒についてきて」

結衣は屋上に這いだした。姿勢を低くし、銃を手に駆けだす。屋上の縁《へり》に近づき、手前で伏せた。銃のスコープを向かいの屋上に合わせる。

怯《おび》えきったようすの生徒たちに、教師が数人交ざっている。ほかに迷彩服が垣間《かいま》見えた。ボディアーマーも一体。それ以外はわからない。

ゼッディウムは支配地域内の索敵に力をいれている。結衣は人質の監視要員を次々殺したが、敵勢はそこに補充をまわせない。いまも屋上に、さほど多くの兵を配置しているとは思えない。

耳障りなモスキート音とともに、桐宇が駆け寄ってきた。結衣の隣りで腹這《はらば》いになる。神経を逆撫《さかな》でするほどの大音量だった。

屋上の生徒たちが、びくっと反応したのがわかる。ターバンで顔を覆った迷彩服が、なにごとかと一同を見まわす。誰もが目を泳がせながら、なんとか素知らぬ顔に努めていた。

これだけ盛大なノイズが、大人の耳には届かない。ふしぎな現象に思える。しかし現に迷彩服は、もう疑心に駆られてはいないらしい。ふたたび屋上をうろつきだした。十代にだけ可聴となる音。きこえたらどうするか、情報が生徒たち全員に伝わっていると信じたい。

スコープの照準を迷彩服のひとりに合わせる。結衣は小声でいった。「秒読みして」

「わかった」桐宇が音量のつまみに手を伸ばした。

ずっと一定の音量を保っていたモスキート音が、ふいに消え、また鳴りだす。さらに消えては鳴る。二回、三回、四回……。五回。屋上の生徒たちがいっせいに伏せた。ほとんど折り重なるように倒れた。教師も力ずくで押し倒された。敵兵がぎょっとして立ちすくむ。迷彩服が三人、ボディアーマーが一体。

結衣はセミオートにしたアサルトライフルで、三人の迷彩服を次々に狙撃《そげき》した。いずれも防弾ベストを避け、頭部を確実に撃ち抜いた。ボディアーマーは勘が鋭い。早くもこちらの位置に気づいたようだ。アサルトライフルの銃口が結衣に向けられる。

だが結衣はその動きを読んでいた。すでにボディアーマーに照準を定めてある。ただちにグレネードランチャーを発射した。

強烈な反動とともに榴弾《りゅうだん》が撃ちだされる。ボディアーマーの胸部に命中した。頑丈なプロテクターも、さすがに大きく凹《へこ》んだのがわかる。ずんぐりした身体が宙に浮き、屋上から向こう側へと落下していく。平屋の高さだ、転落死はしない。屈強な兵士なら、また起きあがる可能性もある。

しかし発射したのは粘着榴弾だった。命中するや潰れ、信管と炸薬《さくやく》により起爆する。ボディアーマーは地上に叩《たた》きつけられるのをまたず、閃光《せんこう》とともに空中爆発を起こし、火球を膨張させながら四散した。地鳴りとともに建物が揺さぶられる。女子生徒らの悲鳴が響き渡った。

火薬のにおいが鼻をつく。結衣は桐宇に目を向けた。桐宇の煤《すす》に汚れた真っ黒な顔が、やはり結衣を見かえした。

ふたりは同時に立ちあがった。階段を駆け下り、ただちに撤収する。ここの拠点も潰した。数分のうちに敵の増援が駆けつけ、人質を別の拠点に合流させるだろう。トラックのタイヤ痕を追えば、その新たな合併拠点も判明する。

奇襲が確実に成功しつづける。その謎にゼッディウムが翻弄《ほんろう》されるなら勝機はある。問題は架禱斗だった。モスキート音のトリックに気づくだろうか。父親譲りの誇大妄想に注意を奪われ、細部に目が届かない、そんな状況であってほしい。いまはそう祈るしかない。

27

岡崎寧々は大勢の生徒たちとトラックの荷台に揺られていた。もう何度か場所を移動させられている。降車し平屋の屋上に集められ、モスキート音に身をかがめ、見張りの兵の死体をまのあたりにする。悲鳴をあげすぎて声も嗄《か》れてきた。めまいと嘔吐《おうと》感は絶え間なく襲う。また新たな見張り兵がやってきて、全員を屋上から下ろし、トラックに詰んで移動する。その繰りかえしだった。

だんだん生徒たちが数を増やしている。あちこちに分散させられていたが、徐々にまとめられつつあるようだ。この荷台にひしめきあう女子生徒のなかにも、さっきまで見かけなかった鴨川怜香がいる。

これが結衣の狙いなのだろうか。敵は見えない襲撃者を恐れ、撤退をつづけているように見える。人質はどんどん集められていく。しかしその先にはなにがまっているのだろう。

なんにせよ周りの生徒たちは、ひどく怯えていながらも、結衣にいわれたことを着実に実行している。新たにほかの生徒らと合流するたび、小声でモスキート音に関する情報を伝達する。人質の群れがふたつに分けられ、それぞれ別の場所に合流させられたりするが、そこでも確実に情報が伝わる。生徒の意識の高さは偏差値に比例するのかもしれない。寧々ひとりだけだったら、見張り兵の目を恐れ、出会った生徒に耳打ちできずにいただろう。いまは周りに感化され、場所を移すたび率先して情報を伝えにかかる。

トラックが停車した。スペイン語で怒鳴る声がする。生徒たちが降車させられた。銃で脅されながら、路地から建物のなかへと誘導を受ける。みな大きく開いた門口に駆けこんでいく。寧々もそのなかのひとりだった。

今度の平屋建ては大きく、室内もやけに広かった。壁の飾り付けからするとレストランだったのだろう。テーブルや椅子は除去され、生徒たちがすし詰めになっている。やはり照明はなく薄暗い。あちこちで再会に安堵《あんど》する声があがる。これも場所を移すたび、すっかりお馴《なじ》染みになった状況といえる。特に今回は規模が大きい。学年全員の四分の三はいるのではないか。

男子生徒の声が呼びかけた。「岡崎さん」

はっとして振りかえった。押し合いへし合いのなか、Ｃ組の野沢芳治と目が合った。思わず胸が締めつけられる。寧々は泣きながら手を握りあった。「野沢君。よかった、無事で」

「岡崎さんも」野沢も目を潤ませていたが、ふとなにかを思いついたように、声をひそめていった。「あのさ。もし蚊が飛ぶような音がきこえて、それが五回……」

「五回連続したら、ただちに伏せる」

「知ってた？」

寧々はうなずいた。涙に暮れながらも微笑してみせた。「優莉さんが来た」

「こっちにも来た。あいつらをやっつけてくれた。方々をたらいまわしにされて、気づけばここで岡崎さんと再会してた」

「残りのみんなも無事だといいね」寧々は心からいった。

今度は屋上に連行されず、みな室内に留《とど》まっている。周りを甲冑《かっちゅう》や迷彩服が固めていたが、生徒たちは日本語でひそひそと情報を伝え始めた。モスキート音のこと知ってる？　大人にはきこえない音。あれは優莉結衣さんが近くにいる合図だから……。

ふいに男子生徒の怒鳴り声が響いた。「つきあってらんねえ！」

ざわっと驚きの反応がひろがった。誰もが声のしたほうに目を向ける。

騒ぎ立てているのはＤ組の乱暴者、鶴久章輔だった。「モスキート音ってなんだよ？　そんなもんに命を預けられっかよ」

鴨川怜香が鶴久の近くにいる。なだめるようにいった。「落ち着いて。鶴久君、大きな声をださないで」

「自分がなにをいってるか、わかってんのか。優莉結衣なんか信用できっかよ。みんなどうかしてんじゃねえのか！」

たぶん鶴久は最初からこのレストランにいた人質のひとりなのだろう。結衣の襲撃を経験していないらしい。怜香から情報をきかされたものの、露骨に反発している。ターバンで顔を隠した迷彩服が、スペイン語で怒声を発した。静かにしろと警告したにちがいない。

鶴久はむっとした。それっきり口をつぐむかと思いきや、むしろ大声でまくし立てながら、人混みを掻《か》き分け、迷彩服のほうに向かいだした。「きいてくれ！　あんたたちに知らせておきたいことがある」

誰もが臆《おく》したように表情をこわばらせた。女子生徒のひとりがあわてたようすで、鶴久の行く手を遮った。「まってよ。なにを話すつもりなの？」

「うるせえ！」鶴久は女子生徒の頬を張った。

女子生徒が手で頬を押さえ、身を縮こまらせる。鶴久は女子生徒を押しのけ、さらに男子生徒らを殴りつけ、力ずくで進路を切り開いた。

野沢が寧々にささやいてきた。「まずい。秘密をばらす気だ」

寧々は固唾《かたず》を呑《の》んで見守った。どうすれば愚行をとめられるだろう。騒動が拡大すれば撃たれるかもしれない。みなそう思っているのか、手だしができずにいる。

鶴久が迷彩服の前に立った。迷彩服は鶴久の胸に銃を突きつけ、スペイン語で大声を張りあげた。鶴久は腰が引けたようすで両手をあげた。

「あ、あのさ」鶴久がうわずった声を響かせた。「日本語わかる人いない？」

カーキいろの甲冑が鶴久に近づいた。その手にはスマホがあった。硬いパーツで覆われた手の指先で、器用にスマホを操作する。

スマホは鶴久の眼前に突きだされた。誰かと通話がつながったらしい。スピーカーに切り替えられているようだ。男の声が日本語で低くたずねた。「なんだ？」

寧々は寒気をおぼえた。ベアトリス・スクールの三階で耳にした声。優莉架禱斗だった。

鶴久が緊張の面持ちで切りだした。「教えたいことがあって……。ゆ、優莉結衣が来てる。人質を集めてる場所が襲われて、見張りがどんどん死んでるんだろ？　あれ、モスキート音ってやつで、伏せるタイミングをみんなに知らせてるんだよ」

怜香が泣きながらうったえた。「鶴久君！　見損なった」

「黙ってろブス！」鶴久はクラスメイトを高飛車に怒鳴りつけながら、甲冑に向き直ると、またおどおどとする態度をしめした。「それでさ、あのう、十代にしかきこえない音だから……。五回鳴らして、五回目でみんな伏せるってよ。俺はそんな馬鹿なことに加担しねえ」

あの口の利き方で、偏差値七十二の慧修学院高校でそれなりの順位を誇っている。勉強ができるのと頭がいいのはちがう。寧々は苛立《いらだ》ちとともにそう思った。

鶴久は必死につづけた。「暴力沙汰《ざた》はご免だからさ、もう優莉結衣が襲ってくるような場所に、俺たちを連行しないでくれよ。人質としておとなしくすると約束する。モスキート音がきこえたら知らせてやってもいい。な、それでいいだろ」

迷彩服も甲冑も無反応だった。スマホも沈黙している。鶴久の顔は汗だくになっていた。

やがて架禱斗の声がスペイン語で、スマホ越しにぼそりと告げた。

甲冑がアサルトライフルを鶴久に向けた。鶴久は表情筋を引きつらせたものの、無理に笑顔を取り繕い、なにかを喋《しゃべ》ろうとした。

だがひとことも発することはできなかった。アサルトライフルが火を噴いた。鶴久の胸部は鮮血に染まり、ワイシャツの切れ端や皮膚片、内臓を飛び散らせた。鶴久は目を瞠《みは》ったまま、後方にばったりと倒れた。

女子生徒たちの悲鳴がけたたましく反響した。寧々もいつしか野沢と抱き合っていた。途方もない恐怖に震えざるをえない。もはやいつ撃ち殺されてもふしぎではない。

スペイン語の怒号とともに、生徒らは駆けだした。誰もが出入口に殺到する。またトラックの荷台に乗せられるらしい。

寧々は躊躇《ちゅうちょ》した。移動した先では、もうモスキート音が救いの合図にはならない。結衣が返り討ちに遭う可能性すらある。

ふいに乾いた銃撃音が鳴り響いた。暗がりに銃火の閃光《せんこう》が連続して瞬く。絶叫とともに何人かの生徒が倒れた。

思わずすくみあがった。とうとう無差別な殺戮《さつりく》が始まった。野沢が寧々の手を握り、強く引いた。寧々は野沢とともに走りだした。

希望の光が失われる。暗黒が覆っていく。この地獄に囚《とら》われたままなのか。悪夢なら覚めてほしい。それ以外にはなにも願わない。

28

結衣は辺りを警戒しつつ市街地を駆けていった。ひとつ先の角まで状況をたしかめる。敵はいない。背後を振りかえり手で合図する。物陰に身を潜めていた桐宇が走ってきて、結衣に追いついた。

グリップを握るてのひらに汗が滲《にじ》む。いま武器はサブマシンガンのウージーだった。アサルトライフルのほうが使いやすいが、M16を撃ち尽くしたのち、新たな銃を入手できなかった。ウージーの残弾もあとわずかだ。どこかで弾を補給するか、あるいは別の銃を奪わないと、命がつなげない。

前方に目を向ける。陽が傾きだしていた。いつしか午後になり、日没すら近づいている。雨がやんで久しく思えるが、まだ未舗装の路面はぬかるんでいた。タイヤ痕《こん》は市場とおぼしき開けた一帯に延びている。テントの燃えかすと、焼け焦げた販売台がいたるところに残る。周りのコンクリート造の建物も黒く染まっていた。この辺りにナパームを投下したとしか思えない。

桐宇が息を切らしながらささやいた。「トラックはあのなかか？」

市場の奥を工事現場のフェンスが覆っている。向こう側は見通せない。フェンスの一部はゲート状になっていた。いまは閉鎖状態だが、タイヤ痕はそのなかにつづいている。

桐宇がモスキート音発振機を手にした。「音をだすか？」

「まって」結衣は桐宇を制した。

ようすが変だ。あの囲いのなかには、学年全員の約二百人が優に収容できるだろう。

人質が集められた拠点を潰《つぶ》していった結果、ここに行き着いた。もう慧修学院高校三年が全員、一か所に集中していてもおかしくない。

しかしそれなら周辺の守りを固めるはずだ。守備隊らしき兵力を目にしないため、拠点はまだずっと先だと思っていた。なのにこの市場が新たな拠点だというのか。

緊張が走った。こんな状況が成り立つとしたら、可能性はひとつしかない。罠《わな》だ。

そのとき桐宇がささやいた。「金属音。あっちだ」

結衣は桐宇の見つめるほうに視線を向けた。斜め前方、平屋建ての屋上。ボディアーマーが姿勢を低くしている。肩に円筒形の物体を掲げ、先端をこちらに向けていた。ＳＮＡＷロケットランチャー。結衣はあわてて桐宇を突き飛ばした。「物陰に隠れて！」

みずからも逆方向に跳躍した。狙われている地点から急ぎ遠ざかる。だが充分ではなかった。発射されたロケット砲が一直線に飛来し、地面に炸裂《さくれつ》した。とたんに灼熱《しゃくねつ》の爆風が吹き荒れた。結衣は上昇気流に運ばれ、高く舞いあがった。轟音《ごうおん》に頭を殴られ、甲高い耳鳴りが響く。落下の途中でコンクリート壁に身体を打ちつけ、反動で地面に転がった。

視界は砂埃《すなぼこり》と黒煙に覆われていた。なにも見えない。息もできなかった。時間が停滞したように感じられる。音がきこえないせいかもしれない。結衣は横たわり、うずくまったまま動けなかった。身体にまるで力が入らない。糸の切れた操り人形のようだ。

　ボディアーマーが続々と繰りだしてきて、結衣を包囲にかかる。どこから現れたのか見当もつかない。統率された作戦行動だった。二体が粗大ゴミでも拾うかのように、結衣のセーラー服をつかみ引っぱりあげる。上半身だけが地面から浮いた。そのままどこかに引きずっていく。路面にこすれる素足が激しい痛みを放つ。なおも身じろぎひとつできない。しだいに意識が遠のきだしている。

　行く手に工事現場のフェンスがある。ゲートが開いた。結衣はその向こうへと引きずられていった。

　何度か気を失いかけた。その都度、苦痛が我にかえらせる。沼地も同然の泥の上を長いこと運ばれた。やがてボディアーマーが手を放した。結衣はその場に突っ伏した。

　静寂のなか、女子生徒らの嗚咽《おえつ》を耳にする。やっと聴覚が戻った。結衣はかろうじて視線をあげた。

　ナパームに焼き尽くされ、焦土と化したのか、なにもない広場だとわかる。そう遠くない場所に校舎が見えていた。結衣のすぐ近くに、桐宇が泥まみれになり横たわっている。力尽きてぐったりとしていた。ふたりとも同じありさまだった。

モスキート音発振機が地面に叩《たた》きつけられた。ボディアーマーの足が踏みにじる。基板は粉々になった。すでにトリックはばれている、そうアピールしたいらしい。

遠巻きに眺めるのは男女の生徒たちだった。ぐるりと周りを囲んで立ち尽くす。やけに人数が多い。やはり学年全員がここに集められたのだろう。みな一様に絶望のいろを浮かべる。教師らの顔も見えた。服装を目にしなければ、誰が大人か区別できないぐらい、頼りなげな面持ちで身を小さくする。

ボディアーマーはいたるところに立っていた。これまで急襲した拠点の監視要員は、ターバンで顔を隠した迷彩服が中心だったが、ここにいるのはボディアーマーばかりだ。

いや。一部に例外がいた。ただしそれら迷彩服は、一般市民出身のゲリラ兵ではなかった。

背の高い痩《や》せた男は、防弾ベストを身につけていない。金髪に真っ白な細面、ヴコール・ミシチェンコフが無表情にたたずみ、結衣を眺めている。

隣りの巨漢も迷彩服だが、こちらは肌が浅黒く、全身が毛深かった。発達した下顎《したあご》のせいで顔が四角く見える。髭面《ひげづら》に黄いろい歯がのぞいていた。目鼻立ちはあきらかにロシア系でなく、中米の出身に思える。

女子生徒の声が呼びかけた。「優莉さん」

生徒たちの群れのなかに寧々がいた。悲痛な表情で見つめてくる。近くのボディアーマーが寧々に銃を向け、喋《しゃべ》るなと脅す。寧々は口をつぐんだものの、頬に大粒の涙を滴らせた。

ヴコールの冷やかな緑いろの目が、まっすぐに結衣をとらえる。結衣は臆《おく》せず睨《にら》みかえした。泥ばかりの広場で、慧修学院の生徒と教師らが見守るなか、結衣と桐宇は無防備に横たわっていた。

しばし沈黙があった。ヴコールがつぶやくようにいった。「ガビノ。遊んでやれ《アスロ》」

毛深い巨漢がゆっくりと歩み寄ってくる。太い脚で一歩ずつ進んでくるさまは、まるで象か巨熊《おおくま》のようだ。絶えず黄いろい歯がのぞく。ずっとにやにやしているせいだった。

ガビノと呼ばれた男が迫り来る。結衣は上半身を起こそうとしたが、背に激痛が走り、それ以上動けなかった。

近くに立ったガビノが見下ろしてくる。グローブのごとく分厚い両手が、結衣の身体をつかみ、軽々と持ちあげる。四肢が引き裂かれるような痛みに襲われた。結衣はのけぞった姿勢のまま意識を失いかけた。

　ふいに風圧を感じた。ガビノが結衣を地面に投げつけた。結衣は泥濘に全身を叩きつけ、跳ねあがったうえ、脱力して転がった。

　桐宇が怒鳴った。「やめろ！　酷《ひど》い真似をするな」

　ボディアーマーが数体駆け寄ってきた。地面に横たわる桐宇を蹴《け》りこんだ。まるでサッカーのように、よってたかって容赦のない蹴りを浴びせる。桐宇は苦痛に耐えるようにうずくまった。見守る生徒たちが悲嘆を漏らした。

　結衣にはなにもできなかった。ガビノが結衣の胸倉をつかみ、力ずくで引き立てる。殴ってみろといわんばかりに、ガビノは醜悪な髭面を結衣の前に突きだしてきた。

　ほとんど反射的に腕が動く。力をふりしぼり、結衣はガビノの頬に手刀を浴びせた。同時に膝《ひざ》蹴りを横っ腹に見舞う。

　痺《しび》れるような痛みが手の甲と膝にひろがった。ガビノの肉体はまるで鉄のようだった。黄いろい歯をのぞかせ、ガビノが反撃に転じた。固めた拳《こぶし》が勢いよく結衣の腹を抉《えぐ》った。結衣の両足は地面から浮きあがった。ガビノは巨漢に似合わぬ敏捷《びんしょう》な動作で、太い脚を高々と振りあげ、テコンドーの踵落《ネリチャギ》としを浴びせてきた。結衣はまたしても泥のなかに叩き伏せられた。

結衣はなんとか上半身のみ起きあがった。ガビノが調子に乗るようなステップを踏む。勢いをつけ突進してくると、後ろ回し蹴《ティチャギ》りを食らわせてきた。結衣の身体は宙に浮き、空中で後方に回転し、頭から地面に落下した。

かろうじて瞬時に柔道の受け身の姿勢をとり、首の骨を折るのをまぬがれた。さっきの腹への殴打も、わずかに腰を引き、衝撃を和らげた。ぎりぎり内臓破裂を防ぎえた。できたのはそれぐらいだった。致命傷のみ回避したにすぎない。

ガビノがまた歩み寄ってきた。結衣を見下ろし、今度は低い蹴りを見舞った。一瞬息がとまる。結衣は仰向けに転がった。結衣が咳《せ》きこんでいるうちに、ガビノは身をかがめた。頰を右に左にと殴りつける。途方もない威力だったが、それでもガビノが手加減しているのはあきらかだ。ただちに命を奪おうとはしていない。なぶり殺しにする気か、あるいはほかに目的があるのか。

答えはすぐにあきらかになった。髭面の黄いろい歯が近づいてきて、ぬるい吐息が顔に吹きかかった。ガビノの両手がセーラー服の裾《すそ》をつかみ、ほとんど破るも同然に、結衣の喉《のど》もとまで引き上げた。

桐宇が憤怒《ふんぬ》に満ちた声を響かせた。「やめろ！　ふざけんなゴミ！」

ボディアーマーが桐宇の襟首をつかみあげる。容赦なく腹を殴打した。桐宇はむせながらうずくまった。それでも顔をあげ、必死に制止をうったえた。「よせ！　やめろっていってるだろ。彼女に手をだすな！」

結衣はガビノに抵抗すべくつかみかかった。だが馬乗りになったガビノは結衣の手を払いのけ、左右の頬を連続して張った。痺れる痛みに結衣が動けなくなると、ガビノはスカートの裾をつかみ、腰の高さまで引き裂いた。

見守る女子生徒らが泣き叫びながら、やめてと懇願している。ヴコールが平然と眺める姿が、結衣の視界の端に映っていた。

ガビノが結衣の上にのしかかる。どちらを先に露出させるか迷ったようだが、ガビノは自分のベルトを緩めだした。ズボンを下ろそうとしている。結衣は涙が滲《にじ》むのを自覚したものの、けっして敗北を受けいれてはいなかった。身体をねじり全力で抗《あらが》った。それでもなおガビノの下から脱せない。

黄いろい歯ののぞく口もとが、だらしなく唾液《だえき》を滴らせる。血走った目が見下ろした。結衣の背を悪寒が駆け抜けた。

ところが唐突に銃声が轟《とどろ》いた。結衣ははっとした。ガビノの頭部が砕け、眼球が飛びだした。脳髄が血液とともに飛散する。巨漢が一気に脱力し、結衣の上に覆い被《かぶ》さった。寸前に顔をそむけ、破裂した頭部との激突を回避した。

ヴコールが表情を硬くしている。だが怯《おび》えた態度はしめさない。代わりにボディアーマーらがヴコールの前にでて、防御の体勢をとった。襲撃者がいるとおぼしき方向に、いっせいにアサルトライフルを掃射する。生徒たちが悲鳴や絶叫とともに逃げ惑う。辺り一帯は大混乱となった。

磨嶋の怒鳴り声が耳に届いた。「結衣！」

人影が駆け寄ってくる。結衣の襟首を左手でつかみ、右手でアサルトライフルを撃ちまくる。結衣は磨嶋の手で後方に引きずられていった。視野のなかにボディアーマーが二体飛びこんできた。だが頭部と胸部に被弾し、それぞれ仰向《あおむ》けに倒れた。磨嶋の撃った弾ではない。少し離れた場所からの狙撃《そげき》だとわかる。弥藤のスナイパーライフルだろう。ボディアーマーらは死んではいないが、起きあがるのに時間を要している。

桐宇が突っ伏す場所に差しかかった。磨嶋がアサルトライフルを結衣の膝の上に投げ落とした。「撃て！」

磨嶋の右手が桐宇の襟首をつかんだ。両手でふたりを引きずるため、磨嶋は武器が持てずにいる。それゆえ結衣にアサルトライフルを預けたのだろう。泥濘を後方に引きずられながら、結衣はアサルトライフルのトリガーを引き、闇雲に発砲した。かろうじて動くのは指だけだった。腕に力が入らない。銃を持ちあげることさえかなわない。

フェンスの近くまできた。生徒たちが左右に逃げていく。地面の窪《くぼ》みのなかに結衣と桐宇は転がった。磨嶋が腹這《はらば》いの姿勢をとり、敵勢の突撃に応戦する。

銃声がひっきりなしにこだました。結衣は桐宇に目を向けた。桐宇の姿はもはや泥人形のようだった。お互い様だろうと結衣は思った。

磨嶋が右手のみでアサルトライフルを撃ち、左手はポケットをまさぐった。細い注射器を放りだす。ふたたび両手撃ちに戻った磨嶋が、結衣に怒鳴った。「最後の手段、アドレナリンだ。打て」

結衣は震える手で注射器を拾った。手袋を嵌《は》めているかのように、指先に触覚を感じない。注射針のカバーを外した。自分の身体に目を落とす。セーラー服の裾は胸までまくれあがっていた。ちょうどいい。結衣は腹をつまみ、注射針を斜めの角度から突き刺した。プランジャを押しこみ、アドレナリンを体内に注入する。セーラー服の裾を引き下ろし、上から押さえることで、絆創膏《ばんそうこう》がわりに止血した。

瞬時に脳が覚醒《かくせい》する。靄《もや》に包まれていたような知覚のすべてが、一気に研ぎ澄まされる。目に映るものがはっきりし、銃声がやたら騒々しく耳に届く。脈拍が激しく波打った。

興奮状態が神経を呼び覚まし、筋肉が反応するようになった。もっとも健全な回復とは異なる。いわば体力の緊急出動だ、長くは持たない。次に消耗を感じたら、もう身体機能の維持すら困難だろう。

時間は無駄にできなかった。結衣は磨嶋の腰のホルスターから拳銃《けんじゅう》を引き抜いた。ベレッタ92だったが、もう苦手意識にとらわれてはいられない。

結衣は窪みから飛びだし、間近に迫ったボディアーマーの懐に潜りこんだ。ボディアーマーの弱点は視野の狭さだ。特にアサルトライフルを両手に携えている場合、間合いに入った敵に対し、銃尻《じゅうじり》を振り下ろす以外に対処法がない。胸部のプロテクターの継ぎ目に、結衣は拳銃の銃口を斜めに押しつけ、トリガーを引き絞った。跳弾とともにロックが外れ、プロテクターが浮きあがった。その下に銃身をねじこむ。アサルトライフルの銃尻が振り下ろされるより早く、結衣は敵の心臓を撃ち抜いた。のけぞったボディアーマーが、血を噴水のように噴きあげ、勢いよく仰向けに倒れた。

磨嶋が窪みから躍りでた。アサルトライフルを掃射しながら走った。「とまるな。進め！」

桐宇の横たわる窪みに敵を近づけまいとしている。結衣も倒したボディアーマーからアサルトライフルをもぎとり、磨嶋に併走した。互いの攻撃範囲を補いながら、敵陣に突入する。弥藤の援護射撃が効果的にボディアーマーらを翻弄《ほんろう》する。磨嶋はヴコールを倒そうとしている。ゼッディウムのリーダーを仕留めれば、敵勢は多少なりとも統率力を失う。最低限その条件を得られなければ、生徒たちを逃がすこともかなわない。

結衣は猛然と走った。スカートが泥を含んでからは、やたら重くなり脚にまとわりついたが、縦に裂かれたせいで膝《ひざ》があがるようになった。おかげで速度が増した。弥藤のスナイパーライフルがボディアーマーを倒していく。それだけでは致命傷を与えていないが、結衣はすかさず飛びかかり、強引にプロテクターを外すや銃弾を見舞った。

悲鳴がきこえた。女子生徒数人と教師ふたりが、ボディアーマー四体に包囲された。結衣と磨嶋が近くにいるにもかかわらず、どのボディアーマーも人質に銃口を向けていた。

敵の注意をこちらに引きつける、その策は功を奏していたはずだ。だがなぜか四体だけは結衣たちに見向きもしない。磨嶋が業を煮やしたように突進した。四体のボディアーマーを撃ち、人質を救出にかかる。結衣も同調した。磨嶋の銃撃で体勢を崩したボディアーマーに飛びかかり、ネックプロテクターをこじ開け、銃弾を浴びせた。

ところが最後のボディアーマーの陰に、痩身《そうしん》の迷彩服が潜んでいた。ヴコールの右手が、銃身の長いコルトガバメント45を水平に構える。結衣はとっさに叫んだ。「危ない！」

磨嶋が向き直るより早く、ヴコールの拳銃が火を噴いた。驚異的な早撃ち、それも一瞬にして数発を連射した。磨嶋が呻《うめ》き、前のめりに膝をついた。

結衣は怒りとともにヴコールを狙い、アサルトライフルのトリガーを引こうとした。だがヴコールは迅速に身体を横回転させ、女性教師を無理やり引き立てると、その陰に隠れた。泣きじゃくる女性教師を盾にすること一秒、直後には逃げ惑う生徒たちに紛れる。結衣は撃てずにいた。ヴコールは澄まし顔を結衣に向けたまま、ステップを左右に踏み、後ろ向きに遠ざかる。巧みな身のこなしが弾除《たまよ》けと撤収を同時に可能にする。ここまで計算し尽くされた動作は見たことがない。結衣は銃身でヴコールを追いながら、いっこうに撃てなかった。じれったさに唇を噛《か》んだ。

なぜかボディアーマーらも広場から脱出していく。訝《いぶか》しく思ったとき、爆音を頭上にきいた。嵐のような突風が吹き荒れる。結衣は空を仰いだ。

ずんぐりとした機体が低空を接近してくる。大型輸送ヘリが飛来していた。米軍の

CH53シースタリオンだった。四十人は収容できるはずだ。さらに攻撃ヘリのAH64アパッチがつづく。遠方にはさらに数機のヘリが見える。こちらに向かっているようだ。

やはり米軍は状況を監視していたのだろう。ゼッディウムは空爆防止のため人質を分散させていたが、そこに変化が生じたいま、攻撃の好機と見なして当然だった。ボディアーマーらがゲートから外に撤退していく。だがアパッチは機首を俯角《ふかく》に傾けた。フェンスの外にチェーンガンを掃射する。さらに対戦車ミサイルを発射した。すさまじい爆発の火柱が噴きあがる。熱風はフェンス越しに、広場のなかまで達した。ボディアーマーもひとたまりもないとわかる。けれどもヴコールを仕留められるだろうか。ひとまず脅威は去った。泥のなかに磨嶋が横たわる。結衣は駆け寄った。ひざまずいて救命措置を試みる。

ヴコールの撃った銃弾は、防弾ベストを避け、磨嶋の肉体に命中していた。首の付け根、脇の下、腰。おびただしい出血が地面にひろがる。磨嶋の顔は蒼白《そうはく》になっていた。ぼんやりとした目が虚空を見つめる。

結衣は胸を締めつけられる思いだった。「磨嶋さん」

磨嶋がかすかに反応した。なにかを告げたがっているようだが、言葉がはっきりしない。口のなかにあふれる血を吐きだし、くぐもった声がささやいた。「チェストリグ……。カードだ」

防弾ベストの上に巻いたチェストリグ、ポケットのひとつから、白いカードの角がのぞいていた。結衣はそれを引っぱりだした。

「そこは」磨嶋が呻くようにいった。「ピックアップポイントだ。現地の仲間が待機してる……」

この付近の地図が書いてある。ベアトリス・スクールの南西二百メートル、赤い点がピックアップポイントだろう。磨嶋は逃亡の手段を用意していた。

結衣は切実に語りかけた。「もう必要ない。米軍が救助に来た」

「馬鹿いうな。おまえは牢屋《ろうや》に直行になるぞ」

思わず言葉を失った。恩赦の約束は、あくまで特殊作戦群に同行する、その条件ゆえだった。非戦闘員なのに大勢を殺した。逮捕は免れない。判決は長い裁判を経たうえで下される。結果はどうあれ、もはや結衣に将来などない。

ピックアップポイントへ行き、もぐりの逃がし屋の手を借りたところで、その後どうなるかわからない。だが結衣は己れの身など案じていなかった。いまは磨嶋のことしか考えられない。視野がぼやけて波打ちだした。涙があふれ、とめどなく頬をつたう。

磨嶋が小声できいた。「なぜ泣く？」

「悲しい」結衣はつぶやきを漏らした。「まだ一緒にいたかった」

「これからは、もう助けられないな」

「あなたはわたしを生かしてくれた。わたしなんかを」

「そんなことをいうな。おまえは立派だよ。あんな父親の子なのに」磨嶋の目が少しずつ力を失っていく。ひとりごとのようなささやきがあった。「これで杏里沙と遥翔に会える」

恋人とわが子に先立たれた。再会と信じることで、死を受けいれようとしている。けれども結衣は拒絶したかった。「死なないで」

「もう寝かせろよ」磨嶋のささやきが耳に届いた。「寒いな。ここは……」

魂が消える瞬間を、いままで何度も目にしてきた。こんな感情は初めてだった。部屋から人がでていくようなもの、それが結衣の認識する死、そのはずだった。なのにいまはそう思えない。

磨嶋は眠るように瞼《まぶた》を閉じた。それっきり動かなくなった。前髪だけが微風になびいている。弛《し》緩《かん》した表情は安らかに見えた。耐えがたい苦痛とともにあったはずなのに、それをいささかも感じさせない。

弥藤の声が耳に届いた。「磨嶋！」

結衣は顔をあげた。弥藤が必死に駆け寄ってくる。スナイパーライフルを手にしていた。

憂愁にとらわれる。磨嶋はもういない。弥藤にどう伝えればいいのだろう。別離の重さを知ればこそ、なにもいえない。

目を逸《そ》らしかけたそのとき、視界がいきなり真っ赤に染まった。轟音《ごうおん》が地面を揺さぶる。頭上から熱風が押し寄せてきた。結衣は愕然《がくぜん》とし空を仰いだ。

ふたつの火球が空中で急激に膨張している。ヘリ二機がつづけざまに吹き飛んだ。メインローターだけが竹トンボのように回転しつづける。粉砕された金属片やガラス片が地上に降り注ぐ。アパッチの残骸《ざんがい》が燃えながら墜落し、フェンスの向こうで火柱を噴きあげた。生徒や教師らは広場にしゃがみ、互いに抱きあい、恐怖の叫びを発した。

Ｆ－5戦闘機が甲高い音をともない、超低空飛行で頭上をかすめ飛んだ。衝撃波が泥濘《ぬかるみ》を激しく波立たせる。結衣は風圧に耐えきれず転倒した。

弥藤も地面に伏せていたが、すぐに起きあがった。辺りを見まわし、なぜか広場の一角へと駆けだした。

飛び去ったF－5は、空の彼方《かなた》のヘリ群に向かいかけたが、ほどなく旋回し始めた。ふたたび広場上空を通過しようとしている。機首が急速に拡大していく。接近するや機体下部で砲火がせわしなく点滅する。二十ミリ機関砲の着弾が、泥の上に細い水柱の幕を張る。着弾が弥藤に追いついた。弥藤の全身から血《ち》飛沫《しぶき》が放射状にひろがった。なおも弥藤はよろよろと前進したが、やがて膝《ひざ》をつき突っ伏した。

衝撃波にともなう強風のなかを、結衣は走りだした。「弥藤さん！」

弥藤が自力で身体を仰向《あおむ》けにした。しかしぐったりしている。F－5の発射した無数の砲弾が、防弾ベストを貫通していた。苦しげに呻きながら、弥藤が全身を痙攣《けいれん》させる。

結衣が駆け寄ったとき、弥藤は頭を傾けた。ある方向を凝視する。弥藤の視線を追い、結衣は振りかえった。

ボディアーマー数体が倒れている。近くにゴルフバッグに似た形状の物体が転がっていた。

弥藤はあれを拾おうとしたのか。戦闘機もそれを察知し、わざわざ引きかえしてきた。なにか重要な意味がある。

F－5が遠くで大きく旋回した。またこちらに向かってくる。結衣はくだんのブツに走った。耳をつんざく飛行音が接近してくる。ブツはレザー製のバッグだった。結衣はバッグを拾いあげた。ずしりと重い。ほとんど引きずるようにしながら、急ぎ弥藤のもとに戻ろうとした。

そのときまた泥濘が波打った。F－5の機関砲が掃射された。結衣は横っ飛びに泥のなかに伏せた。着弾の水柱が結衣の近くをかすめていった。

立ちあがるやバッグを引きずる。結衣は弥藤に近づいた。防弾ベストの胸が上下している。まだ息がある。

結衣はひざまずき、弥藤の顔をのぞきこんだ。「バッグを持ってきた」

弥藤が目を剝《む》いた。瞳孔《どうこう》が開いているが、なにかをささやいた。結衣は耳を弥藤の口もとに近づけた。かすれた声がわずかにききとれる。「スティンガー……。組み立てろ」

遠ざかったF－5がまたも旋回し、こちらに戻ってこようとしている。結衣はバッグのジッパーを開けた。バズーカほどもある円筒のほか、てのひらサイズの円筒、直方体の箱、大小の備品。貼ってあるステッカーに注意書きがあるが、すべてアラビア語だった。一字も理解できない。

結衣は焦燥に駆られ、弥藤に向き直った。「組み立て方は？」

弥藤が仰向けに寝たまま、またささやきを漏らす。結衣は耳を近づけた。弥藤が息も絶えだえに告げてきた。「ＢＣＵ……。発射機の下に……ねじこんで固定」

疑問が残っていても、たずねかえしている暇はない。飛行音が接近しつつある。結衣は幼少のころ学ばされた武器の知識を呼び覚ました。ＢＣＵとは、シーカー冷却用のガスとバッテリーを内蔵したユニットを意味する。システム全体の電源として機能する。てのひらサイズの円筒がそれっぽい。重量もかなりある。発射機とは大きいほうの円筒か。

二本の円筒をとりだす。大きいほうの外周に複数の凹部があった。小さい円筒の突起をあてがったが、合致する箇所がなかなか見つからない。だがそのうち、かちりという音とともに嵌《は》まった。二本が結合したものの、まだぐらつく。六角穴が見てとれた。バッグをまさぐり、レンチをとりだした。穴に差しこみ、大急ぎで締めにかかる。

Ｆ－５が頭上をかすめ飛ぶ。また機関砲が浴びせられた。結衣は弥藤をかばうように伏せた。近くの泥が着弾に舞いあがり、豪雨のごとく降り注ぐ。衝撃波の嵐がピークを過ぎ、風がおさまってきた。戦闘機の赤いジェット噴出口が遠ざかる。

弥藤がささやいた。「まだ電源をいれるな……。ミサイルをコンテナごと……ＩＦ

Ｆを取り付けてからだ」

結衣は身体を起こした。レンチをしっかりと締める。ミサイルをコンテナごと、弥藤はそういった。発射機のなかにミサイルはない。どこにある。

直方体の箱。これがミサイルの入ったコンテナか。取り付けられる箇所は発射機の後部しかなかった。結合させたうえでスクリューをしっかり締める。ＩＦＦとは敵味方識別装置のはずだ。立方体のユニットをとりあげ、発射機の凹《へこ》みにあてがう。嵌めこんだところ今度はぐらつかなかった。ＢＣＵのスイッチをオンにする。

弥藤がなにか喋《しゃべ》った。飛行音が大きくなり、よくきこえない。結衣は耳を弥藤の口に触れんばかりに近づけた。「なに？」

「ロックオンだ」弥藤が苦しげに吐き捨てた。「通過したらテールをロックオンしろ！」

ここにいたのではふたりとも撃たれる。結衣はあえて発射機をよく見えるよう、肩の上に掲げながら、波打つ泥濘を駆けだした。機関砲の着弾が結衣を追いまわしてきた。泥の上に素早く前転し、わずかの差で難を逃れた。戦闘機が上空を通過する。

結衣は片膝をつき、背筋を伸ばした。肩に掲げた発射機のスコープをのぞく。画面に鮮明な映像があった。飛び去ったＦ－５のテールが見える。ジェット噴射口に緑いろの丸と四角の表示が重なる。熱源を感知しロックオンした。表示が赤く染まる。

これでも食らえ。結衣はトリガーを引いた。

シーカーが冷却される一瞬の間を置き、熱風が結衣を包みこんだ。鼓膜が破れそうなほど盛大に発射音が轟《とどろ》く。反動は相殺されたが、発射機自体が肩から浮きあがった。

コンテナから射出されたミサイルは、目視でもはっきりわかるほど、ゆっくりと宙を進んだ。だが数メートル先で、ロケットモーターが点火するや、瞬時に加速した。ミサイルはF－5の噴射口めがけ、一直線に飛んでいった。遠方の機体にたちまち追いつくと、巨大な火球が勢いよく膨れあがった。もがれた翼が左右に弾《はじ》け飛ぶ。稲妻のような閃光《せんこう》を放ち、爆発音が轟く。戦闘機は粉々に砕け散った。

結衣は軽くなった発射機を抱えたまま、しばし静止していた。深く長いため息をつく。発射機を下ろし、弥藤に向き直った。ゆっくりと歩いて戻る。

仰向けに横たわった身体は、もう呼吸すら見てとれない。弥藤は目を剝いたまま息絶えていた。結衣は泣きそうな衝動を堪《こら》えた。

彼に問いかけた。戦場における素人と玄人のちがいを。自分本位に生きることだ、他人のことなんか考えるな。彼は実践しなかった。ここにある数多《あまた》の命を守ろうとした。

空の彼方に目を向けた。ヘリ群はまだ遠くにいる。F－5が飛びまわっていたため、接近を躊躇《ちゅうちょ》したのかもしれない。攻撃ヘリが残存せず、すべて大型輸送ヘリなのだろう。

寧々の声が呼んだ。「優莉さん」

結衣は振りかえった。寧々と野沢が、桐宇を支えながら立っている。三人とも泥まみれだった。

ゆっくりと歩み寄る。桐宇が結衣を見つめた。疲弊しきっていたが、その目には生気が宿っている。心配げなまなざしに、結衣への気遣いがのぞく。

どうしてもききたいことがあった。結衣は静かに問いかけた。「指はだいじょうぶ？」

桐宇が自分の手を眺めた。たしかめるように指を動かす。表情が和らぐ。桐宇はうなずいた。「無事だよ」

彼はピアニストに戻れる。一方で大量殺戮《さつりく》魔の女子高生は、帰る場所を失った。頬を撫《な》でる風を感じた。爆音が大きくなった。生徒たちの歓声がきこえる。上空に大型輸送ヘリがいくつも飛来していた。

結衣は後ずさりながらいった。「わたしのことは忘れて」

桐宇が驚きのいろを浮かべた。「なにいってる。帰れるんだよ。みんな一緒に」

「雲英亜樹凪さんがいない。たぶんまだ学校」

「なら米軍が来てから……。いや、米軍にまかせればいい」

そういうわけにはいかない。到着したのは救出部隊だけだ。護衛のための攻撃ヘリは撃墜されてしまった。米軍が占領地帯の奪回作戦に動くのは、たぶん日が暮れて以降になる。それでは遅い。ヴコールに亜樹凪を連れ去るための猶予をあたえるようなものだ。

結衣は身を翻し、泥濘を駆けだした。呼びかける寧々の声が、悲鳴に似た響きを帯びていた。優莉さん。

哀感のいっさいを胸から閉めだした。いまはそんな感情にとらわれてはいられない。思いに煩わされるのも、生あるうちだけでしかない。どうせ苦しみは永続しない。

生徒たちは広場のあちこちに群れていた。ヘリに両手を振る者もいれば、へたりこんだまま動かない者もいる。女子生徒が抱き合って泣きじゃくる。これが戦場の風景なのだろう。

フェンスに近づいた。校舎が見えている側のゲートが半開きになっている。ゲートのわきに女子生徒が数人、フェンスにもたれかかり、手足を投げだし座っていた。みな泥だらけの顔で虚空を眺める。

うちひとりがぼんやりと結衣を見上げた。「優莉さん。わたし、D組の鴨川怜香」

結衣は怜香という女子生徒を見かえした。

怜香の目に大粒の涙が膨れあがった。「ごめんなさい。わたし……」

あとは嗚咽《おえつ》ばかりだった。なにを謝っているのかさだかではない。犯罪者の娘への偏見を悔いているのだとすれば、よくあることだ。むしろ偏見のほうが正しい。大量殺戮魔なのは揺るぎない事実なのだから。

泥のなかにアサルトライフルが埋もれている。結衣はそれを拾いあげた。弾倉を抜き、中身をたしかめる。残弾は充分にあった。

結衣はゲートをでた。市場の端から住宅地の路地へと駆けこむ。黒焦げになった無人区画をひたすら走った。

いかに必要であろうと、どんなに正当化できようと、戦争は犯罪だ。ヘミングウェイはそういった。よくわかっている。この戦場で人殺しに明け暮れたのは、みな祖国を追われた犯罪者だった。自分だってそうだ。泣いても罪は洗い流せない。犯罪者一家に生まれた。せめて異端児として死にたかった。なすべきことはひとつだけしかない。

29

斜陽がベアトリス・スクールの校舎を赤く染める。結衣は校門前に着いた。荒廃した大通りにひとけはない。門を塞《ふさ》ぐバリケードが焼失した痕跡《こんせき》があった。黒く焦げた土嚢《どのう》の残骸《ざんがい》が、いまもいくつか残る。それらを踏み越え、結衣は校庭に立ち入った。

もう援護はない。磨嶋と弥藤がいたからこそ、武装半グレと抗争しようとも、味方に犠牲はでなかった。いまはちがう。慧修学院高校の生徒は、すでに一部が死んでいる。このうえ雲英亜樹凪も殺されるかもしれない。自分ひとりでどうにかできるだろうか。

臆《おく》してはいられない。校庭に放置された丸焦げのスクールバスをまわりこむ。物陰からようすをうかがい、少しずつ歩を進める。

校舎を正面にとらえた。その瞬間、結衣の全身を強烈な衝撃が駆け抜けた。

ひとりの迷彩服が校庭にたたずんでいた。痩身《そうしん》に防弾ベストすら着ていない。背は高いがヴコールではない。男のわりに長めに伸ばした黒髪が、片目を覆い隠している。

もうひとつの目は結衣を凝視する。大きく黒々とし、わずかに吊《つ》りあがった、暗闇のなかの猫に似た目。父の目だ。子供として生まれた兄弟姉妹に共通の目でもある。映像より色白で華奢《きゃしゃ》に見える。ほとんど錯覚に等しい、結衣はそう思った。長男は十六にして、体脂肪率が二パーセント台だった。いまは服に隠れているが、引き締まった細かい筋肉が、鋼のように全身を覆い尽くす。

異様に長い腕と脚。身体つきは男でも、顔が中性的ですっきりとしているのは、誰に似たのだろう。父はもっと強面《こわもて》だった。優莉匡太の面影は残すものの、長男の目鼻立ちには知性があふれていた。情動を駆逐したような冷淡さにも満ちている。父には理性を欠く誇大妄想狂の側面があったが、いま目の前に立つ長男はちがう。感情を原動力とする父とは異なる人種に見える。

結衣は優莉架禱斗と向きあった。架禱斗も無言で結衣に視線を投げかけてくる。

ふたりともこんなふうに育った。ぼんやりとそう思った。

戦後最凶の犯罪者が、愛人と子供を作っては、気まぐれに人の殺し方を教えた。ほとんど虐待も同然だった。武装半グレ同盟の大人たちの訓練にもつきあわせた。やがて父は子供のうち、ふたりに目をかけるようになった。長男は天才、次女は努力型の秀才。大人の誰かがそういった。

子は親を超える。長男と次女。ふたりは行くところまで行き着き、地獄の戦場で顔を合わせた。

架禱斗が落ち着いた声を響かせた。「ひどい身なりだな」

同じだった。九歳のころ耳にした、十六歳の架禱斗の物言いと、なんら変わらない。

結衣は怒りを抑えながらきいた。「なにがあったか知ってる？」

「衆人環視の下、ガビノにおまえを強姦《ごうかん》させていいか、ヴコールにきかれた。俺は出資してるだけだ。好きにしろといってやった」

激昂《げきこう》させようとしている。その手には乗らない。結衣も架禱斗を煽《あお》った。「大失敗で大損じゃね？」

「ここでのちっぽけな騒ぎで、儲《もう》けなんか考えちゃいない。デモンストレーションと実験の目的は果たした」

「なんの話」

「予想どおり日本政府は脆弱《ぜいじゃく》だった。世界もだ。揺さぶりは充分にかけた。本格的に日本の都市部を攻撃する下地もできあがった」

父に似ていないと思いきや、やはり父そっくりの一面がのぞく。尊大で傲慢《ごうまん》な態度。声も喋《しゃべ》り方も優莉匡太にうりふたつだ。

結衣は嘲《あざけ》る口調でいった。「総理大臣が訪問した学校でも襲う？」

「武蔵小杉高校のことか。出資者からすれば、クライアントの企画の成否など、どっちでもかまわない。一大事が起きると事前にわかってるんだから、投資で利益がだせる。おまえが暴れた案件はすべてシビックの儲けにつながった」

「あー。チュオニアンの馬鹿学園長がいってた。シビックってのはそういうとこだって」

架禱斗の表情が微妙に変化した。なにがどう変わったか、具体的に説明はつかない。たださっきまでとは、目のいろがわずかに異なる。

「結衣」架禱斗が見下すようにささやいた。「おまえ。兄ちゃんに対する口の利き方が、なってないな」

不穏な空気を感じた。とはいえ周囲に脅威はないはずだ。充分に警戒心を働かせてきた。

ところが突如、急速に人影が接近した。まるで間合いに湧いてでたかのようだった。結衣とほぼ同じ背丈の迷彩服が、それとはわからないほど迅速に飛びかかってくる。上段回し蹴《げ》りが連続して繰りだされた。結衣は防ぎきれず、胸と腕をつづけざまに打たれた。痺《しび》れが握力を失わせる。アサルトライフルが結衣の手を離れ、遠くに飛んだ。

ふらついたものの、なんとか踏みとどまり、敵につかみかかろうとした。だが人影は一瞬たりとも静止することがなかった。結衣の側面や背後にまわっては、強烈な蹴りを次々に見舞ってくる。思わず膝《ひざ》をつきそうになったとき、ふいに人影は跳躍した。結衣の胴体を蟹挟《かにばさ》みにし、みずから身体をひねった。重心を大きく崩し、結衣はその場にねじ伏せられた。

　腰が強く締めつけられる。結衣は地面に横たわりながらも、必死に頭を持ちあげた。迷彩ズボンの細く長い脚が、万力のように身体を固定する。敵の顔を目にした瞬間、結衣は凍りついた。

　鏡を見ているような眺めがそこにあった。智沙子の涼しい目が結衣をとらえる。げっそり頰が瘦《こ》けている事実に変わりはない。脚に力をこめていながら、智沙子は歯を食いしばったりしなかった。いたって無表情のまま、内股《うちまた》の筋力だけを無限に発揮してくる。結衣を見つめるまなざしには、なんのいろも浮かんでいない。

　智沙子の技は深く入り、結衣には抜けだせなかった。身をよじろうとするたび、耐えがたい痛みに襲われる。これ以上感覚が麻痺《まひ》したら、関節を動かすことさえ難しくなる。

　結衣は激しく動揺した。「智沙子。なんで……」

架禱斗が冷静にいった。「おまえ、わかってねえな」

憤怒《ふんぬ》が全身をかけめぐった。結衣は架禱斗に怒鳴った。「智沙子になにをしたの！」

「なにもしてない。結衣。智沙子がおまえに劣ってるところがあるとすれば、喋れないことだけだ。才能はおまえ以上だった」

「冗談いわないでよ」

「智沙子はな、俺やおまえより早く大人の目を引いた。大事に育てられるべく、母親のもとに連れていかれた」

「母親って……」

「ああ。おまえ知らなかったんだな。むろん双子のおまえも同じ母親だ」

「誰？」

架禱斗は話を逸《そ》らしてきた。「俺の母親は幼いころに死んだ。だから父に認めてもらうのが目標になった。命に代えてでも」

結衣は憎悪を募らせ、架禱斗に挑みかかろうとした。「兄貴の話なんか興味……」

胴体がちぎれる、そう思えるほどの力が締めあげてきた。結衣は絶句した。智沙子は頬筋《きょうきん》ひとつこわばらせない。内転筋や薄筋《はっきん》、縫工筋《ほうこうきん》は鍛えるのが難しいはずだ。だが智沙子の場合は異常発達している。脚の細さからは想像もつかなかった。

ふと脳裏をよぎることがある。七歳か八歳のころ、身に覚えのない訓練の成果を、大人たちに褒められた。いまになってようやく理由がわかった。智沙子と勘ちがいされていた。当時から智沙子は結衣以上の身体能力を発揮していたのか。

結衣は激痛に抗《あらが》いながら、蟹挟みから脱するため、少しずつ背を反らした。「智沙子は病弱だったでしょ。田代ファミリーに捕らえられてた」

架禱斗が平然と首を横に振った。「病弱が身体を鍛えちゃいけないか？　シビックみたいに巨額の金を動かす場合、クライアントの内情を探る必要がある」

内偵だったというのか。田代美代子のもとに智沙子がいたのは、兄に内部情報を流すためだったのか。だがおかしい。智沙子が幼少期からずっと、この筋力を維持できていたとは思えない。身体つきを見て田代槇人が気づくはずだ。あいつは智沙子を裸にし乱暴していた。

智沙子の身体能力と技能が、幼少期から卓越していたにせよ、いまの筋力は異常だ。きっとなにかされている。

不意を突き、結衣はえび反りになった。背筋の力で身体を一気に脚のほうへ押しだした。智沙子の両脚が締めつけるなか、結衣は衣服による摩擦の減少を利用し、胴体を滑らせた。靴の踵《かかと》で智沙子の胸部を思いきり蹴った。智沙子が呻《うめ》き、両脚の締めつけが緩んだ。

ようやく脱した。結衣は地面を転がり、素早く起きあがると、智沙子に蹴りを浴びせようとした。

智沙子は立ちあがったものの、足もとがおぼつかなかった。そんな姉の姿を見て、蹴りの勢いを殺してしまったのかもしれない。速度が充分ではない、結衣はそう自覚した。智沙子は瞬時に身を引き、片腕で結衣の蹴りを弾《はじ》くと、手技の連続で結衣を滅多打ちにした。腹にも痛烈な膝蹴りが見舞われる。結衣は鈍重な痛みをおぼえ、腹を抱えながらうずくまった。咳《せき》がとまらず、ほとんど呼吸困難におちいった。

架禱斗が歩み寄ってきた。「結衣。日本政府に対する国民の信用は失墜した。そこはわかるな」

結衣は吐き捨てた。「知ったことじゃない」

「今後は荒れた社会になる。犯罪も増える。日本国内の治安は悪化するため、半グレ集団が栄える。暴対法で追放された暴力団の代わりに」

また優莉匡太の請け売りか。父が何度となく唱えた。なぜ戦後日本に暴力団が栄えたか。それも堂々と看板を掲げられていたか。

治安の安定しなかった時代、市民のあいだに諍《いさか》いが多く発生した。しかし警察力が不足していたため、自警団的な役割を持った暴力組織が結成されだした。警察が頼りにならない、混沌《こんとん》とした社会の裏側で、人々は暴力団に依存していた。

日本が経済大国になり、市民が豊かさを享受するようになると、暴力団を追放する動きが加速した。暴対法が強化された現代、かつてのような暴力団の復興はない。代わりに武装半グレ集団がその地位を確立する。優莉匡太は声高にそう宣言した。

結衣はむせながら上半身を起こした。「シビックで大儲《おおもう》けしておいて、いまさら日本の半グレ同盟にこだわるの？」

「父の悲願だったからな、成就させてやりたい。結衣。俺は世界で忙しい。日本の半グレ同盟は、おまえにまかせてやってもいい」

「誰がそんなこと……」

「おまえ、凜香や篤志や、パグェまで手なずけたじゃないか。血は争えないな」

「半グレ同盟の再結成なんかない」

「それがある。警察はなぜ執拗《しつよう》に、再結成の情報をつかんでると、おまえを脅した？じつは本当に進行してるからだ」

「笑わせないでよ。誰がそんなのまとめられるの」

「もともと横のつながりのない半グレ集団が、どうやって父のもとで同盟を組んだと思う？　部外者の情報通が動きまわり調整したからだ。あの女は優莉匡太の意図するままに、半グレ集団の内情を探り、互いを接近させる工作をおこなった。筋金入りの貢献者だ」

　誰の話かは明白だった。結衣は鼻を鳴らした。「市村凜は意識不明で入院してる」

「してない。品川のコンクリート工場で刺されたが、俺が助けた。半グレ同盟をまとめられる重要人物だからな」

「いまさら市村凜……」

「おい。凜姉さんを悪くいうな。かつての幹部と一緒に、二代目野放図をけなげに育てた。半グレ同盟の残り火を絶やさないよう努力してくれた。性格に難はあっても、俺は凜姉さんが嫌いになれない」

「市村凜が半グレ同盟を再結成って。公安はそんなに甘くない」

「ところが公安の目はろくに届かなかった。みんなおまえに注意を奪われてた。おまえに火をつけたのは俺だよ」

「どういう意味よ」

「兵庫県警の悪徳警官どもが、甲子園球場でひと儲け企《たくら》んだ。シビックの投資としちゃ小さい部類だったが、試合当日おまえがスタンドにいると知った。クライアントには事情を説明せず、俺はむかしの知り合いを送りこんだ。テツだ」

結衣は息を呑《の》んだ。甲子園球場の照明塔の頂上、不安定な足場。落下していくテツの顔。一瞬の記憶が鮮明によみがえった。

架禱斗がいった。「半グレ同盟の解散後、俺が父に代わり、大人たちの面倒をみてきた。田代ファミリーにも大勢、就職させてやった。タキやコウイチには、サリンプラントで会ったろ」

「……テツをけしかけたのは兄貴かよ」

「おまえ、中一で人を殺してからは、猫を被《かぶ》っておとなしく過ごしてたってな。凜姉さんにきいた。だがおまえはそんなタマじゃない。ふたり目を殺すと楽になるからな。思惑どおり、おまえのタガは外れた」

「兄貴の意図したことだっていうの？」

「ゲスな辻舘《つじたて》親子を惨殺したろ。暴力衝動がエスカレートすれば、最大勢力だった田代ファミリーとの抗争に行き着くのも、ある意味当然だった」

胸の奥に虚無がある。結衣はささやいた。「わたしを暴走させといて、その陰で半グレ同盟の再結成を進めたって？」

架禱斗が醒《さ》めた顔で見つめてきた。「いい目くらましになった」

「市村凜が再結成を仕切ってた……？」

「結衣。クライアントが目的を達成しようが未達に終わろうが、投資専門のシビックは利益をだす。五か国から集めた出資にも、儲けを上乗せして分配してきた。もはや金に困らない俺が、永遠に半グレ同盟のスポンサーになってやる。おまえが俺の下で同盟を束ねる。悪くないだろ」

「いまさらお父さんの犯罪を引き継いでなんになるの！」

「お父さん、か」架禱斗は冷やかにつぶやいた。「おまえ大人を嫌っときながら、タキ兄ちゃんとかコウイチ兄ちゃんとか、小さかったころの呼び方が抜けないな。哀れな刷りこみってやつか」

「糞《くそ》親父と呼ぶべきなら、今後ずっとそうしてやる」

架禱斗が表情をこわばらせた。「そりゃよくないな。暴言だろ」

「傷ついた？」

「ああ。俺以上に父のことが好きだった長女がな」

殺気が風圧のように迫るのを感じた。結衣はとっさに片膝《かたひざ》を立て、背筋を伸ばす姿勢をとった。智沙子の繰りだした水平蹴《げ》りを、腕を交差させ防御した。上腕にまで痺《しび》れが伝わってきた。それでも打撃の威力はあるていど殺せた。

智沙子は目のいろを変え、拳《こぶし》と手刀で矢継ぎ早の攻撃を加えてきた。どの打撃も重く、たとえ防ぎえても、鈍い痛みが長く尾を引く。智沙子の瞬発力はすさまじかった。膝蹴りと掌打からティクダウンを狙ってくる。結衣は後ずさりしながらも全力で打ちかえした。智沙子は防御を怠らず、さらなる攻撃を繰りだす。

架禱斗が抑揚のない声でいった。「凜香も篤志も半グレ同盟に参加する。十代を冷遇するうえ、差別意識の強いふざけた国じゃ、就職もままにならないからな。おまえも同じだろ？　俺たちは天下を獲《と》るべく育てられた。わからないか。おまえ、こっちじゃエリートだぜ？」

結衣は激しく憤った。「誰が！」

一瞬の隙を突き、結衣は智沙子の喉《のど》に突きを放った。智沙子は身を退《ひ》き、直撃をまぬがれたものの、動作に乱れが生じた。結衣は肘《ひじ》打ちと蹴りを連続して見舞った。智沙子はかろうじて防御しながら、無表情を保っていたが、動揺は手にとるようにわかる。結衣は智沙子を圧倒しだした。左手を支点にし、智沙子の頭を巻きこみ、重心を崩させた。智沙子は転倒しかけた。初めて地面に膝をついた。

結衣は智沙子の顔面を叩《たた》きのめそうとした。だがためらいが生じた。拳を宙に浮かせたまま静止した。智沙子が怯《おび》えた顔を浮かべ、身を小さくしたからだ。もうひとつの脅威の接近に、結衣は気づかなかった。砲弾のような速度で、重い蹴りが結衣の腹を深々と抉《えぐ》った。

地面に赤いものがひろがった。結衣は吐血を自覚した。架禱斗が猛然と攻撃してきた。左右から拳を食らい、掌打に顎《あご》を突きあげられる。宙に浮いた結衣の身体に、ミドルキックが速射砲のように浴びせられた。膝の伸び上がりが尋常ではない。すべての動きは機械のように正確で、いっさいのブレがなく、とてつもない威力をともなっていた。あらゆる打撃が容赦なく結衣を叩きのめし、内臓破裂の一歩手前まで導いた。くずおれそうになった結衣に、架禱斗はなおも殴打を数発食らわせた。さらに前蹴りが結衣の腹に、回し蹴りが背に浴びせられた。

四本の鉄骨で滅多打ちにされた、そんなありさまだった。闇のなかで不意討ちにあったかのように、手も足もでないまま、すべての攻撃をまともに食らった。結衣は力尽き、ばたりと倒れた。全身を地面に叩きつけても痛みを感じない。すべての神経が麻痺《まひ》していた。

死んでいないのは、架禱斗が加減したからにちがいない。その気になれば、架禱斗はもっと早く殺せた。

結衣は無防備に横たわっていた。今度こそ立てない。視野に智沙子の脚が近づいてきた。智沙子が身をかがめ、結衣をのぞきこんだ。

意外なことに、智沙子の目に憂いのいろが浮かんでいる。幼少期に戻ったようなまなざしが結衣に向けられていた。智沙子はなにかをいいたげだった。そっと手を結衣の頬に伸ばしてくる。

だがその手首を架禱斗がつかんだ。智沙子を引き立てると、架禱斗が吐き捨てた。

「潮時だ」

ヘリの爆音がきこえる。結衣の視界に夕焼け空が映っていた。大型輸送ヘリが数機、つづけざまに離陸していく。生徒たちを拾ったのだろう。

架禱斗が見下ろしてきた。「結衣。米軍が来る前に、校舎は大量のＴＮＴ火薬で吹っ飛ばす。ヴコールが時限装置を起動させてから、雲英亜樹凪を連れだすかどうかは知らない。クライアントの自由だからな」

結衣は呻《うめ》いた。架禱斗と智沙子がどこに行く気か問いただしたかった。だが顎に電流が走ったかのごとく痺れ、言葉が自由にならない。

「心配するな」架禱斗は結衣の心中を察したようにいった。「俺たちは難なく帰る。日本の歴史に終止符を打つ最終決戦、楽しみにしてろ。それまでおまえが生きてればの話だが」

麻痺した身体に感覚を取り戻そうと、結衣は躍起になった。痛みに耐えながら、ようやく後頭部を地面から浮かせた。

架禱斗はいなかった。智沙子も消えていた。夕闇迫る校庭だけがある。どこかに落ちたはずのアサルトライフルも見当たらない。

一気に脱力した。仰向《あおむ》けに横たわり、暗くなりかけた空を仰いだ。自分の荒い呼吸をきいた。滲《にじ》みだした涙を全力で拒否する。なんとか寝がえりをうち、うつ伏せになった。てのひらに感触が戻ってきた。結衣は校舎の正面出入口に這《は》っていった。

雲英亜樹凪は殺させない。その思いだけを力に換え、身体を浮かせた。結衣は前のめりに歩きだした。校舎内の暗がりに向かう。ここが地獄の門だろうと、いっこうにかまわない。

30

結衣は校舎の一階に入った。日本の学校とはまったく異なる。内壁もすべてコンクリート造で、窓が小さく、極めて暗かった。空気が湿気を帯び、壁にもカビが蔓延《はびこ》る。

狭めの玄関ホールから上り階段が延びている。

人の気配は感じられない。仮にボディアーマーが潜んでいたら、丸腰でどうなるものでもない。それでもためらってはいられなかった。膝の感覚が戻るのをまつのも時間の浪費になる。結衣は重い足をひきずり、階段を上りだした。

踊り場に箱状の物体が積みあげられている。近づくと独特のにおいが鼻をついた。ＴＮＴ火薬。立方体の包装ひとつおきに、円錐《えんすい》形の起爆装置が差してある。そこから無数の配線が突きだし、床から階上へと這っていく。

どれも本格的な軍用品だった。父が中東から取り寄せたカタログに写真が載っていた。詳細はよく知らない。へたにいじることはできなかった。結衣は階段をさらに上った。

二階に着いた。廊下が左右に走る。壁沿いにやはりＴＮＴ火薬が三段ずつ、ぎっしり隙間なく並ぶ。配線は上り階段へと集約されていた。それら配線の束は無造作に階段を這い、より階上につながっている。

この校舎は三階建てのはずだった。起爆用に通電できる時限装置は三階にあるらしい。

校舎じゅうの配線が集められているのだろう、階段は足の踏み場もないほどだった。

踊り場をまわり慎重に上っていく。

三階への入口には鉄製の防火扉があるが、配線を招きいれるため、いまは大きく開け放たれている。結衣はそこに足を踏みいれた。

がらんとした倉庫に似た空間だった。小さな窓が天井近くにあるものの、夕暮れどきのため、外の明かりはほとんど入ってこない。暗がりに目を凝らすと、建物の構造を支えるにちがいない太い柱が、等間隔に立っていた。

壁ぎわの柱に目がとまる。結衣ははっと息を呑《の》んだ。

その柱には、人の背丈ほどもある大きな十字架が打ちつけてあった。しかも女子生徒が磔《はりつけ》にされている。粗末に編んだ縄により、両手首と両足首がくくりつけてあった。華奢《きゃしゃ》な身体をぼろぼろの制服が包んでいる。鞭打《むちう》たれたように傷だらけなのは、桐宇と同じありさまだった。

雲英亜樹凪は結衣を見かえし、呻きとも嗚咽《おえつ》ともつかない声を発した。猿ぐつわを嚙《か》まされている。縄は首にまで巻かれていた。屋上の排水に問題があるのか、亜樹凪の頭上から雨漏りが滴下する。亜樹凪の顔は雨水と涙でくしゃくしゃになっていた。

放置してはおけない。結衣があわてて駆け寄ろうとしたとき、空間の奥で物音が響いた。

長身の痩《や》せた迷彩服が廃品の山に手を伸ばす。とりあげた物体は結衣にも見覚えがあった。文庫本サイズの木板に小さな機械部品が付いている。よく見ると廃品の山は、すべてモスキート音発振機だった。故障品ばかりなのか、いまは完全に無音状態を保つ。三階の空間は静寂に包まれていた。

迷彩服はこちらを向かずにいる。長く伸ばした金髪は、猫毛のようにしなやかで、うつむくと前髪が目もとを隠した。ヴコール・ミシチェンコフはつぶやくようにいった。「滑稽だろう。おまえのチープなペテンのあと、兵士たちは民家をめぐり、これ《エストエスリディクロデビドアストゥルコバラトミスソルダドストゥブィエロンケィ》らをかき集める必要に迫られた《ルアブスカルエスタスコサス》」

結衣は静かに応じた。「どうりでその後、ひとつも見かけなかった《アシケノエエンコントラドナダ》」

「ガラクタを奇襲の合図に利用したわけか《ウサンドエスタプタミエルダパライニキアールエルアタケ》。稚拙だが面白かった」ヴコールは仏頂面でささやくと、手にしたモスキート音発振機を投げ捨てた。真っ白な顔を平然と結衣に向ける。翡翠《ひすい》のようないろの虹彩《こうさい》が、不気味に結衣をじっと見つめた。「やはりおまえ、殺しておくんだった」

「生徒も先生も米軍に救出された。作戦失敗でしょ」

「いや。作戦は間もなく完了する。ここを吹き飛ばせば終わりだ」

十字架の亜樹凪が悲痛に唸《うな》った。涙が絶え間なく頬をつたう。

壁ぎわの床を這う配線の束の行方を、結衣はひそかに目で追った。ヴコールが立つ場所よりさらに向こう、三階の最深部につながっている。装置類がいくつか見えるが、暗いせいで判然としない。

結衣はヴコールにいった。「雲英グループのご令嬢を殺したら、ゼッディウムの立場が悪くなる」

「いや。しょせん父親に捨てられた小娘だ。このガラクタの山と同じ、無用の長物でしかない」

心がかき乱される。結衣は亜樹凪を見つめた。亜樹凪は身体を震わせながら泣いていた。

父に利用された娘。大人はなぜ自己実現のために、いつも子供を生け贄《にえ》に捧《ささ》げたがるのだろう。親の言いぶんはちがう。子供のために自分の幸せを犠牲にしたくない、そういってまずわが身の不幸をかこつ。身勝手な大人はどこにでもいる。自分の子だからこそ好きにできる、そんなふうに考えているのか。

結衣は憤りとともにきいた。「おまえには子供がいるのかよ」

「そこいらじゅうにな。女が自然に孕《はら》んだ。生まれたのもいれば死んだのもいる」

「おまえがぶち殺されて、悲しむ子はいないって話ね」

ヴコールは架禱斗と同じく冷静で、どこか気どった振る舞いをする。「俺は死なない。不死だ」

「失敗したばかりの大将がいうことじゃないでしょ」

「なにも失敗してない。雲英の娘が死ねば充分だ。ゼッディウムは巨額の報酬を得て、俺もメキシコに戻る」

亜樹凪の嗚咽が途絶えがちになった。苦しげな息遣いが結衣の耳に届いた。結衣は十字架に視線を向けた。亜樹凪の見開いた目の焦点がさだまらない。

ようすがおかしい。結衣は亜樹凪に駆け寄ろうとした。

ヴコールが腰の拳銃《けんじゅう》を抜いた。コルトガバメントの長い銃身が亜樹凪に向けられた。警告だけは結衣に発してきた。「動くな」

結衣は焦燥とともにきいた。「なにをしたの」

「この国ではリュウゼツランが、そこいらじゅうに生えてる」

リュウゼツラン。結衣は衝撃を受けた。葉からできたアロー繊維で編んだ縄だ。水を吸うと極端に収縮する。

ヴコールは笑いひとつ浮かべず、淡々とした口調でいった。「雨漏りの下にいるから、縄が濡《ぬ》れるうち、だんだんきつくなる。首も猿ぐつわも」

結衣は怒鳴った。「やめて！　なんでこんな酷《ひど》いことするの」

「日本は東洋の神秘だな。架禱斗にきいた。神道の信者が一億人、仏教徒も一億人。クリスマスを祝う家は五千万世帯。だが無宗教を自覚する者も五千万人いるとか」ヴコールが醒《さ》めた目で結衣を一瞥《いちべつ》した。「日本の人口は三億人を超えるかと思いきや、一億二千万人。じつにふしぎだな」

戯言《ざれごと》に費やされる時間が腹立たしい。結衣は憤然と歩み寄ろうとした。「さっさと彼女を……」

ヴコールが腕を大きく振った。激しく叩《たた》きつけるような音が響いた。一瞬なにが起きたかわからなかった。予想もしなかった痺《しび》れが背中に走る。結衣は床に突っ伏した。

長さ数メートルもの鞭がしなる。ヴコールの右手が軽々と操っていた。剣で斬りつけられたも同然に、結衣の袖《そで》はざっくり裂けた。露出した皮膚にも赤い切り傷が走る。

スペイン語の冷酷な声の響きがこだまする。ヴコールが告げてきた。「ロシア十字なら足場もあるが、あいにくゼッディウムはカトリックだ。体重がすべて縄にかかる」

結衣はなんとか起きあがった。「なんの権限があって……」

鞭がふたたびうねり、結衣をしたたかに打った。結衣は仰向けに転倒した。亜樹凪が悲痛な声を発する。ヴコールは右腕を高々と振りあげ、亜樹凪の身体も鞭打った。甲高い苦悶《くもん》の呻《うめ》きがこだました。

「面白い」ヴコールがため息まじりにいった。「涙を流すほど首が絞まる。悲しみが死を早める。皮肉な詩のようだ」

憤激の情が結衣を突き動かした。結衣はヴコールめがけ、ひとり猛進した。

だがヴコールは眉《まゆ》ひとつ動かさなかった。亜樹凪を見上げたまま鞭を振るう。狡猾《こうかつ》な毒蛇に似た鞭が、空中で蜷局《とぐろ》を巻きながら結衣に襲いかかってきた。異常なほどの速度だった。結衣は胸と腹、大腿部《だいたいぶ》を鋭く強打され、またも膝《ひざ》からくずおれた。

ヴコールが見下すような目を向けてきた。「その水兵みたいな襟の服、学校で着てるんだってな。だけど、おまえ。その格好でここに来るって、なめてるのか」

鞭が風を切る。結衣はなすすべもなく、全身のあちこちを鞭打たれた。起きあがることさえかなわない。皮膚のいたるところが裂け、血が滲《にじ》みだした。あたかも感電したかのように、麻痺《まひ》した筋肉が激しく痙攣《けいれん》する。

ふいに静寂が訪れた。鞭《むち》の攻撃がやんだ。結衣は上半身を起きあがらせようとした。腕に力が入らない。かろうじて顎《あご》のみをあげた。

目がかすんできた。ヴコールの姿がぼやけ、闇のなかに溶けこみだす。日没どきのせいか。理由はそればかりではない。

「おや」ヴコールの低い声が空間に反響した。「察するに注射したアドレナリンが切れてきたか。こっちが見えてないな」

結衣は焦慮に駆られた。ぼんやりと像の輪郭だけはとらえられる。だが焦点が大きくずれたカメラのようだ。ヴコールがどこにいるか判然としない。

いよいよ体力が底を尽きだした。痺れがおさまり、感覚だけはわずかに戻った。まだ関節は動く。どうにか立てる。

もう猶予がない。結衣は低い姿勢を保ったまま駆けだした。ヴコールの影らしきものが見える、その一点に突進していった。

だが予想もしなかった方向から、ヴコールの声が飛んできた。「どこを見てる。こっちだ」

向き直るより早く鞭打たれた。容赦のない連打をもろに食らった。結衣は叩きのめされるも同然に両膝をついた。

かろうじて膝立ちの姿勢を保っているにすぎない。ふと気づいたとき、ぼやけきった結衣の目にもわかるぐらい、ヴコールが距離を詰めていた。

なにも見えていなかった、結衣はそう自覚した。

極端に近いせいだろう、ヴコールはもう鞭を武器にしなかった。流れるような動作で腕を振りあげ、結衣の腹に拳《こぶし》を食らわせてきた。前のめりになった結衣の胸を、靴の爪先《つまさき》が跳ねるように蹴《け》り上げた。

口のなかに血の味を感じる。仰向けに倒れた結衣の視野に、ヴコールのぼんやりとしたシルエットが浮かんでいた。八卦掌《はっけしょう》の構えに見える。

ヴコールの低い蹴りが何発も連続して見舞われた。肋骨《ろっこつ》が砕けそうなほどの鈍痛をおぼえる。結衣は横っ腹を押さえうずくまった。亜樹凪が制止を懇願するように、ひときわ高く呻いた。

するとヴコールの影が向きを変えたように見えた。「まだ首が絞まりきらないか。涙が足りない。もっと泣け」

鞭が空気を切り裂く。十字架の亜樹凪を縦横に激しく打った。唸《うな》り声が耐えがたい苦痛の響きを帯びる。その声も弱々しくなってきた。

結衣は床に這《は》ったまま、ヴコールの脚にしがみついた。力ずくで引き倒せるものではない。それでもほかに方法がない。

視野はいっそう霞《かす》んできたが、ヴコールの顔が見下ろしたのはわかる。しらけたような声がささやく。「小娘。おまえ、戦争をなめるな」

いきなりコルトガバメントの銃口が眼前に突きつけられた。いまの結衣の目に、ぼんやりとでも見えるからには、よほどの至近距離だった。銃火が閃《ひらめ》くのをまのあたりにした。顔に熱を感じる。耳もとで銃声がけたたましく鳴った。

聴覚がまたも機能を失った。甲高い耳鳴りだけがこだまする。弾丸は結衣の髪をかすめた。わざと当てなかったのだろう。

ヴコールの片脚が振りあげられた。瞬時に水平蹴りを浴びせてきた。結衣の身体は宙に浮いた。後方に飛んだのち、なにかにぶつかり、床に弾みながら転がった。周りに雑多な物がぶちまけられる。

手探りで物体の形状を把握した。回収された廃品、モスキート音発振機の山だった。もはや目の前すら視認が困難になった。聴覚が徐々に戻ってくる。鞭打つ音が連続して響く。亜樹凪のわななく声もきこえてくる。

結衣はモスキート音発振機を投げつけた。フリスビーのように回転しながら、思いのほか遠くに飛んだとわかる。鞭の音がやんだ。ヴコールの靴音が、とっさに位置を変えた。わずか数秒にすぎなくとも、鞭打ちを妨害できた。

いまはこれしかない。結衣はそう思った。しうることをすべく手が勝手に動く。周りに散らばった発振機を拾っては、がむしゃらに投げつける。ヴコールの声がいった。「おい。いちどぐらいは当ててみせろ。ここだ。もう少し右だ」

武器にもなりえない発振機を、横回転を加え投げつける、それしかできない。靴音がフロアの端から端へと横断していった。結衣はひたすら靴音を追い、ほとんど闇雲に投げつづけた。かすりもしないらしい。壁や柱に跳ねかえり、床に落下する音だけが虚《むな》しく響く。

だしぬけにヴコールのぼやけた顔が、息がかかるほど近くに現れた。十センチも離れていない。ヴコールは呆《あき》れたようにつぶやいた。「勘が悪いな」

びくつく暇すらなかった。拳の強烈な連打を浴び、蹴りを絶え間なく食らう。鼻で息ができなくなった。胸が苦しくなり、無理に呼吸を試みる。結衣の鼻孔から真っ赤な血が撒《ま》き散らされた。

結衣は尻餅《しりもち》をついた。全身の力が抜けきっていた。かろうじて上半身を起こしていても、すでに意識が朦朧《もうろう》としている。痺れもひどい。指一本動かせない。

不明瞭《ふめいりよう》な視野に、またコルトガバメントの銃口が飛びこんできた。目と鼻の先だけに、なんとか形状が見てとれる。至近距離から狙われ、回避する力もない。

「終わりだ」ヴコールが静かに宣告した。「架禱斗がいってた。妹が戦争ごっこに興じてる。使いものになるか試せと指示された。だが合格水準にはほど遠い。女だ。ただの生意気な子供だ」

　これは架禱斗のテストか。ヴコールがただちに殺さなかったのは、すべてが審査だったからか。いま不合格が告げられた。死を意味するのはあきらかだった。

　トリガーが引き絞られる、そう思った瞬間、ぼやけた視野になんらかの動きがあった。ヴコールが体勢を崩した。誰かが背に飛びかかった。わめき声から桐宇だとわかった。

　結衣はあわてて前のめりになった。胸が張り裂けそうな思いにとらわれる。桐宇がヴコールに抱きつくさまが、かすかに認識できる。桐宇は力ずくで押し倒そうとするが、ヴコールはびくともしない。

　桐宇が怒鳴った。「優莉さん、早く逃げろ！　雲英さんを連れて……」

　ヴコールが拳銃《けんじゅう》を振りあげたのを風圧で悟った。結衣は最後の力を振り絞り、わずかながら跳躍した。ヴコールの片腕に死にものぐるいでしがみつく。桐宇への打撃を阻止せんと歯を食いしばった。

　だがヴコールの動作にはいっさいの無駄がなかった。結衣に肘打《ひじう》ちを食らわせ、銃《じゅう》尻《じり》で桐宇の頭を強打した。素早い体術で結衣と桐宇を同時に叩《たた》きのめした。

　ぐったりした桐宇の頭髪を、ヴコールがわしづかみにする。桐宇の身体は引き立てられた。背中が近くの柱に押しつけられる。結衣は必死に這っていった。ヴコールの行動がおぼろに視認できるほど接近した。

柱の側面を縦に走る水道管に、桐宇は首を縛りつけられた。両手も後ろ手に縛られている。ヴコールが桐宇の頭上に発砲した。銃声とともに火花が散り、水道管が破断した。

結衣は愕然《がくぜん》とした。桐宇の首に巻きついているのはアロー繊維の縄だった。頭から水を浴び、桐宇の首は絞められていく。苦しげに喘《あえ》ぐ声が結衣の耳に届いた。

「やめて！」結衣は四つん這いにヴコールに迫った。

ヴコールの涼しい顔を間近に見た。セーラー服の胸倉をつかまれる。結衣の身体は軽々と浮きあがった。ヴコールが柔道の投げ技を見舞った。宙を飛んだ結衣は、なすすべもなく床に落下した。衝撃が全身を貫く。結衣は仰向《あおむ》けに横たわった。

霞《かすみ》のかかったような視野を眺める。もう無理なのか。ヴコールのいうとおりかもしれない。これまでは戦争ごっこだった。平和が守られている国での抗争。せいぜい火遊びでしかなかった。たかが知れている。なにもかも本物の戦争に及ばない。

ヴコールが退屈そうな声を響かせた。「教えておく。そろそろ時間だ。あと十分ほどで、校舎は跡形もなく吹っ飛ぶ」

視野がぼやけているのは、かならずしも視力の減退のせいばかりではない。目に涙があふれていた。なにもできない。すべては無駄だった。父の影響で人殺しに育った十八歳、ただそれだけだ。もっとひどい人殺しになった兄は、さらなる殺戮《さつりく》に臨もうとしている。双子の姉も。

「優莉さん」桐宇のかすれた声がささやいた。「立て。ここから逃げろ」

どうして自分の身を案じてくれるのだろう。結衣はぼんやりと思った。生を求められているのは桐宇のほうなのに。亜樹凪もそうだった。ふたりとも世間の人々に愛されている。将来は重要人物になる。誰もが死を望む結衣とはちがう。

これまでとは異なるふたしかな感情が、結衣のなかに生じた。死を望む。本当にそうだったか。出会う人々の全員から、ことごとく存在を否定されてきただろうか。人権派は優莉匡太の子を被差別者としてかばってくれた。たちまち心が細る。みな結衣が何者かを知らない。濱林澪だってそうだ。結衣が人殺しだと気づいても、ほんの一面しか目にしていない。嘉島奈々未《かしまななみ》と理恵《りえ》。銀座デパート事件の被害者遺族だった梶沙津希《かじさつき》。沖縄からの修学旅行帰りのクラスメイトたち。児童養護施設の大人たち……。

ヴコールの靴音が遠ざかりだした。結衣は日本語でつぶやきを漏らした。「どうせみんな、ほんとのわたしは知らない」

靴音が途絶えた。ヴコールが立ちどまった。なにを話したのか訝《いぶか》しく思ったようだ。

桐宇は息も絶えだえにささやいた。「気づいてないだけだよ。きみはひとりじゃない」

ふとなにかが結衣を揺さぶった。

凜香と並んで風車を眺めたときを思いだす。原宿で殺し合ったとき、あんな時間が訪れるとは想像もつかなかった。かつては互いに狂気にとらわれていた。どれほど貴重な変化だったのだろう。理解すべきだった。凜香は切望していた。人生にけっしてありえないと思えた、ごくふつうの日常を。

いまはもう目に見えなくとも、十字架に磔《はりつけ》にされた亜樹凪を気遣った。死の恐怖に震えながら、何度となく結衣への暴力をやめさせようとした。桐宇も来てくれた。結衣がひとりではないと告げた。それが彼の純粋な感情なのか。そんなやさしさがこの世にはあったのか。

ふたりは死なせられない。凜香も市村凜のもとに走らせてはならない。篤志も、ほかの兄弟姉妹もだ。家族にひとりぐらい、謀反を起こす人間がいてもいい。優莉家もそうだ。父の過ちは正す。

結衣は床を転がった。開けた空間の中央近くに移動する。気のせいかもしれないが、わずかに力が戻ってきた。視界はあいかわらずぼやけたままだ。耳はよくきこえる。それだけで充分だった。

膝《ひざ》に力をいれる。結衣はふらつきながら立ちあがった。さっきヴコールの靴音が途絶えた、その方向を見つめる。スペイン語で結衣はいった。「話がある」

そこにヴコールはいなかったらしい。まるで異なる方向から、ヴコールの嘲《あざけ》るような声が告げてきた。「誰に喋《しゃべ》ってる。俺か？」

弥藤が磨嶋にいった言葉が、自然に思い起こされた。機転もきく。女の腕力のなさを知恵でうまくカバーできる。あれは弥藤の結衣に対する評価だった。

機転。知恵。いつなんどきも、ほぼ直感的に試みる。無駄も多い。だが本当に無駄といえるのか。可能性を最後まで信じるべきではないのか。

磨嶋は結衣にいった。立派だよ。あんな父親の子なのに。

彼は戦場を教えてくれた。まだ十八の小娘だ。その言葉の意味がいまになってわかる。ここにいるべきではない、磨嶋はそういいたかったのだろう。人生はまだ確定していない。将来はみずから切り拓《ひら》けると。

そうだ。やっと確信できた。桐宇がさっき身をもって証明した。逆転の可能性を。

あれは結衣へのメッセージだった。

　しばらく横たわっていたせいか、いくらか体力の回復を感じる。背を伸ばし立てるようになった。ヴコールの姿はまだ見えず、居場所を視認できないが、いっこうにかまわない。結衣は虚空を眺め、思いのままをささやいた。「大人はなんでも人のせいにする。子供はそうじゃない。自分を責める」

「なに？」

「自分が悪いと思いこむ。わたしもずっとそうだった」

「思考が正常に機能しなくなったか。無理もないな」

「でも子供は正しい。まちがってるのは、いつも人のせいにする大人。自分が悪くないと信じきってるから、対立しあう。喧嘩《けんか》する。戦争になる。人を殺す」

　やれやれという口調でヴコールがつぶやいた。「またごっこ遊びが始まったか。戦争をなめるなといったはずだが」

「わかりやすく話してあげてるのにね」結衣は臆《おく》さなかった。「人殺しのプロなんて馬鹿の極みじゃん。もうちょっとまともな女子高生が、馬鹿の極みに正しい生き方を教えてやってる。なのになんできかないの」

「侮蔑《ぶべつ》して怒らせることに必死か？　意味もなく駄々をこねる。まさに子供だ」

「もういちどいう。子供は正しい」結衣は小さくため息をついた。「日本人が三億人って、あんた馬鹿でしょ。宗教の自由が理解できない？　馬鹿の極みは死になよ」

しばし沈黙があった。軽く鼻を鳴らすのがきこえた。ヴコールの声が冷やかにいった。「冗談と本気の区別がつかないらしい。あまりに無価値すぎる。せめて人体標本にでもなれ。関節をすべて切断し、この国の十八県にひとつずつ飾ってやる」

「ヴコールなんとか。名前おぼえらんない。日本は火葬が多い。あんたもそうしてやる」

「つまらない小娘だ。おまえこそ醜く焼けただれろ」ヴコールが素早く移動する気配があった。

だがその気配も途中から追えなくなった。靴音はまったくきこえない。空気の流れすら感じさせない。ヴコールは正真正銘のプロだった。

結衣の極度にぼやけた視野では、ヴコールの動きをとらえられずにいる。たとえ正面からだろうと接近を見てとれない。ヴコールにしてみれば、畑の案山子《かかし》を倒すより容易だろう。

ふいに蛇のような鞭《むち》が、目に見えない方向から急速に迫った。なぶり殺しではない、一撃で即死を狙おうとする、強烈な殺意を感じる。

そこか。結衣は瞬時に向き直った。

「なっ《オンブレ》」ヴコールの声がきこえた。

蜷局《とぐろ》を巻きながら襲いかかる蛇を、結衣は突進しながら躱《かわ》した。しなる鞭の波をすり抜け、猛然とヴコールに肉迫する。

間合いに入った。極度に距離が詰まれば、さすがにぼんやりと見えてくる。ヴコールの愕然《がくぜん》とした顔が、結衣の目の前にあった。

ヴコールの緑いろの虹彩《こうさい》が薄くなった。なぜ位置がわかる。そう問いかけたがっている。

いまさら遅い。不意の接近だったからだろう、ヴコールの防御は充分でなかった。結衣は全力疾走してきた勢いを左脚にこめ、ヴコールの膝の関節を引っかけ手前に引いた。ヴコールの重心が大きく崩れた。どんな達人だろうとそこは鍛えられない。前屈姿勢になったヴコールの腹に、結衣は膝蹴《ひざげ》りを食らわせた。筋肉の張りが失われた一瞬をとらえた。膝は深々とめりこんだ。ヴコールが目を剝《む》き後ずさる。

筋力はなくともポイントを的確にとらえれば破壊力を生む。より狭小の面積に絞りこんで打撃を加える。女子高生が大の男を殺してきた極意だった。結衣はヴコールの顔面めがけ、飛び回し蹴りを放った。

硬い物がぶつかりあう音が響いた。結衣の足の甲に、確実に標的をとらえた感触があった。ヴコールは鼻血を噴き転倒した。

霧が晴れつつあるように感じる。視力が回復してきた。正面の狭い範囲内だけは認識できる。ただちにヴコールが片膝を立てる姿勢をとった。背を伸ばし、結衣に視線を向けてくる。鼻からの出血が、白い顔の下方を赤く染める。目にはまだ驚愕のいろが浮かんでいた。

ヴコールはホルスターから拳銃《けんじゅう》を抜いた。異常なほどの素早さだが、結衣はその動作を予測していた。床に投げだされた鞭を、結衣はとっさに拾いあげた。バックハンドで力強く振る。初撃の速度と勢いは体感済みだった。よくしなり、遠心力が増幅しながら鞭の先まで伝わる。その特殊な蛇腹の構造も、鞭の動きから推測できていた。ヴコールの前腕の内側を、結衣の振った鞭が水平方向に強打した。そこも鍛えにくい場所だった。打撃により痛烈な痺《しび》れを誘発する。ヴコールの顔が苦痛に歪み、拳銃が宙に投げだされた。

結衣は間髪をいれず、鞭の柄をヴコールに投げつけた。ほんの一瞬、ヴコールに迷いが生じた。なぜ結衣が有効な武器をわざわざ捨てたのか、意図を分析しきれずにいる。だが右の前腕に痺れが残るヴコールは、拳銃の扱いには難儀するにちがいない。

鞭なら手首のスナップだけで、強烈な威力を先端に生む。どちらを選ぶかはあきらかだった。

ヴコールは鞭の柄をつかみにかかった。結衣は床に転がる拳銃に飛びついた。視野の真正面に拳銃をとらえることで、かろうじて見失わずに済んだ。

そのわずか一秒の動きで、結衣が脇目を振らなかった理由について、ヴコールは看破したらしい。さすが戦争のプロの観察眼だった。結衣は横が見えないと気づいたようだ。ヴコールは敏捷《びんしょう》に移動し、たちまち気配を消した。

ヴコールの怒鳴り声が耳に届いた。「前以外は見えないか、浅はかな小娘」声がきこえた方向には、もういないのだろう。靴音もきこえない。ヴコールはどの位置からでも鞭を放てる。結衣の目にヴコールは見えない。次の一秒で毒蛇が結衣の身体を確実に食い破る。

だがそれは一秒の猶予があればの話だ。結衣がヴコールに向き直ったのは、一秒未満の時点だった。七インチの銃身でヴコールをとらえる。ヴコールが表情をひきつらせたのがわかった。

敵の鞭が到達するのに先んじ、結衣は三度トリガーを引いた。てのひらに三度の反動を感じる。ヴコールの胸部に血飛沫《ちしぶき》があがった。腹に銃弾を食らった人間が漏らす、鰭脚類《ききゃくるい》の鳴き声に似た呻《うめ》きをきいた。三発目は腰骨に命中させた。動きを完全に封じ、致命傷となる三か所だった。

ヴコールは眼球が飛びだしそうなほど目を瞠《みは》った。口の端から血が滴り落ちる。迷彩服を鮮血に染めながら、なお直立の姿勢のまま踏みとどまる。さすが筋金いりの元軍人だけのことはある。並みの人間ならもう死んでいる。

緑いろの目が茫然《ぼうぜん》と曇る。ようやく理解したらしい。ヴコールはずっと静寂に囲まれていた。そのあいだ結衣のほうは、けたたましいモスキート音の合唱を耳にしていた。

発振機のほとんどは壊れていなかった。ただ市街地から回収され、スイッチを切られただけの状態にあった。最初に発振機をつかんだとき、親指がスイッチを18から38キロヘルツに合わせた。意識せずとも、しうることをする、その一心だった。フロアの端から端まで、壁沿いに投げつけた発振機すべてに、同じことを施した。どの発振機も十代のみの可聴音を鳴らしつづけた。フロアの中央付近に立ったいま、周囲の全方位から、耳障りなノイズがきこえている。

「おまえ」ヴコールが表情筋のすべてを痙攣《けいれん》させ、くぐもった声を漏らした。「音で……」

結衣はゆっくり歩み寄った。「さっきからうるさくて仕方がない。でも人が立てば、そこだけ音は遮られる」

初めから確信があったわけではない。鍛えあげた男たちに比べ、非力な結衣にとって、機転は常に頼みの綱だ。蒔《ま》いた種が無駄に終わることも頻繁にある。ヴコールはあまりに強く、不可能を可能にする男に思えた。小細工など通用しないのではと疑わせるに充分だった。きっとこのノイズもきこえている、いつしかそう考えてしまい、対抗手段を忘れていた。

だが桐宇が身をもって証明した。彼は校舎に踏みこんだとき、盛大なモスキート音に気づき、三階に上ってきたのだろう。桐宇は捨て身の覚悟でヴコールの背後に迫った。ヴコールは寸前まで気づかなかった。モスキート音がきこえていれば、音の遮断に気づいたはずだ。

桐宇はその事実をたしかめるとともに、結衣にも伝えてきた。この作戦は有効だと。ヴコールに捕らえられてからも、桐宇はけっして秘密を悟られまいと振る舞った。

結衣はヴコールと向かい合った。ヴコールの顔は汗だくになっていた。ありえない、信じられない。薄まった緑いろの虹彩がそううったえる。迷彩服が褐色に染まっていく。大量出血のせいだった。

「おまえ」ヴコールはふらつきながらも、腰のベルトに手を這わせると軍用ナイフを引き抜いた。「おまえごときに殺せると思うか。俺は……」

「馬鹿の極みでしょ」結衣は上段蹴りを力いっぱいヴコールに見舞った。弾を食らった胸部を容赦なく蹴り飛ばす。次いで腹、最後に腰。全体重をこめた重い蹴りで、致命傷をさらに拡張させる。命中の瞬間のたび、踏みにじるようにして血管を破った。三か所すべてから勢いよく鮮血が噴出しだした。

ヴコールは断末魔の絶叫を発し、床に両膝《りょうひざ》をついた。大きくのけぞり、天井を仰ぎながら、青ざめた顔に激しい狼狽《ろうばい》をしめす。ヴコールがわめいた。「おまえなんかに！　おまえなんかに俺は殺せない！　殺せるはずがない！」

元スペツナズでゼッディウムのリーダーだからか。うぬぼれがすぎると結衣は思った。結衣は近くに立ち、ヴコールの顔を見下ろした。開ききった口に、拳銃の銃身を喉《のど》もと深く突っこむ。「ありがと。これで合格でしょ」

トリガーを引いた。銃声とともに薬莢《やっきょう》が舞った。ヴコールの後頭部が破裂し、床一面に脳髄を撒《ま》き散らす。白目を剥いたヴコールの顔面が、銃身を離れ、血の海に落下していく。死体は長い腕と脚を投げだし、大の字に横たわった。

拳銃のスライドが後退したままになった。弾を撃ち尽くした。結衣は拳銃を放りだした。いまや死骸《しがい》と化したヴコールを見下ろす。

戦争のプロを殺した。磨嶋と弥藤が鍛えてくれたからだ。ふたりが結衣の生をつないだ。

モスキート音が鳴り響くなか、桐宇のささやきが耳に届いた。「優莉さん……」

結衣は反射的に軍用ナイフを拾った。まだ像がぼやけるものの、さっきより左右の見える範囲がひろがったと感じる。桐宇はずぶ濡《ぬ》れのまま柱に固定されていた。もはや顔面蒼白《そうはく》の状態だった。アロー繊維の縄が喉もとに深々と食いこむ。

ただちに駆け寄り、ナイフで縄を切断にかかる。結衣は桐宇に声をかけた。「すぐ息を吸って」

水道管に巻かれた縄の下に刃を差しいれ、強く手前に引いた。縄が切れる。桐宇が前のめりにひざまずいた。後ろ手を縛る縄も切断した。

桐宇は息苦しそうに喘《あえ》ぎながら、結衣にすがりついた。「雲英さんを」

時間がない。結衣は走りだした。十字架は柱のやや高い位置に打ちつけてあった。亜樹凪はすでに目を閉じ、ぴくりとも動かない。腕や脚から血の気が引いていた。桐宇が追いつき、両手の指を組みあわせる。結衣はそれを足場にし、大きく伸びあがった。猿ぐつわと、首に巻かれた縄を断った。次いで両手首を自由にする。最後に結衣は床に降り立ち、亜樹凪の両足首を解き放った。

力なくつんのめってきた亜樹凪を、桐宇が両腕で抱きとめる。床に仰向《あおむ》けに寝かせた。亜樹凪の意識がない。首には縄の食いこんだ痕《あと》が生々しく残る。

桐宇が呼びかけた。「雲英さん！」

「どいて」結衣は亜樹凪の胸の上に両手を這《は》わせた。体重を乗せるべく前のめりになる。脳への血流量を増大させるため、一気に強く押しこんだ。

亜樹凪が目を開き、ひどく苦しげに咳《せ》きこんだ。顔に血色が戻りだした。激しくむせたものの、ほどなく落ち着きだした。亜樹凪がつぶやいた。「優莉さん……」

「立てる？」結衣は亜樹凪に手を貸した。生体時計が正しければ、残り時間は二分もない。

三人は立ちあがると揃って走りだした。互いを支えあい、かばいあいながら、ひたすら階段を駆け下りた。桐宇が結衣の腕をつかみ、見えづらい足もとの危険を知らせてくれる。無我夢中で疾走しつづけた。ぼやけた視野が奇妙に現実感を欠く。それでも幻ではない。多くの犠牲のうえにあたえられた生だ。みずからつながねばならない。

玄関の外は真っ暗だった。夜空の彼方《かなた》に浮かぶ軍用ヘリが、サーチライトで地上を照らしながら旋回する。三人で校庭を走った。校門が間近に迫ったとき、結衣の歩は自然に緩んだ。

桐宇と亜樹凪が振りかえった。亜樹凪がきいた。「どうかしたの」

結衣はささやいた。「一緒には行けない」

「なに？」桐宇が詰め寄ってきた。「馬鹿なことをいうなよ。米軍がすぐそこに……」

「救出されて無事でいられるのは桐宇君だけ。わたしは逮捕される。亜樹凪さんは……」

亜樹凪は目を丸くしたものの、すぐに陰鬱《いんうつ》な顔でうつむいた。彼女は父に見捨てられた。事情を知る亜樹凪を、雲英健太郎が放置するはずもない。けれども亜樹凪には生きる権利がある。結衣は亜樹凪の手をとり、白いカードを握らせた。「ここへ行って。ピックアップポイントはすぐ近く。スペイン語は話せるでしょ？　日本に帰りたいと伝えればいい」

「なら優莉さんも一緒に……」

結衣は首を横に振った。「わたしはどんな人間にも頼れない。誰も信用するわけにいかない」

桐宇が真顔できいた。「優莉さん。どうするつもりなんだ」

「架禱斗を殺して自分も死ぬ。わたしの人生にはもう、それしかない」

亜樹凪が号泣とともに抱きついてきた。「行かないで。もう苦しまないで。生き延びなきゃいけないのは、わたしなんかじゃない。なにがあっても、あなたはきっと……」

ふいに白昼のような光が辺りを包んだ。一瞬ののち、夕焼け空のような紅いろがひろがる。轟音《ごうおん》が耳をつんざいた。亜樹凪も桐宇も驚愕《きょうがく》のいろを浮かべた。熱を帯びた突風が吹き荒れる。風圧に押され、ふたりは地面に倒れた。結衣はかろうじて踏みとどまり、校舎を振りかえった。

三階建てのコンクリート造に、毛細血管のごとく赤い亀裂が走る。いずれもたちまち火柱と化した。すさまじい爆発が縦横に連鎖し炸裂《さくれつ》する。激震がすべてを崩壊に導く。巨大な構造物が倒壊していく。地面から噴きあがる煙が巨大風船のごとく膨張し、傾斜した校舎を呑《の》みこんでいく。

桐宇も亜樹凪も尻餅《しりもち》をつき、言葉を失っている。ふたりとも燃え盛る校舎を見つめていた。幸いだった。別れを告げずに済む。結衣は闇のなかに駆けだした。

ふたりは気づいたらしい。優莉さん。どちらも繰りかえしそう叫んだ。声は結衣の背に届いていた。それでも結衣は走りつづけた。

視野が徐々にひろがっていく。視力が戻ってきた。なのに光のすべてが乱れて仕方がない。遠くでヘリが機首をこちらに向けた。サーチライトの眩《まばゆ》い光源が、放射状に煌《きら》めく。あふれる涙のせいだった。

架禱斗はなにも恐れていない。間もなく日本に全面戦争を仕掛ける。兄弟姉妹がまた道を見失う。父の亡霊をいつまでも払拭《ふっしょく》できない。むしろ魂が復活し、暗雲が世を覆い尽くそうとしている。

慧修学院高校の生徒と教師は帰国後、すべてを証言するだろう。結衣にはもう帰る場所はない。架禱斗と同じく危険人物だ。国際指名手配も免れないかもしれない。嫌われ一家の末路はこんなものだ。結衣はそう思った。最悪の家庭に生まれてしまったとき、人はどうあればいいのだろう。この親にしてこの子あり、世間はそんなふうにしか見なさない。

ただ幻想かもしれないが、この戦場で少しだけ愛された気がする。人殺しの次女にはもったいない話だ。

ふと脳裏をよぎる光景がある。クラリネットを吹く自分の姿が、目の前にちらつく。桐宇がグランドピアノを奏でる。互いに微笑みあう。濱林澪もいた。万雷の拍手を耳にした。吹奏楽部の発表会。部活。アオハルの日々……。

嗚咽《おえつ》が漏れそうになるのを押し殺す。ありえない妄想を振りきり、結衣はひたすら走った。どこかで力尽きるかもしれない。野垂れ死にも悪くない。誰も悲しみはしない。屍《しかばね》となれば何者でもなくなる。死体は涙なんか流さない。

31

夜十時をまわった。麻布の高級住宅街、雲英家の邸宅には来客があった。

和洋折衷の贅《ぜい》を尽くした内装は、遮音性にも優れ、部屋に閉じこもっていれば会話もきこえない。しかし雲英健太郎は企業の役員を玄関に送るべく、長い廊下を歩いている。廊下の話し声は邸内の隅々まで響く。

会社から帰宅後もスーツ姿の雲英が、役員にささやいた。「入院先の妻に、明日も花を贈っておいてくれないか。私の近況も伝えてほしい。多忙でなかなか見舞いに行けないのを残念がってたと」

「承知しました」役員の声がためらいがちにいった。「娘さんのことで政府筋や、各国首脳からもお悔やみが……」

「マスコミ向けにも、お別れの会は盛大にやらんとな。同情を集めれば企業イメージもよくなる。株価にも反映される」

慧修学院の生徒たちは、ずっと雲英亜樹凪の姿を見かけなかった、そう証言している。校舎が爆破されたというニュースも世界じゅうに飛んだ。亜樹凪は殺されたのだろう、そんな噂が蔓延《はびこ》るのも当然だった。

役員が雲英健太郎に告げた。「ホンジュラス政府はわが社との契約に応じる方針です。軍警察の武装強化のため、兵器類のレンタルに同意しました」

「契約料と顧問料は？」

「年一億七千万ドル、消耗品となる弾薬は別途購入になります」

「二億五千万ドルにしろ」

「いえ、それは……。現在の草案でも国家安全保障費の半分ですし」

「強制力があるのはこっちだ」雲英は声高にいった。「心配するな。あの国の軍事費は増大する。廃止した徴兵制も復活するだろう。税収もニーズも伸びる」

シビックについての言及はない。使用人が何人も玄関に待機しているため、口にだせないと推測される。雲英は役員を見送ると、ひとり廊下を引きかえしてきた。足音が書斎に近づいてくる。

ドアが開いた。雲英は壁のスイッチをいれた。室内に照明が灯《とも》る。ここは一階だった。十二畳ほどの洋間に、大きなエグゼクティブ用デスクが鎮座する。ほかに接客用ソファのセットもあるが、これはきょう使われなかった。雲英は密談の際、奥の応接室を使う。

キャビネットを開け、雲英はウィスキーのボトルをとりだした。デスクに置いたグラスに、琥珀《こはく》いろの液体を注ぐ。いかめしい顔ながら満足そうだった。革張りの肘掛《ひじか》け椅子に深々と身を委《ゆだ》ねる。

亜樹凪はずっと書斎の片隅に立ち、父のようすを眺めていた。さっき廊下からきこえてきた会話により、現状はだいたい把握できた。

沈黙を破るときがきたようだ。亜樹凪は呼びかけた。「お父さん」

雲英健太郎はびくっと反応した。視線が亜樹凪に向けられる。信じられないというように目を瞬《しばたた》かせた。

絶句している。なにひとつ言葉にならないようすだった。健太郎は茫然《ぼうぜん》とした表情で立ちあがった。奇異なものを見る目つき。娘の生還を歓迎してはいない。

「亜樹凪」父が訝《いぶか》しげにささやいた。「なぜ……。無事だったのか？　日本に帰ってきてたのか。校長はひとことも……」

狼狽《ろうばい》をあらわにする父を、亜樹凪は黙って眺めた。

気まずい空気を察したからだろう。健太郎は笑顔を取り繕った。「亜樹凪、おかえり。お母さんも喜ぶよ。現地支社の連中は、警察に相談しても埒《らち》が明かないと、そればかりだった。いつ帰ったんだ？　どうやって戻った？」

人にいえない経験をした。ベアトリス・スクールの近く、ピックアップポイントに待機していた男たちはマラスだった。

　彼らはテグシガルパから四百キロ離れた大西洋岸、コルテス港にクルマで運んでくれた。国家港湾公社の役人には話をつけてある、ひとりがそういった。

　老朽化した大型貨物船の船底に案内された。そこが亜樹凪にあたえられた潜伏場所だった。甲板にはでるなといわれた。バナナやコーヒーの輸出船は立ち入り検査を受けるが、土石の運搬船は見逃されるらしい。

　ひと月以上、オイルのにおいと船酔いに悩まされながら、ほの暗い船底で過ごした。食事は一日一回、船員から差しいれられるパンと、紙パックの牛乳だけだった。

　マラスは米ドル紙幣をいくらかくれた。横浜《よこはま》港に着いたのち、街なかで日本円に両替し、ネットカフェに泊まった。あの種の施設にシャワーがあるのを初めて知った。身綺麗《みぎれい》にし、安い服を買い、なんとか外を歩ける格好になった。顔にはまだうっすら痣《あざ》が残るものの、身体じゅうの傷痕《きずあと》は、服のおかげで覆い隠されている。

亜樹凪はぼんやりとつぶやいた。「マラスは案外いい人たちだった」

「マラスだと？」健太郎が驚きのまなざしを向けてきた。デスクの向こうに立ったまま、亜樹凪に歩み寄ろうともしない。「なんてことだ。犯罪集団になにをされた？」

「ゼッディウムよりまし。お父さんよりも」

健太郎が表情をこわばらせた。「そのう……。経緯はよくわからないが、辛《つら》かっただろう。さっそく公表しよう。警察に伝えなきゃならん。亜樹凪が生きて帰ったと知れば、国民はみな祝福してくれる」

「この場で殺すべきと思ってない？」

「なにをいうんだ。早くお母さんを喜ばせてやろう」健太郎はデスクの上の受話器に手を伸ばした。「すぐ電話だ」

「動かないで」亜樹凪は父を制した。

不穏な気配を察したからか、健太郎は受話器をとらなかった。

「お父さん」亜樹凪は小さくため息をついた。「わたし日本に着いてから新聞を読んだ。慧修学院高校三年、生徒の死者三十二名、教員も三名。行方不明者一名、これはわたし。想像を絶する地獄だった」

「心から申しわけないと思ってるよ。こんなおおごとに発展するとは思わなかった。

きけば優莉匡太の長男と次女が関わってたそうだな。ほんの小さな市民運動が、ゼッディウムの襲撃にまで発展したのは、あのふたりに原因があるんだろう。じきにどちらも国際指名手配……」

　ふいにカーテンがふわりと舞った。健太郎が妙な顔をした。庭に面したサッシ窓から風が吹きこんでくる。

　亜樹凪は静かにいった。「そっちへ行かないほうがいい。ガラスの破片が落ちてる。何者かの侵入が疑われるよう、外から割るべきだって、マラスの友達が教えてくれた」

「おい」健太郎が目を怒らせた。「なにをいってる。そんな口をきく娘に育てたつもりはないぞ」

「わたしは無知の極みだった。初めて勉強することばかりだった。船員にもマラスがいて、彼らの常識を教えてくれた。これの使い方も」

　背後にまわしていたオートマチック拳銃《けんじゅう》を、まっすぐ父に向ける。

　健太郎が目を剝《む》いた。動揺をしめしながらきいた。「なんだそれは」

　オブレゴン・ピストル。コルトガバメントに形状が似た骨董《こっとう》品だった。何十年も前にメキシコで製造された四十五口径。傷と錆《さび》だらけだが充分に使える。

亜樹凪の手に震えはなかった。「お父さんの会社、ハンドガンは外国企業のライセンス生産品なんだってね。自衛隊にしか卸してない。見たことないけど、これより撃ちやすい？」

「なにをいってるんだ。亜樹凪、落ち着け。おまえは現地でショックを受けたうえ、犯罪者から悪い影響を受けたようだ。ちゃんと治してやる。いままでどおりの暮らしを送れるようになるさ」

「いままでどおりの暮らしって？　どこにそんなものがあるの」

「この家にあるじゃないか！　そうだ、もっといい家に引っ越そう。ほしい物はなんでも買ってやるぞ」

「なら雲英製作所製のハンドガンがほしい。これ古いから、いつも暴発の危険があって」

「そんな物は置け！　玩具《おもちゃ》じゃないんだぞ。使い方もろくに知らないくせに……」

亜樹凪はスライドを引き、一発目の弾丸を装塡《そうてん》した。健太郎が臆《おく》したように口をつぐんだ。

大型貨物船の船底はエンジン音がうるさい。射撃訓練をしても銃声は掻《か》き消される。マラスの船員に手とり足とり教わった。いまや分解し清掃する方法まで知っている。

船員への報酬は身体で払った。男とつきあったこともなかった亜樹凪にとって、筆舌に尽くしがたい経験だった。それでも身体の触れあいを温かいと感じた。

あの船員はマラス、犯罪者だ。船旅のあいだの交流でしかなかった。彼にとっては欲望の趣くまま、気まぐれな遊びにすぎなかったのかもしれない。だが多少なりとも亜樹凪に情を向けてくれた。心の冷えきった父よりはずっと。

亜樹凪は明日以降、世間が認識する新事実を口にした。「お父さんはひそかにわたしを日本に連れ戻していた。なにもかも雲英家の企《たくら》みだった。恨みを買ったお父さんは襲撃を受けて死ぬ。事件のせいですべてが露見する」

「よせ！」健太郎は激昂《げきこう》した。「この家には使用人がいるんだぞ、忘れたか」

「人殺しがばれない方法なんて、マラスならみんな知ってる」

「いい加減にしろ！　亜樹凪。警察を呼ぶぞ」

「閑静な住宅街なら、銃声は一キロ先まで届く。わざわざ通報しなくても飛んできてくれる」

「撃てるはずがない。いいか、亜樹凪。お母さんがいまのおまえを見たら、どんなに悲しむと思う。おまえが生まれたとき、お父さんは小さな身体をこの手に抱いた。歌をきかせてやったんだぞ。お母さんが先にハミングを始めてな。お父さんも歌った」

「いま歌って」

「なに？」

「早く歌ってよ」

「おい、そんな言葉遣い……」

　亜樹凪はさっき廊下で父がいった言葉を口にした。「強制力があるのはこっち」

「どうかしてるぞ、亜樹凪！」

「お父さん。自分がなにを売ってきたか、身体で受けとってよ。いまこの瞬間に」

　トリガーを引き絞った。銃火が閃《ひらめ》き、銃声が轟《とどろ》く。煙とともに薬莢《やっきょう》が宙に舞った。

雲英健太郎の胸部に鮮血が飛び散った。

　亜樹凪はなにも感じなかった。訓練の甲斐《かい》あって手もブレない。つづけざまにトリガーを数度引いた。全弾が次々と健太郎の身体に命中した。出血にスーツがどす黒く染まっていく。これまで亜樹凪が見たこともない父の表情。驚愕《きょうがく》と耐えがたい苦痛が入り交じる。ぜいぜいと荒い呼吸を響かせ、デスクの上で前のめりになった。大きく見開いた目が亜樹凪をとらえる。

　視線が合っても、心にはなんの変化もない。亜樹凪は拳銃の照門と照星を、父の眉《み》間《けん》に合わせた。もういちどトリガーを引いた。健太郎の額は粉砕され、おぞましいほど醜悪な顔になった。しばし踏み留《とど》まったものの、すぐに弛緩《しかん》しきり、肘掛《ひじか》け椅子に沈んだ。

亜樹凪は窓辺に近づいた。カーテンを払いのける。サッシ窓のガラスは割れ、大きな穴が空いていた。そこから庭の池に拳銃を投げこんだ。

マラスの基礎知識だった。鯉を飼っている池の水は酸素を多く含む。古いオブレゴン・ピストルはコーティングのない真鍮《しんちゅう》製で、水中に没したとたん、付着した汗も皮膚片も溶けだす。指紋すら残らない。亜樹凪の右手についていて、硝煙の痕跡《こんせき》の有無をたしかめられることはない。被害者のひとりだからだ。

廊下を複数の足音があわただしく駆けてくる。使用人たちだった。亜樹凪はデスクの近くに横たわった。父の死体から流れだした血が床にひろがっている。あえてそこに寝そべり、ぐったりと脱力してみせた。

ドアが開いた。使用人の婦人が悲鳴をあげた。男性陣は取り乱しながらも、亜樹凪を助け起こした。全身血まみれのため、負傷しているように見えるだろう。失神状態を装ううち、亜樹凪は廊下へと運びだされた。

これで警察に保護される。父の仲間も手だしできない。取り調べが始まったら、すべてが父の企みだったと証言する。娘として共謀も認めよう。

「救急車！」誰かが怒鳴った。「お嬢様はまだ息がある。旦那《だんな》様は……。とにかく急げ」

　別の使用人があわてた声できいた。「動かさないほうがよくないか？」

「あんな部屋じゃ危険だ。お嬢様は玄関ホールのソファに寝かせろ。すぐにストレッチャーを迎えいれられるように」

「でもなんでお嬢様がここに……」

　こんな暮らしなどいらない。本物の人生を歩む友達の姿を見たからだ。亜樹凪は目を閉じたまま思った。優莉結衣をひとりで苦しませたりしない。

32

　ウィーンのコンサートホール、グローサー・ムジークフェラインスザールの舞台で、桐宇翔季はピアノを弾いていた。

　全身の打撲や擦り傷の回復は順調だった。身体に密着する燕尾《えんび》服《ふく》姿でも、胸や腕にこすれる痛みは生じない。顔に腫《は》れや痣《あざ》は残るものの、いまはメイクで隠されている。照明を浴びても悪目立ちはしない。

白髪のベテラン指揮者、フリードリヒ・シューペンターがタクトを振る。オーケストラが厳かに奏でるのはモーツァルトのレクイエム、ニ短調だった。

演目は桐宇が選んだ。復帰後の最初の舞台だけに、好きな曲を弾いていい、そういわれたからだ。反対意見はなかった。桐宇の身に起きたことを、広く世界が知っている以上、レクイエムは最善の選択と受けいれられた。

合唱が加わる。四重唱はソプラノからバスまでの音域が混ざりあう。レクイエムを構成する十四曲のうち、モーツァルトが完成させたのは冒頭の一曲のみ。以降は部分的にモーツァルトの作曲が残る。生きて、死にかけて、また己れの生をかすかに悟る。戦場での経験が旋律とともによみがえってくる。

優莉結衣がどうなったかはわからない。報道されるのは周辺の事情ばかりだ。ゼッディウムは事実上の消滅に至った。シビックについてはまるで報じられていない。

ホンジュラスでの武力蜂起の原因は、雲英製作所の強引な方針が市民の反感を買ったから、そんなふうに簡略化されていた。内閣官房長官の会見でも、犠牲者に哀悼の意を表す、そういう常套句《じょうとうく》があっただけだ。宮村総理は長いこと会見に応じていない。間もなく辞任するとの噂もある。

死臭の漂う地獄で、結衣は泥まみれになり血だらけになり、ひとり抗戦した。思いかえすだけでも心が痛む。

　だが桐宇の記憶に深く刻みこまれたのは、結衣の無垢《むく》でつぶらなまなざしだった。彼女はいつもやさしさに満ちていた。苦しむ生徒らを気遣いながら、みずからは捨て鉢になったように、臆せず危険に身を躍らせていった。

　彼女はきっと生きている。ひとりにはしておけない。国際世論は彼女を誤解している。結衣に命を救われた、そう証言した生徒も多くいたはずなのに、それについては報道されない。優莉匡太の長男と次女が現地にいた、ＣＮＮはそんなふうに、ふたりをひと括《くく》りに報じている。

　架禱斗を殺して自分も死ぬ。結衣はそういった。テグシガルパで起きた悲劇が、ほどなく東京でも起きるかもしれない。結衣のことを守りたい。なのに自由がない。警備という名の監視がつきまとい、ずっと桐宇に目を光らせている。

　クラリネットの優美な音いろをきいた。視界の端にとらえる演奏者のなかに、結衣の姿を思い描く。オーケストラの舞台で一緒になれるはずもない。高校の吹奏楽部で協奏すればいい。十八歳に相応の日々を送りたい。たぶん彼女も同じ気持ちだろう。結衣はどんな音を吹きこなすのだろう。静かに耳を傾けたかった。

　ピアニストとしてここにいるのは、そのように生まれ育ったからだ。人生の始まりは最も重要でありながら、自分では環境を選べない。結衣には過酷な運命しかないのか。どうして苦しまねばならないのだろう。あんなに透明な心の持ち主はほかにいないのに。

終焉《しゅうえん》が近づいている。けれども絶望のなかにも光は射す。未来が不可避であろうと、魂を救うことはできる。

聖体拝領唱が壮大に歌いあげられる。ニ短調、アダージョ。ソプラノの独唱に始まり、合唱へとひろがっていく。穏やかな最後の吐息を漏らし、永遠の眠りにつく、そんな一瞬のフェードアウト。演奏は終わった。

割れんばかりの拍手と歓声がホールを揺るがした。桐宇がふと気づくと、観客は総立ちになっていた。

指揮者のシューペンターが微笑を向けてきた。彼から受けた助言の意味が、いまになってわかる気がする。シューペンターはいった。多くの生と死に接し、喜びも苦しみも悲しみも経て、愛を信じ愛に裏切られ……。言葉にすると陳腐でしかないな。だからこそ音楽というものがある。

オーケストラが立ちあがる。シューペンターの目が桐宇をうながしてきた。桐宇はなかなか立てずにいた。

ゆっくりと腰を浮かせ、聴衆に深々と頭をさげる。万雷の拍手にふさわしいのは自分ではない。桐宇はそう思った。祝福が結衣にこそ届いてほしい。愛されていると彼女に気づかせるために。

本書は書き下ろしです。

高《こう》校《こう》事《じ》変《へん》 X

松《まつ》岡《おか》圭《けい》祐《すけ》

令和3年 3月25日　初版発行

発行者●堀内大示

発行●株式会社KADOKAWA
〒102-8177　東京都千代田区富士見2-13-3
電話　0570-002-301（ナビダイヤル）

角川文庫 22595

印刷所●株式会社暁印刷
製本所●株式会社ビルディング・ブックセンター

表紙画●和田三造

●お問い合わせ
https://www.kadokawa.co.jp/（「お問い合わせ」へお進みください）
※内容によっては、お答えできない場合があります。
※サポートは日本国内のみとさせていただきます。
※Japanese text only

ISBN 978-4-04-111070-6　C0193

◇◇◇

角川文庫発刊に際して

角川源義

第二次世界大戦の敗北は、軍事力の敗北であった以上に、私たちの若い文化力の敗退であった。私たちの文化が戦争に対して如何に無力であり、単なるあだ花に過ぎなかったかを、私たちは身を以て体験し痛感した。西洋近代文化の摂取にとって、明治以後八十年の歳月は決して短かすぎたとは言えない。にもかかわらず、近代文化の伝統を確立し、自由な批判と柔軟な良識に富む文化層として自らを形成することに私たちは失敗して来た。そしてこれは、各層への文化の普及滲透を任務とする出版人の責任でもあった。

一九四五年以来、私たちは再び振出しに戻り、第一歩から踏み出すことを余儀なくされた。これは大きな不幸ではあるが、反面、これまでの混沌・未熟・歪曲の中にあった我が国の文化に秩序と確たる基礎を齎らすためには絶好の機会でもある。角川書店は、このような祖国の文化的危機にあたり、微力をも顧みず再建の礎石たるべき抱負と決意とをもって出発したが、ここに創立以来の念願を果すべく角川文庫を発刊する。これまで刊行されたあらゆる全集叢書文庫類の長所と短所とを検討し、古今東西の不朽の典籍を、良心的編集のもとに、廉価に、そして書架にふさわしい美本として、多くのひとびとに提供しようとする。しかし私たちは徒らに百科全書的な知識のジレッタントを作ることを目的とせず、あくまで祖国の文化に秩序と再建への道を示し、この文庫を角川書店の栄ある事業として、今後永久に継続発展せしめ、学芸と教養との殿堂として大成せんことを期したい。多くの読書子の愛情ある忠言と支持とによって、この希望と抱負とを完遂せしめられんことを願う。

一九四九年五月三日

特等添乗員
αの難事件
松岡圭祐